KB107638

아주 긴 변명

아주 긴 변명

永い言い訳

니시카와 미와 · 김난주 옮김

무소의뿔

차

례

 나 … 7

나 … 아내 24

 나 … 애인 44

나 … 63

 나 … 82

나 … 신페이 103

나 … 137

 나 … 중개업자 180

 나 … 214

나 … 식모살이 처자   224

나 … 편집자   239

 나 …   269

나 … 피해자   294

아내, 유키에게 …   317

당신에게 …   320

옮긴이의 말 …   330

대학 시절에 사귀었던 그녀는 절정에 도달하기 직전이면 늘 "그만해." 하고 말했다. 나를 자극하려는 뜻으로 "그만해."라고 하는 게 아니었다. 정말 멈추고는 스스로 몸을 떼었다.

그러나 그녀는 나를 거부할 생각은 없다고 했다. 내게 몸을 기대고, 그 시절 아직은 볼품없었던 내 가슴에 뾰족한 턱을 올려놓고, 미처 수습되지 않은 그곳을 한 손에 쥔 채 왜 그만두어야 하는지 길고 긴 변명을 들려주었다.

"초등학교 3학년 때 생일 파티를 거창하게 했거든. 엄마가 있는 대로 솜씨를 다 부려서 만들어준 맛있는 음식을 먹고, 노래를 부르면서 케이크도 자르고, 선물을 받은 다음에 풍선 터뜨리기 놀이를 했어."

"풍선 터뜨리기 놀이?"

"빵빵하게 분 풍선을 의자에 놓고 엉덩이로 터뜨린 뒤 그다음 사람에게 뛰어갔다 오는 놀이. 터뜨리지 못하면 바통을 넘길 수 없어. 몰라?"

"아니, 알지. 해본 적은 없지만. 그런데 집 안에서 할 수 있어? 생일 파티에서?"

"그럼."

"멋진데."

"후후. 그렇게 생각하지 않으면서."

"생각하지 않긴. 아무튼 어린 시절인데 우아하네."

"그래. 우아했지. 하지만 보통 때 난 친구들 사이에서 중심이 되는 타입이 아니었어. 그런데 그날은 처음부터 내가 주인공이잖아. 친하게 지내는 여자애들이랑 괜찮은 남자애들 다 불러서 신나게 놀았어. 떠들썩했지."

"흐음."

"두 팀으로 나누어 경주를 했는데, 내가 속한 팀의 마지막 주자는 당연히 나. 다른 팀은 그때 가장 친했던 다마미. 얼마나 열을 올렸는지. 지금 생각해도 완벽하다 싶을 정도였어. 앞섰다 싶으면 상대 팀이 앞지르고. 계속 그렇게 반복됐어. 그러다 마지막 주자만 남았지. 그런데 우리 둘 다 아무리 엉덩이로 짓눌러도 풍선이 터지지 않는 거야. 그러다 너무 웃겨서, 먹은 것까지 다 토할 것처럼 너무 웃어댄 바람에 배에 힘이 영 들어가지 않는 거야. 그래도 질 수는 없잖아, 내 생일인데. 아픈 배를 꾹 누르고는 친구들이 와와 하고 응원하는 소리를 들으면서, 온 힘을 다

해서 풍선에 올라앉았어. 땀을 뻘뻘 흘리면서. 그랬더니."

"그랬더니?"

"풍선이 터졌어."

"잘됐네."

"그리고 동시에 옆집에 불이 났어."

"뭐?"

그녀 말에 따르면, 그녀와 다마미가 풍선에 올라앉아 엉덩이를 꿈틀꿈틀 움직일 즈음 옆집 주부가 저녁 준비를 시작했는데 프라이팬에 불이 붙었다고 한다. 풍선이 터지자마자 옆집에서 일어난 소동을 알아차린 엄마가 다들 집 밖으로 피하라고 소리 지르면서 방으로 뛰어들어왔다. 그녀 가족도 친구들도 모두 집 밖으로 대피했고, 다행히 옆집의 불은 크게 번지지 않고 꺼졌지만 생일 파티는 거기서 끝났다. 그렇게 흥분해서 풍선을 터뜨렸는데, 결과적으로 기뻐하는 아이도 슬퍼하는 아이도 없었다. 하필 왜 내 생일날. 왜 지금 불이 나는 거야. 그녀는 옆집 주부가 원망스러웠지만 그 체험이 그녀 인생에 깊은 영향을 미쳤다는 걸 섹스를 경험하게 되면서, 정확하게는 절정의 감각을 느끼면서 알게 되었다고 한다. 이제 조금 있으면 절정이 온다, 하는 단계가 되면 그 파티 때 엄마가 튀겨준 팝콘 냄새가 콧속에서 되살아나는 동시에 뭐라 말할 수 없는 불안이 스쳐, 언제 어떤 상대와 섹스를 하든 "이제 그만해."라고 하게 된다는 것이었다.

"그럼 아까도 팝콘 냄새가?"

"그래. 났어."

"나는 전혀 안 나던데."

"됐어. 슬픈 냄새인걸."

그녀 혼자 세상의 온갖 불행을 짊어진 듯한 말투였다.

"이대로 좀 더 가면, 또 어디선가 내가 절대 예측하지 못한 엄청난 일이 벌어질 것만 같아서 견딜 수가 없어. 절정에 휩싸여 감정의 고삐가 풀리는 순간, 기분이 좋아서 나를 잃어버리는 순간에 말이야. 그래서 너무 무서워서 더는 앞으로 갈 수 없어졌어. 아무리 가고 싶어도. 나, 자제력의 노예야."

그러고는 자신을 애처로워하듯 눈물을 똑 흘려 보였다.

참 어이가 없었지만 그녀와의 섹스로 힘이 다 빠졌든, 미진함에 아쉬워하든 나는 반드시 그런 변명을 들어야 했다. 무슨 의식처럼 반복되는 변명은 때로 섹스 자체를 하는 시간보다 길었다. 할머니가 들려주는 옛날이야기처럼 매번 다른 전개에 새로운 디테일이 더해지기도 하고, 옆집 주부가 튀기는 것이 크로켓이었다가 닭튀김이기도 하고. 그건 그녀 나름의 창작이었는지도 모르지만, 젊은 내가 그런 변명에 만족했을 리 없었다. 나는 '성공 체험의 중요함'을 그녀에게 강조했어야 했는지도 모른다. '공포를 이겨내고 함께 도달한 다음 주위가 안전하다는 걸 확인하면 더는 팝콘 냄새가 나지 않을 거야.'라고 말했어야 했는지도 모른다. 그러나 그런 말을 할 만큼 자신은 없었다. 어쩌면 그녀는 길고 긴 변명을 늘어놓으면서 나라는 남자의 따분함을 무마하고 있는지도 모른다는 의혹을 떨칠 수가 없었기 때문이다. 반년쯤 지나자 어느 쪽이 먼저랄 것도 없이 헤어지자는 얘기가 나왔고, 마침내 그녀가 내 곁을 떠나는 날이 찾아왔다. 우리 집에 있던 몇 가지 속옷과 화장품을 챙기는 그녀의 등을 향해, 혹시 섹스 동작이 풍선에 앉았을 때 감각과 비슷했냐고 물어봤지만 그녀는 돌아보지도 않은 채, 관계없는 일이잖아, 하고 대답했다.

오래도록 그 일을 잊고 있었다. 그녀는 지금도 절정에 이르는 걸 스스로 금하고 있을까. 가령 그것이 작지 않은 불행이라 해도 그녀가 계속해서 그 자기규정을 따랐다면, 가장 좋지 않은 일이 가장 좋지 않은 시기에 벌어지는 최악의 사태만은 모면할 수 있지 않았을까, 하고 지금은 생각한다. 나는 그녀 얘기를 그렇게 몇 번이나 들었으면서 실은 한 번도 제대로 듣지 않았다. 그 후에도 기분이 좋아지면 고삐가 풀린 것처럼 엉덩이 밑의 풍선을 계속 터뜨렸던 것이다. 그때 그녀 얘기를 하나의 훈시로 받아들이고 내 인생을 다잡았다면 어떻게 됐을까. 아니면 그 변명은 역시 나의 따분한 테크닉에 대한 우회적인 배려였을까. 그녀가 지금도 내 친구라면, 어떻든 네 말이 옳았어, 하고 전해주고 싶은데, 이제 얼굴조차 거의 잊고 말았다.

기누가사 사치오衣笠幸夫는 아버지에게 원망을 품고 있었다.

그가 태어난 것은 히로시마 도요 카프의 기누가사 사치오衣笠祥雄 선수가 1군에 오르기 조금 전의 일이다. 아버지 기누가사 다다오衣笠忠郎는 아들이 태어날 당시에는 사치오 선수의 존재를 몰랐고, 또한 자신의 아들과 발음이 똑같은 이름을 가진 인물이 훗날 연속 경기 출장수에서 세계 기록을 갱신하는 위업을 달성해, 국민 영예상까지 수상하게 될 줄은 꿈에도 몰랐다고 몇 번이나 변명을 늘어놓았지만, 아들은 절대 이해하려 들지 않았다.

1970년대 중반 이후, 기누가사 사치오가 초등학교에 들어갈 무렵부터 센트럴리그에서 빨간 헬멧 군단은 나는 새도 떨어뜨릴 정도로 약진했고, 구단은 사상 최고의 황금기를 맞았다. 동시에 클린업을 담당한 기누가사 선수의 강렬한 개성과 그 존재를 모르는 이가 없었다.

선생이 "기누가사 사치오."라고 부를 때마다, 반 아이들 모두가 어쩔 줄 몰라하는 사치오를 구경하려고 일제히 돌아보는 날들이 시작되었다. 병원 대합실, 졸업식장, 분별 있는 어른이 섞여 있는 장소에서도 그 이름이 불리면 모두가 귀를 쫑긋 세우고, 일어나는 사치오의 모습을 쳐다보고는 마침내 킥킥거리는 웃음소리를 흘렸다.

사춘기에 접어들자 더더욱 자기 이름에 불만을 표하는 아들 때문에 아버지도 꽤나 애를 먹었다.

"기누가사 선수는 훌륭한 사람이야. 세상에는 시시한 이삼류 선수들과 이름이 같은 사람도 많다고. 그런 사람들에 비하면 너는 복을 타고났지."

"무슨 논리가 그래."

"네 이름 말하면 사람들이 단번에 기억하잖아."

"그게 싫다니까 그러네."

"이런, 바보같이 굴기는. 사회에 나가면 그런 게 오히려 크게 작용한다고. 아버지는 거래처 사람들에게 뭐라는 줄 알아? 카프의 기누가사 선수와 성이 같은 기누가사입니다, 그런다고. 그러면 상대는, 오오, 철인이시군요, 열심히 해봅시다, 하고 분위기가 화기애애해진단 말이야."

"쳇, 툭하면 열나서 회사도 못 가는 주제에. 게다가 당신은 사치오가 아니잖아. 내 심정을 당신이 어떻게 알겠어."

"이놈이, 당신이 뭐냐, 아빠한테."

차라리 아빠가 카프의 열광적인 팬이고, 특히 기누가사 선수의 광팬이라서 그처럼 강인한 정신을 지니고 진지하게 노력하기를 바라는 마음에 그런 이름을 지었다면 그나마 납득이 갈 텐데, 하고 사치오는 생각했다.

사치오는 야구에는 절대 손을 대려 하지 않았다. 자신이 자신이기 전에 모두의 눈에 기누가사 사치오로 인식되는 것이 두려웠던 것이다. 특출한 사람과 이름이 같은 탓에, 혹시 비슷한 능력을 발휘하는 건 아닐까 하는 주위의 근거 없는 기대에 맞서기 위해서는 야구방망이를 잡지 않는 것 외에는 달리 방법이 없다고 믿었다. 애당초 체력에 자신이 있는 편도 아니었지만, 한 번이라도 방망이를 휘둘렀다 하면 그것이 소박한 스윙이든 호쾌한 풀스윙이든 기누가사 사치오 선수의 스윙과 비교하며 이렇다 저렇다 논하면 논했지 사치오 자신의 스윙으로는 아무도 인정해주지 않을 것이라고 생각했고, 그게 두려웠다.

이 역시 아이러니한 일이었지만, 사치오는 엄마를 닮아 안쓰러우리만큼 피부가 희고, 살랑살랑 흔들리는 갈색 머리 사이로 보이는 길쭉한 눈은 소녀들이 좋아하는 순정 만화의 남자 주인공 못지않게 섬세하다. '철인 기누가사'의 온몸에서 풍기는 진한 야성미와 정감 있는 애교와는 눈곱만큼도 닮은 데가 없는 외모다 보니 놀림감조차 될 수 없다는 게 오히려 주위를 시큰둥하게 만들었다.

같은 반에 이카리 야스시라는 드문 이름의 소년도 있었는데, 그는 그 이름과 툭 튀어나온 두툼한 아랫입술 때문에 더 드리프터스(The Drifters, 일본의 밴드이며 동시에 개그 그룹, 리더의 이름이 이카리야 초스케)의 리더를 연상케 한다고 '이카리야', '초씨' 등의 별명으로 불리면서 신나게 놀림을 당했다. 그런데 그런 놀림에 그다지 동요하지 않는 표정과 태도가 진짜 그 사람을 방불케 하는 데다 간혹 본인 스스로 "오호!" 하고 반응을 보이면, 드디어 단골 장기가 나왔다는 식으로 갈채가 쏟아졌다. 생긴 건 그리 닮지 않았는데, 그런 말을 하면 신기하게 꼭 닮은 듯이 보여서 소년 소녀들은 배꼽을 잡고 웃어댔다. 이카리의 외모와 재주는 놀리는 쪽의 호기심을 친근감과 인덕으로 변화시켰고, 심지어 그는 '초씨'라 불리면서 넉넉한 리더십과 통솔력을 발휘하기에 이르렀다.

사치오는 이카리를 질투했다. 차라리 자신도 사람들이 웃어주는 편안한 존재가 되고 싶다고 생각했다. 한번 웃지 못할 존재가 되면 아무리 용을 써도 상대를 웃기기 위한 실마리를 찾을 수 없게 되고 만다. 용을 쓰고 몸부림치면 칠수록 깊은 늪에 빠져, 웃을 수 없다는 게 적의로 발전되지 않도록 상대의 눈치를 살피지 않을 수 없는 숨 막히는 일상이 계속된다. 그러나 그 모든 게 소녀들이 좋아하는 자신의 애처로운 얼굴 탓인지 아니면 아빠가 지은 이름 탓인지를 생각해보면 미운 건 언제나 이름이었다. 사치오는 자신의 얼굴을 조금도 싫어하지 않았다.

어린 시절이 지난 뒤에도 사치오는 야구에 전혀 관심을 보이지 않았다. 그런데 대학을 졸업하고 회사에 다니던 무렵 우연히 밥집에서 야구를 생중계하고 있는 텔레비전을 보다가, 아나운서가 그 이름을 부르자 이미 야구계를 은퇴한 기누가사 씨가 마이크를 넘겨받아 온화하게 해설하는 목소리를 들었을 때 문득 이런 생각이 들었다.

만약 어린 시절에 기누가사 선수를 직접 만났더라면, 그가 자신에게 야구를 권하지 않았을까. 아무튼 야구를 한번 해보라고. 첫 스윙, 첫 타, 첫 주루, 첫 수비, 첫 실책, 뭘 하든 기누가사 선수와 비교되고 비웃음을 사는 한이 있어도 아무튼 한번 시작하면 사치오만이 할 수 있는 경기 스타일을 터득해, 명망 있는 야구 선수 기누가사 사치오와 그냥 기누가사 사치오는 각각 다른 선수라는 것을 누구나 인정하는 날이 올 거라고. 그랬다면 사치오는 기누가사 사치오라는 이름으로부터 자유로워졌을지도 모른다.

소년 시절에 기누가사 사치오 선수와 직접 해후하지 못한 기누가사 사치오가 작가라는 직업을 선택한 건 어쩌면 그 이름을 버리기 위해서였을까. 그는 작가가 되면서 '쓰무라 케이'라는 필명을 썼다. 작가 쓰무라 케이는 데뷔한 이후로 아주 친근한 상대에게조차 자신의 본명을 밝히지 않았다.

*

쓰무라 케이의 본명을 아는 사람들 중에서 예나 지금이나 늘 변함없는 거리감을 유지하며 그를 대하는 사람을 꼽으라면, 아마 그의 아내밖에 없을 것이다. 그들은 대학 신입생 시절에 같은 어학 강의에서 얼굴을 알게 되었다. 하지만 2학기 강의가 시작되고 얼마 안 되어 그녀는 캠퍼스에서 모습을 감추고 말았다. 학교를 그만둔 것 같다는 소문이 들려왔고, 그것으로 끝이었다. 그녀는 열아홉 살, 삼수를 해서 대학에 들어간 사치오는 스물한 살 때였다.

3년 뒤 초여름, 대학교 4학년이 된 사치오는 취업 활동 중에 한 회사의 면접을 끝내고 돌아가다가 긴 머리를 자르려고 길가에 있는 미용실에 들어갔다. 머리를 갈색으로 물들인 젊은 미용사가 그를 머리 감는 곳으로 데리고 들어가 목에 미용 가운을 둘러주는 순간 서로가 서로를 알아보았다.

기누가사, 하고 그녀는 바로 사치오의 성을 불렀다. 사치오는 환성을 지르며 우연한 재회를 기뻐했지만, 속으로는 눈앞에 있는 그녀가 대체 누구인지 이름이 전혀 기억나지 않아 당황할 뿐이었다.

그녀는 대학 캠퍼스를 떠난 뒤 1년 정도 미용 학원에 다니면서 자격증을 땄다고 했다.

"스스로 결정한 거야?"

"그럼 누가 결정해?"

천장을 보고 누운 사치오의 얼굴을 덮은 수건에, 훗, 하고 웃는 그녀의 따스한 숨결이 닿았다.

"난 어렸을 때부터 미용사가 되고 싶었어. 사람 머리를 이리저리 만지는 걸 좋아했거든. 아빠가 돌아가셔서 대학을 잠시 쉬는 동안 마음을 정했어."

그 말을 듣고서야 사치오는 그녀가 학교에 나오지 않은 이유가 아버지의 병사였다는 사실을 겨우 떠올렸다.

"좋겠다. 이런 기술을 익혀서."

"소설 쓰고 있으면서 뭘."

"어, 내가 그런 말을 했나?"

"읽어보라고 줬잖아. 전혀 기억을 못하는구나. 내 이름도."

"어! 그럴 리가!"

"아직 일어나지 마. 머리 감길 거야."

"아니, 그게 아니라, 아무튼 그럴 리 없어."

"가만히 있어. 나 아직 초짜란 말이야."

"그건 내가 아니야. 나, 아직 아무것도 안 썼다고."

"그럴 줄 알았지."

한발 앞서 사회로 나간 그녀가 몹시 어른스러워 보였다. 그렇게 선수 치는 느낌이 싫지 않았다. 그리고 무엇보다 그녀 손가락의 감촉이 좋았다. 지금까지 경험한 어떤 미용사의 손길과도, 같이 목욕하면서 머리까지 감겨주던 헌신적인 여자들과도 비교가 되지 않을 만큼 그녀의 손길이 기분 좋았다. 한 번으로 끝내기가 너무 아쉬워 사치오는 그녀의 상사가 머리를 자르는 동안 급기야 파마까지 하겠다고 나섰다. 파마를 하게 되면 그 강렬한 웨이브 탓에 당장 취업 활동에 영향을 미칠까봐 걱정스러웠지만, 파마액을 바르기 전 두 번째로 머리를 감겨줄 때도 그녀 손가락의 감촉은 질리기는커녕 뇌가 녹아버릴 만큼 기분 좋았다. 사치오는 좋아서 하는 일의 의의를 몸으로 실감했다.

그런데도 사치오는 그녀의 이름을 기억해내지 못했다. 미용실 밖까지 배웅하러 나온 그녀에게 머리 숙여 사과하면서 이름을 묻자, 그녀는 웃으면서 나쓰코야, 다나카 나쓰코, 하고 대답했다. 사치오는 그렇게 대답하는 그녀의 눈동자에 스친 희미한 실망감을 놓치지 않았다. 어이, 뭐야, 그런 거였어? 명치가 간질간질한 느낌에 온몸에 소름이 좍 끼쳤다. 그 순간 기누가사 사치오는 다나카 나쓰코에게 함락되었다.

나쓰코의 표정에 대해 사치오는 실로 일방적인 해석을 했다. 상대가 이름조차 잊었는데 좋아할 사람이 있을까. 나쓰코는 자존심이 센 여자였다. 대학에 다니던 시절, 얼굴이 좀 잘생겼다고 해서 같은 과 여학생들이 에워싸는 기누가사 사치오라는 남학생에 대해서 거리를 두고 멀리서 바라보는 정도로 충분한 존재라고 생각했다. 소설가 지망생이라는 것도 그런 여학생에게 전해 들은 얘기였다. 대학에 막 입학한 청년이 허풍을 떨었던, 단내가 뭉글뭉글 나는 사춘기의 꿈을, 3년이 지난 지금 땀에 얼룩진 취업 준비생 양복 차림의 그에게 물어보면 어떤 표정을 지을까 궁금했을 뿐이었다. 나쓰코가 대학을 중퇴한 후에도 간혹 연락을 주고받은 친구 몇 명은 오랜만에 만나면 다들 핏기 하나 없는 얼굴이었다. 대학이란 4년 동안 무모한 야심을 버리고 칙칙한 체념과 현실주의를 이수하는 장소였나, 하고 생각하게 되었다. "아직 아무것도 안 썼다고." 하던 기누가사 사치오의 대답이 나쓰코는 웃기기도 하고 의외이기도 했다. 그런 유치함을 누구보다 빨리 버리고 싶어하는 남자로 보였기 때문이다. 이 사람의 '아직'에는 '드디어'가 따라붙을까, 아니면 영원히 '아직'으로 끝날까.

　스물여덟 살의 여름, 사치오는 4년을 다니던 출판사에 사표를 제출하고 퇴로를 차단했다. 취직해서 꼬박 4년 동안 주간지의 여성 화보 페이지를 담당했다. 누가 어떤 상황에서 어떤 포즈를 취하면 가장 에로틱할까, 놀라울까, 혁신적일까를 진지하게 의논하고, 여자가 다 비치는 옷을 입거나 홀딱 벗어도 괜찮을 만한 호텔과 학교, 놀이공원, 중요 문화재를 찾아다니고, 가는 곳마다 회사 돈으로 그런대로 맛있는 걸 먹고 술도 마셨다. 양산을 챙겨오지 않았다는 이유로 여자가 보는 앞에서 상사에게 욕을 얻어먹고, 그러다 같은 이유로 부하에게 욕지거리를 내뱉게 되었다. 입사 당시부터 문예 담당을 희망했지만 그쪽

부서로 발령 날 기미는 전혀 없었다. 4년째에 접어든 어느 날, 촬영을 끝내고 여자 대기실을 정리하러 들어갔는데, 다다미 위에 귤을 담는 망 같은 빨간 팬티가 떨어져 있었다. 손으로 주워 냄새를 맡자 귤 냄새가 아닌 냄새가 났지만 사치오는 그저 귤이 무진장 먹고 싶어졌을 뿐이었다. 그러고는 이거 안 되겠는데, 하고 생각했다.

그리고 얼마 후 교토의 한 절에서 기모노 앞섶을 열어젖힌 여자를 촬영하고 돌아오는 길에 문예 담당 부서에 있는 선배에게서 사치오가 중학생 시절부터 좋아하는 작가를 접대할 일이 있으니 오라는 연락을 받았다. 안뜰이 있는 전통 찻집에서 사치오가 경애해 마지않는 그 작가는 이십 몇 년 전에 받은 문학상의 강평에서 자신을 평가하지 않은 대작가가 얼마나 '시대착오적이며 감성이 둔한 권위주의자에 돌머리'인지를 5분에 걸쳐 떠들어댔고, 함께 자리한 편집자들은 작가가 술잔을 입으로 가져가는 잠깐 틈에 숙련된 백 코러스처럼 대작가를 비방해댔다. 그 얘기가 끝나자 뒤이어 몇 년 전에 영화화된 자기 작품에서 주연을 맡은 여배우가 각본가와 감독을 들쑤셔 '내가 쓴 대사'의 조사를 마음대로 주무른 데다 쓰레기 같은 애드리브까지 멋대로 집어넣었다는 얘기를 꺼내면서 사생활의 내막이 어떻다느니 입 냄새가 어떻다느니 하는 말까지 언급했다. 사치오는 얌전히 앉아 잠자코 얘기를 듣고만 있었는데, 마침내 화제가 바닥나자 어쩐 일인지 작가가 직접 "화보 담당이라면서?" 하고 말을 건넸다. 그 후에는 과거에 자신에게 들이댄 화보계의 아이돌이 있었다면서 그 아이돌의 성적 취향을 까발리고, 미사여구를 동원해 성기의 모양까지 설명했다. 그러다 그 자리에 모인 사람들이 "누굽니까?" 하고 물으면서 "그걸 어떻게 말하나." "누굽니까?" "말 못한다니까." 하는 식의 접전이 벌어지자 사치오는 천천히 자리에서 일어났다. 일어났는데 저린 다리가 말을 듣지 않아 장지문에 부딪치면서도 비틀비틀 그 자리를 떠나 안뜰이 바라보이는 복도에 무릎을 꿇고는, 그날 먹은 음식과 마신 술을 눈 아래 있는 연못에 죄다 토하고 말았다. 진분홍색 철쭉 꽃잎이 동동 떠다니는 연못 속에서 빨갛고 하얀 빛깔의 거대한 잉어들이 얼굴을 내밀고 미끈미끈 빛나는 몸을 퍼덕거리면서 꽃잎을 헤치고 사치오가 토한 오물을 먹기 시작했다. 뻐끔, 뻐끔, 뻐끔, 거대한 입을 벌리고 앞다투어 집어삼켰다. 낮에 먹은 카레도, 말차 아이스크림도, 튀김도, 데친 갯장어도, 잉어 된장 조림도.

하하하. 이놈들아, 친구들 살이 맛있냐. 병신들.

회사에서 지급한 휴대전화가 바지 주머니 속에서 울렸다. 이 자리에 오라고 했던 선배의 전화번호가 화면에 떠 있었다. 사치오는 오물을 허겁지겁 정신없이 먹고 있는 금빛 잉어들을 향해 따릉따릉 울리는 전화기를 힘껏 내던졌다. 죽어버려, 다들, 죽어버려. 그러나 전화기는 잉어에게 맞지 않고 엉뚱한 방향으로 날아가 연못가 돌에 부딪치고는 그대로 어두운 물속으로 첨

병 가라앉았다. 역시 한 번쯤은 야구를 하는 건데 그랬어, 하고 사치오는 생각했다. 그러고는 '지금이 쓸 때다.' 하고 불쑥 생각했다. 마침내 '드디어'가 온 것이다.

"찬성이야. 안 그러면 당신, 써보기도 전에 작가가 싫어질 것 같네."

퇴로를 차단한 것은, 아내 기누가사 나쓰코라는 보루가 있는 덕분이었다. 나쓰코는 언젠가 독립해서 자기 미용실을 차릴 생각으로 저금을 해온 터라, 몇 년쯤 도박을 해보는 건 문제없어, 하고 듬직하게 말했다. 나쓰코는 불발탄처럼 묻혀 있는 사치오의 재능에 기대를 품고 있는 유일한 타인이었다. 역시 이 여자를 아내로 맞길 잘했지, 하고 사치오는 생각했다. 제아무리 풍만해도 화보계 아이돌의 가슴보다는 젖꼭지 사이가 많이 벌어진 나쓰코의 자그마한 가슴이 좋았다. 남녀 사이에 활활 타오르는 사랑의 불길은 결혼하기 전 연애 단계에서 다 꺼지는 게 보통이라고 들었지만, 우리의 인연은 그렇지 않다고 생각했다. 서로에 대한 이해와 존경심이 날로 깊어지고, 항아리에 물이 차오르듯 자애로움이 늘어간다고, 그렇게 생각했다.

나
:
아
내

평생 입을 수 있을 줄 알았는데, 좀 아니다. 어깨 폭인가, 길
이가 이상한 건가, 아니면 이 천의 감촉인가. 지난봄까지만 해
도 전혀 이상하지 않았는데. 이런 코트를 입고 가면 모처럼 떠
나는 여행인데 김이 빠진다. 이 코트는 틀림없어요, 하던 백화
점 점원은 지금 어디서 뭘 하고 있을까. 여자는 이렇게 늘 속으
며 산다.

거울 앞에서 한번 이렇게 생각했으니 다시는 걸치는 일이 없
으리라. 내가 생각하는 만큼은 아닐지 모른다 싶어 다시 한 번
걸쳐본다 해도, 옷 안쪽의 기분이 밤길에 떨어져 있는 돌멩이
처럼 딱딱하고 싸늘하게 굳어버려, 그 싸늘함은 무슨 수를 써
도 절대 변하지 않는다. 그래도 버리고 싶지는 않은데. 다시는
안 입더라도. 이 털의 감촉을 좋아했다. 매장에서 처음 만져봤
을 때부터. 무슨 털인지는 몰라도 동글동글한 털끝이 목덜미

에, 볼에 닿을 때마다 애착이 쌓여갔다. 대체 뭘 닮은 걸까. 고토에의 후프인가. 아니지, 아, 그거구나.

고토에가 키우는 후프를 만지면 오토모 씨가 떠올랐다. 토이 푸들의 꼬불꼬불하고 부드러운 털이 오토모 씨의 머리카락 감촉과 아주 비슷하기 때문이다. 오토모 씨를 만나고 싶은 마음은 이미 없지만, 고토에가 후프를 가게로 데리고 오면 그 털을 하염없이 만지고 싶다. 나는 사치오와 결혼하지 않았다면 역시 오토모 씨와 결혼했을까. 오토모 씨와 결혼했다면 어떤 좋은 일이 있었을까. 글쎄 과연 좋은 일이 있었을까. 후프처럼 촉감 좋은 머리칼을 언제나 만질 수 있었을까. 어이없다.

"당신에게는 세상에서 내가 가장 잘 맞아. 틀림없다고."

사치오가 그런 말로 열렬하게 구애했을 때는 당연히 그 말이 맞는다고 믿었다. 그리고 동시에 한없이 허망했다. 나와 오토모 씨는 2년 반 동안 사귀면서 단 한 번도 뭐가 맞아본 적이 없었고, 오토모 씨는 내게 그런 말을 한 적도 없었다. 그러나 그건 오토모 씨 탓이 아니다. 불확실한 것과 희망적인 예측을 쉽게 말하지 않는 것이 오토모 씨의 장점이었고, 나는 그런 점을 또 좋아했다. 사막처럼 메마른 정직함. 해가 뜨면 뜨거워지고 해가 지면 얼음처럼 차가워질 뿐. 거짓도 없었지만 친절함 역시 한 오라기도 없었다.

"여자가 친절한 건 거짓말쟁이이기 때문이잖아."

오토모 씨는 그렇게 말했다. 그런 식으로밖에 생각하지 못하는 오토모 씨도 불행한 사람이지만, 나 역시 그렇게 생각하고 있었다. 친절함의 성분은 98퍼센트가 거짓이라고. 사치오는 거짓말쟁이다. 그래서 나는 그를 좋아하게 되었다. 거짓말을 하고 있다는 자각조차 없다. 하는 말은 모두 불확실하고 근거 없는 말뿐. 말할 때는 진심인 것 같아도 나중에 돌아보면 되짚어 생각하기조차 부끄러운 거짓말투성이. 그런 의미에서는 태어나기를 '허업 종사자'로 태어났다. 허업이 아니면 일할 수 없다.

그날 밤 사치오는, 쉬는 날이었던 나와 함께 저녁을 먹고 텔레비전에서 중계하는 복싱 경기를 9라운드까지 보면서 흥분해서 야단을 떤 나머지 내게 어깨를 기대고 그대로 잠들려 했다.

"오늘까지 원고 마감 아니야?"

그렇게 말하면서 엉덩이를 쳤더니, 나는 내 기분 내키는 대로 쓰고 있는데 당신이 뭐라고 잔소리를 하면 써질 글도 써지지 않는다느니 어떻다느니 하면서 투덜거리고는 시큰둥하게 서재로 들어가기는 했는데, 그 후로 15분에 한 번꼴로 콜라를 마시러 나오질 않나, 손톱깎이는 어디 있느냐고 하지를 않나, 화장실에서 솔로 변기를 닦는 소리가 나는가 하면 당신에게 들려줬던 CD 어디다 뒀어, 하고 내게 따지면서 산만하게 굴더니, 정말 의자에 앉아 있는 시간이 있었는지 없었는지, 결국 2시간 반 뒤에는 다시 거실로 나와 포테이토칩 봉지를 뜯고는 텔레비전을 켜고 〈다모리 클럽〉을 보기 시작했다.

잠들기 전에는 완성된 초고를 읽어야 했다. 사진가인 주인공

'나'가 소년 시절에 아빠의 카메라로 딱 한 번 찍은 여자 부랑자와 길거리에서 재회한다는 내용의 짧은 단편이었다. 거의 숨도 쉬지 않고 단숨에 써 내려간 탄력 있는 리듬과 흐름, 깔끔한 어휘 하나하나가 마음속 깊은 곳을 파고들듯 건드렸다. 이게 정말 손톱을 깎작거리면서 쓴 소설일까? 내 눈에서 흐르는 눈물이 목까지 덮은 담요에 뚝뚝 떨어졌다. 훌쩍거리는 소리만큼은 이 남자가 들어서는 안 되지, 하고 열심히 참았다. 사치오는 옆에서 입을 헤벌리고 불량 만화에 푹 빠져 있었다.

  하지만 그런 일도, 돌이켜보면 아주 먼 옛날 얘기다.
  사치오가 자신이 쓴 글을 일일이 읽어보라고 하는 일도 점차 없어지고 말았다. 그의 글을 심하게 비판하거나 폄하한 것도 아니었다. 그저 내게는 누구보다 오랜 세월 동안 그가 쓴 글을 옆에서 보아온 사람으로서의 엄격함이 있었다. 물론 그를 응원해왔다. 작품 수가 늘어나고 나이를 먹었어도 안목 있는 편집자나 독자에게 트집 잡히는 일 없이 오래도록 매력적인 작품을 쓸 수 있는 작가이기를 바랐다. 그렇기에 더욱, 하는 심정으로 나만 알아차릴 수 있는 낯간지러운 표현이나 즐겨 사용하다 매너리즘에 빠진 문장, 그의 인격이 근시안적으로 지나치게 투영된 부분을 지적했다. 모두 그런 지적뿐이었다. 나만이 알 수 있는 좋은 점도 넘치도록 많았는데, 그런 것들은 당연하다고 치고 칭찬이나 노고를 치하하는 말에는 시간을 할애하지 않게 되었다. 그러는 건 그에게도 독이다, 하고 믿고 있기라도 하듯. 나는 좋은 독자가 아니었다. 아니, 좋은 가족도 아니었을 것이다. 코를 훌쩍거리는 소리가 나지 않게 참은 것은, 지금 생각하면 무슨 오기였을까.

그러나 나 역시 툭하면 읽어보라고 하지 않는 편을 홀가분하게 여기게 되었다. 함께 사는 사람 입장에서는 글과 그 글을 쓴 사람의 실태에 차이를 느끼는 법이고, 또 그 점을 용서할 수 없는 순간이 찾아오고 마는 법이다. 세탁기에 세제 하나 제대로 못 넣는 주제에, 잘난 듯이 여자를 표현하고 있다. 날마다 대낮까지 자면서, 어쩌다 외출하면 요코하마에서든 가마쿠라에서든 출판사에서 대준 차를 타고 태연하게 돌아오는 작자가 월급쟁이의 고생담을 쓰고 있다. 그뿐만이 아니다. 쓰인 글이 작자 자신의 사고, 지향, 기호와 반드시 일치하지는 않는다는 걸 알면서도 그만 동일시하게 된다. 아니 그 작자가 이런 짓을 했단 말이야? 이렇게 느꼈다고? 이런 여자를 알고 있었다니. 가령 사실이 그렇다 해도, 자신에게 생긴 일을 소재로 밖을 향해 글을 쓰고 또 파는 만행을 잠자코 이해하고 오로지 용서하는 것만이 '글쟁이'의 가족인 자의 도리일 텐데, 그럴 수 없게 된다. 어디부터가 창작이고 어디부터가 현실의 재연인지 그 경계선을 찾느라 부심한다. 밝혀질까봐 두려운 건 아니다. 오히려 밝히다 못해 자칫 비굴한 자기방어와 안이한 자기 긍정이 드러난 부분을 그냥 간과할 수 없게 되고 만다. 독자들은 '음,

28

멋진데.' 하고 생각할 부분을 '아, 도망쳤네.' 하고 느끼고 만다. 작품이 끝나면서 주인공이 인간적인 성장을 꾀하고 새로운 출발의 출구를 찾으면 안도하기는커녕 오히려 시큰둥해진다. 인간이 그렇게 쉬이 성장하는가. 당신이 성장한 거 맞아? 새로운 돌파구를 찾은 거야? 순 거짓말. 어차피 거짓말쟁이가 쓴 거짓말이잖아. 나는 어느 틈엔가 그 사람 작품의 최대 적이 되고 말았다.

하지만 한편으로 나는 그가 자신의 일에 성공하면 할수록 내 일에 자신감을 가질 수 있었다. 아니 '자신감을 갖는' 것에 집착하게 되었다고 해야 할까. 주위 사람들은 "남편의 활약이 그렇게 대단하니 유유자적하겠네."라고들 하지만 나는 그와는 다르다. 사치오와는 다른 차원에서 살고 있다. 그가 몸뚱이 하나로 고타쓰에서 노트북을 열어놓고 작품에 매달리던 때나, 사진이 박힌 신간 광고물이 전철에 떡하니 나붙기 시작한 후에도 나 자신은 무엇 하나 변하지 않았다는 사실만이 나의 자부심이다. 남편의 성공에 매달려 우쭐할 정도로 나는 무분별하지 않다. 사람의 머리는 자르면 자른 만큼 짧아지고, 파마를 하면 머리칼은 구불구불해진다. 내가 손을 놀리면 손님은 미용실 문을 열고 들어왔을 때보다 반드시 예뻐져서 돌아간다. 눈이 오나 비가 오나 아침 9시에는 가게로 나가, 고토에와 미키 그리고 가이 군과 함께 가게 구석구석을 반질반질하게 닦고 밤 10시까지 내 두 발로 서서 일한다. 내 몸이 닳고 닳아

지칠 때까지. 이런 것이 노동이며 산다는 것이다. 내 일은 허업이 아니다.

그러나 나는 결국 남편을 시샘했던 거라고 생각한다. 나는 사치오의 성공을 순순히, 진심으로 기뻐하지는 않았다. 누구 덕분에, 하는 비열한 말이 목구멍까지 올라오면 꿀꺽 삼켰다.

출판사를 그만둔 이후로 한동안은 아무리 써대도 상은커녕 후보에도 오르지 못했다. 기껏해야 앞날이 없는 지역 정보지나 여행 잡지에 칼럼을 쓰는 정도였다. 어쩌다 간혹 마음을 써주는 편집자가 생겼다 싶으면 이내 영업부로 발령이 나거나 출판사가 망했다. 이렇게 일이 잘 풀리지 않는 건 내가 삼재에 걸려서가 아닐까 싶어 삼재풀이를 위해 동네 신사에 간 적도 있었다. 그 무렵에는 뿌연 안개가 낀 것처럼 미래가 불안했지만 하루하루가 더없이 빛났다. 사치오는 완전히 내 손아귀 안에서 나만 의지했고, 목줄로 묶은 것도 아닌데 내 곁을 한시도 떠나지 않는 어리고 귀여운 강아지 같았다. 그때는 내가 사는 의미를 몸이 떨리도록 느낄 수 있었다.

언제부턴가 작품이 조금씩 사람들 눈에 머물기 시작하면서 나도 이름을 알 만한 사람이 칭찬을 해주는가 싶더니, 그다음부터는 일사천리였다. 사치오의 세계는 한없이 넓어졌고, 수입도 교류하는 사람 수도 순식간에 나를 뛰어넘었다. 사치오는 밀려오는 파도에 기죽는 일 없이 당당하게 맞섰다. 생각했던 것

30

보다 패기와 재주도 있었고, 생각했던 것보다 파도도 잘 탔다. 나는 가게를 도맡을 필요가 없어졌고, 4년 전에는 드디어 내 이름을 건 미용실을 차렸다. 전전긍긍하며 앞날을 걱정하는 일도 없어졌다. 그리고 돌아보니 사치오 주위에는 그 사람의 능력을 믿는 사람, 그 능력에 걸어보겠다는 사람, 하나에서 열까지 보살피는 사람들로 인간 띠가 형성돼 있었다. 나는 안도를 얻은 대신 내가 사는 의미를 완전히 잃어버렸다.

*

"곤약을 한자로 써라. 자, 곤약입니다. 이거 어렵겠는데요. 오호라, 머리를 싸매고 있는 문단의 조니 뎁, 쓰무라 케이. 과연 쓸 수 있을까요. 펜을 들었습니다, 쓰무라 씨의 펜이 움직이고 있습니다. 남은 시간 오 초, 사, 삼, 이, 일, 땡!"

아하하하. 틀렸습니다.

나는 웃었다. 텔레비전의 액정 화면 속에서 사치오가 안경 벗은 얼굴을 두 손으로 가리고 테이블에 푹 엎드려 있다. '곤약'의 '약' 자는 한자로 썼는데, '곤'의 초두머리 아래가 휑하게 비어 있다. 함께 출연한 탤런트들이 "괜찮아, 괜찮아!" 하면서 기를 불어넣어주고 있다. 얼굴을 든 그가 해답을 보자, 사뭇 분하다는 듯이 손가락으로 '곤' 자를 열심히 연습한다. 나는 또 웃었다. 그깟 곤약을 한자로 못 썼다고, 뭘 그래.

벌써 8시 반이 지났다. 심야 버스는 11시에 출발하기 때문에 유키와는 10시 반에 신주쿠 역에서 만나기로 했다.

고등학교를 졸업한 후로 해마다 연례행사를 치르듯 둘이 여행을 떠났다. 유키가 재혼해서 아이를 낳고 기르느라 바빠 중단한 시기도 있었지만, 재작년에 딸 아카리가 두 살 반이 되기를 기다렸다가 다시 시작했다. 그런데 엄마 없이 밤을 보내기에는 아직 일렀는지, 한번 울음을 터뜨린 아카리가 아무리 어르고 달래도 그치지 않아 마지막에는 남편 요이치 씨도 같이 울었다고 한다. 그런 사연이 있어 작년에는 당일치기로 이즈에 다녀왔는데, 조개구이를 먹고 온천을 하고 선인장 공원을 구경하는 등 죽을힘을 다해 돌아다니다 밤늦게 부랴부랴 들어갔더니 "당신, 하루 자고 오는 거 아니었어?" 하는 소리가 얼마나 어이없게 들렸는지 모른다. 아이들은 참 대단하다. 조금씩이지만 그래도 쑥쑥 자란다.

올해야말로, 하고 유키가 단단히 벼르기에 오랜만에 스키를 타러 멀리까지 가기로 했다. 스키를 타러 가는 건 아들 신페이가 지금의 아카리만 할 때 가고 처음이다. 그때는 슬로프에서 유키가 발목을 삐는 바람에 그다음부터는 여관에서 둘이 뒹굴거렸더랬다. 같은 여관에 마침 한국인 정형외과 의사가 있어서 친절하게 그녀를 봐주었는데, 그 바람에 유키는 한류에 푹 빠지고 말았다. 나나 유키나 그 무렵에 비하면 몸이 딱딱하게 굳었을 것이다. 요이치 씨가 "이번에는 다리 부러지는 거 아냐."

하고 겁을 주었다는데, 재난이 없는 여행은 신기하게 추억도 별로 남지 않는다.

털이 달린 코트를 입고 다시 한 번 거울 앞에 서보았다. 그러고 보니 작년에 이즈의 '연인들의 곶'에 갔을 때 유키와 나란히 찍은 사진에서도 이 코트를 입고 있던데. 재작년 하코네의 아시노 호수에도 이 코트를 입고 갔었다. 어쩌면 그전 스키 여행 때도 이 코트를 입고 갔을지 모른다. 아직 산 지 얼마 안 되었다고 생각했는데, 과거는 자신이 인식하고 있는 것보다 훨씬 빨리 멀어지고 말았다. 손이 닿지 않는, 먼 저편으로.

지난주에 미용 학교 시절의 옛 친구가 오토모 씨네 미용실에서 엽서가 왔다는 내용의 문자메시지를 보내주었다.

'스타일리스트 오토모 다쓰히코 씨가 건강상의 문제로 퇴사하게 되었습니다.'
그렇게 쓰여 있었어. 자세한 건 잘 모르겠고.
연락을 할까 말까 망설였는데, 그냥 알리는 거야.

묵직한 어떤 힘이 위를 꾹 짓누르는 듯한 느낌이었다. 일을 그만둘 만큼 건강상에 문제가 있다니, 어떤 문제일까. 몸이 그런 걸까, 마음이 그런 걸까. 거짓말이겠지. 그럴 타입이 아니다. 하지만 내가 아는 오토모 씨는 20년이나 전에 만났던 사람이다. 나는 지금의 오토모 씨에 대해서는 거의 아무것도 모른다. 나의 배신이 오토모 씨의 마음에 어떤 영향을 미쳤으리라 생각하는 것 자체가 그 사람으로서는 실소를 머금을 만한 자만심이다. 아무리 깊게 사귀어도 이성은 대부분 이렇게 타인에서 시작해서 타인으로 끝난다. 오토모 씨, 내가 얼굴 보러 가면 조금은 기운이 나겠어? 날 리가 없지. 나와 오토모 씨 사이에 있었던 것들은 그 시점에 끝난 뒤로 휘발되어 이 세상에서 사라졌다. 한때는 그렇게 열을 올리면서 몸의 일부처럼 여겼던 사람인데, 소리도 없이, 이 세상 어딘가에서 죽어간다. 고작 2,000제곱킬로미터밖에 안 되는 도쿄 안에 있는데도, 전혀 감지할 수 없다. 죽어가고 있다는 걸 아는데도 눈물조차 나오지 않는다. 아니 흘릴 자격도 없다. 과거는 이미 손이 닿지 않는 깊고 캄캄한 심연으로 떨어졌다. 이 손으로는 두 번 다시 퍼 올릴 수 없다.

뭐가 진실이고, 뭐가 거짓인가. 미래만 보장되면 진실인가. 우리가 이 집안에서 공유하는 한 사치오와 나 사이에 있는 건 모두가 인정하는 진실이며, 동시에 이 세상에 정착하게 되리라. 진실, 이라는 것에는 종종 '실'이 없다.

이번 여행에서 돌아오면 이 코트도 처분해야겠네. 그렇게 생각하면서 부드러운 털에 볼을 묻었다.

"이 한자는 뭐라고 읽죠? 자, 난관입니다. 마지막 도전입니다.

문화 팀은 역전할 수 있을까, 아니면 패배의 눈물을 흘릴 것인가. 선두 주자, 쓰무라 케이 씨, 준비되셨습니까?"

사치오, 나 이제 나가야 되는데.

"자, 어렵습니다. 쓰무라 케이, 과연 복수에 성공할 수 있을까!"

기누가사 사치오는 현관문을 열자마자 자신의 필명을 부르는 짜랑짜랑한 목소리를 들었다. 복도 끝에 있는 문을 열어보니, 아내는 빨간색 다운재킷을 걸치고 식탁 의자에 걸터앉아 있었다.

"어라, 지금 온 거야?"

사치오가 묻자, 기누가사 나쓰코는 천천히 고개를 돌려 남편의 얼굴을 힐금 보더니 아무 말 않고 다시 거실 텔레비전 속의 쓰무라 케이를 보았다.

"뭐야 이거. 바로 얼마 전에 녹화했는데 방영이 꽤나 빠르네."

나쓰코는 그에게 등을 보인 채 대답하지 않았다. 시끌벅적한 오락 프로그램에서 턱을 괴고 생각에 잠겨 있는 자신의 모습을 아내가 뚫어져라 쳐다보고 있으니 영 쑥스럽다. 파운데이션을 짙게 발라 젊어 보이지만, 화면에 크게 클로즈업되면 번들거리는 얼굴과 늘어진 목덜미의 격차가 유난히 눈에 띈다. 그런 것도 나쓰코는 틀림없이 알고 있을 것이다.

"시간이, 시간이 없습니다. 과연 어떻게 될까요? 펜을 들었습니다. 펜을 들었어요, 문단의 조니 뎁, 쓰무라 케이, 어떻게 쓸까요!"

딩동댕!

"네, 정답입니다! 저력을 보여준 쓰무라 케이, 보란 듯이 50포인트를 획득했습니다!"

후후, 하고 나쓰코가 웃었다. 사치오도 덩달아 웃으며 말했다.

"쳇, 조니 뎁이 뭐야, 조니 뎁이."

나쓰코는 아무 대꾸도 하지 않았다.

"쓰무라 씨, 누에가 뭡니까?"

"일본에 예로부터 내려오는 전설 속의 동물이죠. 용이나 기린처럼요. 호랑이와 원숭이 등 여러 동물의 몸이 섞인 악령 같은 존재로 알고 있습니다. 요코미조 세이시의 영화 〈악령 섬〉의 광고 문구가 '누에가 우는 무서운 밤'이었는데 모르십니까? 아, 너무 오래된 영화라 그런가."

"누에가 어떻게 우는데요?"

"글쎄요, 끄억, 하고 울까요."

"우하하하하."

"어째 엉터리 같은데요."

"네? 쓰무라 씨, 누에가 어떻게 우는데요?"

"끄억~!"

"아하하하하."

"이제 그만 꺼."

"왜? 보고 있는데."

"그런 허접한 걸 왜 봐."

"왜는. 재미있잖아."

"그래봐야 누에에 대해 아는 척해서 어쩔 거냐고 생각하고 있으면서."

"그런 생각 안 해. 난 누에가 뭔지도 모르는데 뭐."

"거짓말 마."

"진짜 몰라. 그보다 당신, 머리 어떻게 할 거야?"

"머리를 어떻게 하기는."

"자를 거 아니야? 모레 파티가 있어서 잘라야 한다고 했잖아."

"아차, 당신 오늘 떠나나, 여행?"

"안 잘라도 괜찮으면 됐고."

"아니, 자를 거야."

"자르는 사람은 나야. 그리고 그 얘기한 거, 오늘 아침이야."

"몇 시에 나가는데?"

"30분 뒤에."

"자를 수 있겠어?"

"그럼."

"적당히 할 생각이지?"

"그럼 다른 미용실에 가서 자르든지."

사치오의 머리 가마는 형태가 일그러져 있다. 번개가 갈가리 찢어놓은 듯한 그 후두부와 이십 몇 년을 대치해온 나쓰코 외에 사치오의 머리를 자유자재로 만질 수 있는 사람은 없을 것이다. 언제 파마를 할 것인가, 또 언제 그 매끄러운 직모를 살릴 것인가, 어떤 각도로 가르마를 탈 것인가, 그녀는 속속들이 알고 또 지배하고 있다. 사진을 찍고 촬영할 기회가 많아지고 나서도 사치오는 머리 손질만큼은 반드시 나쓰코에게 맡긴 다음에 집을 나서곤 했다.

그런데 바닥에 신문지를 깔고 그 위에 놓은 둥그런 의자에 팬티 바람으로 앉아 미용 가운을 목에 두르자, 사치오는 왠지 자신이 형틀에 묶인 죄인이 된 듯한 기분이 들었다. 과연 이 심한 비도덕적 감정은 어디서 오는 걸까. 오늘 일정을 까맣게 잊어서만은 아닐 것이다. 손도 발도 꼼짝할 수 없는 허수아비 같은 꼴로 있는 자신의 관자놀이에 아내가 날카로운 가위를 대려는 바로 그 순간, 테이블 끝에 놓은 휴대전화가 애인이 보낸 문자메시지에 부르르 몸을 떨어서만도 아니다. 간간이 두피에 닿는 나쓰코의 손가락은 20년 전이나 지금이나 변함없이 따스해서 녹아내릴 것 같은데, 그 온기도 부드러움도 나쓰코의 심리와는 전혀 별개라는 것을 사치오는 이미 잘 알고 있다. 아무튼 나쓰코는 명실상부한 프로다. 가정에서도 그 점은 달라지지 않았다. 대체 언제부터 우리 사이가 이렇게 어색해졌을까. 서로가 하는 말에 완전히 흥미를 잃고, 서로 신선한 뉴스거리를 갖고 들어와 풀어놔봐야 옛날 고릿적에 싫증 난 얘기만도 못해 따분해하는 건 어째서일까. 조금이라도 서로의 관심을 지속시킬 만한 대화의 실마리를 하나도 찾을 수가 없다. 바로 30분 전에 와인 바의 카운터에서 팬이라면서 다가온 알지도 못하는 젊은 커플에게는, 지금 막 유전이라도 발굴한 듯 온갖 말을 떠벌려댔는데.

"저녁때 아리무라란 사람에게서 전화가 왔어."

나쓰코가 천천히 입을 열었다.

"누구라고?"

"초등학교 때 친구라던데. 고향 NPO에서 주최하는 행사에 나와줄 수 없겠느냐고 했어. 어머님께 우리 집 전화번호를 물어봤대."

귀찮은 일이다. 묻는다고 대뜸 가르쳐주는 어머니에게도 화가 나지만, 그런 유의 의뢰를 싫어하는 사치오의 성격을 알면서도 은근슬쩍 전달하는 나쓰코도 짜증스럽다.

"아리무라…… 다이치 씨라고 했어. 이름 말하면 알 거라고 하던데. 모르는 사람이야?"

"아니, 알아."

"그러면서 뭘."

"초등학교 졸업한 이후로 한 번도 만난 적 없어. 어렸을 때 같이 좀 놀았다고 해서 몇 십 년 동안이나 만나지 않은 사람을 '친구'라고 할 수 있나."

"그쪽은 그렇게 생각한다는 뜻이겠지."

"당신도 말이야, 전화 받을 때 이제 기누가사입니다, 하고 말하지 말라고."

"왜? 사치오는 필명도 있고, 매니저도 있잖아."

"그런 문제가 아니라고. 그리고 편집자가 왔을 때 사치오라고 부르는 것도 이상하잖아."

"아하하하하."

"왜 웃는 거야?"

"그럼 집 안에서 쓰무라 씨, 아니면 케이 씨, 나더러 그렇게 부르란 말이야? 나는 소설가의 아내입니다, 그렇게?"

"소설가의 아내가 어때서? 그러니까 곁다리 같아서 싫다는 뜻이야?"

"그런 게 아니지. 그냥 평범하게 하는 게 좋잖아. 누가 봐도 어색하고 거짓말 같은데."

"하기야 당신은 거짓말을 싫어하니까."

"당신, 왜 또 그런 말투야."

가위질을 계속하던 손이 그만 움직임을 멈췄다. 나쓰코는 두 사람 앞에 세워져 있는 거울 속 남편의 얼굴을 뚫어져라 쳐다보았다. 사치오도 얼굴을 들었지만, 아내가 쏘아보는 시선을 똑바로 쳐다볼 수가 없었다.

"동정하지 않아도 돼. 난 어차피 나 자신을 제대로 받아들이지 못하는 사내니까."

"그런 식으로 말하지 마. 나는 기누가사라는 성도 좋아하고, 사치오라는 이름도 멋지다고 말한 거라고. 결혼할 때도 그랬잖아. 나는 다나카라는 평범한 성이라서."

"그 무렵 얘기는 됐어."

"…… 그건 그러네."

사치오와 나쓰코의 대화가 따분하게 이어지지 않을 때는 늘 이런 식으로 전개되다 끝나버린다. 돌이킬 수 없는 침묵을 깨뜨리지 못한 채, 잠시 후 사치오의 머리는 말끔하게 손질이 끝났다.

"끝났어?" 하고 묻는 남편에게 아내는 "완벽해." 하고 대답했다.

9시 반이 되어가고 있다.

나쓰코는 가위를 제자리에 놓아두고, 다시 빨간색 다운재킷을 걸치고 여행 가방을 밀면서 사치오 바로 뒤를 지나갔다. 신문지에 떨어진 머리카락이 마치 아내와의 경계선처럼 사치오의 발을 거뭇거뭇 둘러싸고 있었다.

닫힌 문 너머로 아내가 신발장에서 구두를 꺼내 신는 소리가 들렸다. 사치오는 아직도 둥그런 의자에 걸터앉은 채 거실에 마냥 켜져 있는 텔레비전을 멀거니 바라보고 있었다. 화면에는

광고가 흘렀다. 오락 프로그램은 벌써 끝났다. 쓰무라 케이 팀
이 이겼을 텐데, 그 순간을 놓치고 말았다. 조금 전에 문자메시
지 수신음을 듣고서도 그냥 내버려두었던 휴대전화로 손을 뻗
었다.

타닥, 타닥, 천천히 마룻바닥 복도를 걸어오는 나쓰코의 발소
리가 들렸다. 나쓰코는 구두를 신었는데 깜박 잊은 일이 생각
나면 구두를 신은 채 집 안에 들어오는 나쁜 버릇이 있다. 아
무리 잔소리를 해도 고쳐지지 않는다.

사치오는 휴대전화를 쥔 오른손을 미용 가운 안으로 슬그머
니 집어넣었다. 문이 열리고 나쓰코가 문틈으로 얼굴만 들이밀
었다.

"미안한데."

"뭔데?"

"뒷정리 좀 부탁해."

"그러려고 했어."

문이 닫히고 나쓰코의 발소리가 멀어지다가 현관 밖으로 나
가는 소리가 들렸다.

그것이, 기누가사 사치오와 기누가사 나쓰코의 마지막 인사
가 되었다.

나
:
:
애
인

준, 좀 들어볼래?

나, 어젯밤에 선생님 집에서 잤어. 한밤중에 오라고 해서. 집에 가기는 좀 그렇다고 하는데도 모처럼 집이 비었다고 하잖아.

누구겠어, 사모님이지. 그런 일은 처음이야. 뭐? 정말 처음이냐고? 그래, 일 때문에 다른 편집자랑 같이 간 적은 있지, 몇 번이나. 그런데, 잔 건, 응, 처음이야. 전에도 설에 사모님이 친정에 갔을 때 하마터면 잘 뻔했는데, 역시 아침까지 있자니 거북해서 도중에 돌아왔어. 그야 당연히 거북하지. 나도 양심의 가책이란 걸 느끼는 사람인데.

만난 적 있지, 물론. 참 고상한 사람이야. 사모님도 나를 기억하고 있고. 관계? 전혀 나쁘지 않아. 사모님, 시원시원하고 좋은 사람이야. 싫어하지 않아, 나. 마주하고 있어도 그렇게 괴롭지도 않고. 오히려 아무것도 모르는 사모님이 생글생글 웃으면서

44

잘 대해주는 게 괴롭지. 참 한결같은 사람이다 싶지. 그게 또 딱하기도 하고. 네가 무슨 낯짝으로 그런 말을 하느냐고 할지 모르겠지만. 그렇잖아, 팔리지 않던 10년 가까운 시절을 불평 한마디 않고 남편을 먹여살렸는데, 이런 편집자 나부랭이에게 빼앗겼으니 안됐지. 선생님이 어떻게 된 거지. 썩을 외도. 나 같으면 죽여버렸을 거야.

만약 내가 선생님 부인이었다면 절대로 10년씩이나 먹여살리지 않았을 거야. 그게 차라리 낫지. 남편이 소설가로 성공하지 못하더라도, 제 몸이 부서져라 일하면서 마흔이 넘었는데, 잠깐 집을 비우는 사이에 자신의 성에 여자를 끌어들이는 꼴을 당하는 것보다야. 사모님의 그 헌신이 제 무덤을 판 거지.

꽤 오래전인데, 편집부 사람들이 선생님 모시고 술을 마시러 간 적이 있었어. 어느 신입 사원이 "선생님, 사모님은 어떤 분이세요?" 하고 물었거든. 선생님이 대답하기도 전에 선배 편집자들이 미인이다, 성품이 좋다, 친근감 있고 현명한 사람이다, 그렇게들 칭찬을 했지. 그런데 "아니 전 선생님 본인의 말을 듣고 싶은데요." 하고 그 신입이 아주 멍석을 깔아준 거야.

그랬더니 평소에는 어떤 얘깃거리에도 지겹도록 말이 많은 그 선생님이, 그때는 딱 한 마디.

"글쎄요. 우리 마누라는, 훌륭한 사람입니다."

그렇게 말했어. 진짜 딱 한 마디.

그 말을 할 때 표정이, 정말 어이가 없었던 데다 어찌나 애처

롭던지. 선생님 눈빛이, 시선을 돌리고 싶을 만큼 어두웠어.

다들 술을 마셨으니까 어떤 대답을 해도 상관없었는데 '훌륭한 사람'이라는 대답이 웃겨서, 다들 봇물 터진 듯이 웃었어. 선생님 표정을 제대로 보는 사람은 없었지만, 나야 그럴 수 없잖아. 뼛속까지 푹 찌르는 듯한 선생님의 악의가 느껴지더라. 선생님은 사모님을 모욕했어. '훌륭한 사람'이라는 한 마디로 냉담하게 밀쳐낸 거지.

선생님이 오래전부터 상처를 짊어지고 살아왔다는 걸 알겠더라. 물론 사모님에게는 터뜨릴 수 없고, 누구에게도 말할 수 없는 상처를. 남자가 여자에게 10년 넘게 밥벌이를 시킨 수치심에 갈가리 찢겨 땅만 쳐다보면서, 누구에게 도움을 청하지도 못한 채 정말 힘겨웠겠다 하는 생각이 들었어. 10년 넘게 밥 얻어먹은 주제에 뭘, 그렇게 말하겠지? 그래, 다들 그럴 거야. 그러니까 본인은 괴로운 거지. 직업상, 나는 괜찮습니다, 나는 아무렇지 않은 인종입니다, 그런 척하고 있지만, 정말 그런 일에 태연할 만큼 선생님은 걸물이 아니야. 유감스럽게도. 정말이야. 딱할 정도로 평범한 사람이라고.

인간은 참 비열하다는 생각이 드네. 아무리 좋은 이야기를 쓴다 한들, 그걸 읽은 몇 천 명의 독자가 "감동했어요!"라고 한들, 그 10년의 수치를 결국은 이런 식으로 사모님에게 갚고 있으니. 그래, 나를 말하는 거야. 복수를 거들고 있는 거. 아니, 원흉이라고 해야 하나. 그래 맞아, 알고 있어.

사모님도 남편을 수치스럽게 하려고 먹여살린 건 아니었겠지. 선생님도 복수를 하려는 건 아니겠지만 선생님에게 수치인 건 분명하고, 사모님 쪽에서 보면 이건 틀림없는 복수잖아. 난, 서로가 그걸 알아차리지 못하면 좋겠다고 생각했어. 알아차리면 끝이잖아. 몇 번이나 말하는데, 난 그 가정을 깨뜨리고 싶은 생각, 전혀 없다니까.

낮에 일어나 침실에서 나와 세수를 하고, 거실 텔레비전을 켜놓고 화장을 시작했을 때. 그래. 선생님 집에서. 뻔뻔하지. 알아. 계속 말해도 될까. 그 집 전화벨이 울렸어. 침실에는 무선전화기가 없는지 모르겠지만, 아무튼 계속 울려서 침실에 대고 선생님을 불렀지. 두 번, 세 번. 그랬더니 선생님, 간신히 눈을 비비고 일어나 수화기를 들려는데 전화가 끊겼어. 사모님이 자동응답기로 전환하는 걸 깜박 잊고 간 거겠지. 선생님, 평소에는 전화를 받지 않는데. 혀를 차면서 자동응답 버튼을 누르고, 내 옆에 있는 소파에 누워서 텔레비전을 봤어. 정보 프로그램의 요리 코너였나, 아마 그랬을 거야. 탤런트가 나와서 양배추와 감자 같은 걸 지글지글 볶았어. 그 프로그램을 좋아한대. 여자가 부엌일을 하는 장면을 쓸 때 도움이 된다나 뭐라나. 그래 봐야 결국은 먹성이 좋을 뿐이지. 자식 있는 동료가 그러는데, 선생님이 쓰는 그런 장면은 딱 자기 아들 눈높이라더라. 햄버그스테이크 빚을 때는 아주 사랑스럽다는 눈길로 열중해서 하지만 식사가 끝난 다음 설거지할 때는 근처에도 오지 않는다고. 자기 좋은 일만 하면 그만이라고. 요리 프로그램도 똑같지. 양념을 일일이 무게를 재서 나눠놓고, 채소를 썰고, 사용하고 어질러놓은 냄비와 프라이팬 설거지하는 시간이 훨씬 긴데, 그런 장면을 보여주는 프로그램은 없잖아. 음식물 쓰레기를 처리하고 가는 출연자도 없고. 말이 3분에 끝나는 뚝딱 요리지, 양파 하나 까는데도 1~2분은 금방 지나가잖아. 그래서 나는 요리하기가 싫은 거야. 맛있는 건 날름 먹으면 끝이고, 즐거운 때도 한순간이잖아. 뭐? 그렇지도 않다고? 전희와 후희? 아하, 준, 어른이네.

아무튼 나는 요리를 안 하잖아. 하지 않는 걸 봐도 소용없으니까, 뉴스 채널로 바꿔도 되겠느냐고 하고서 리모컨을 들었지.

보고 있는데, 하고 선생님이 투덜거렸지만 마침 다른 채널에서 뉴스가 시작되었더라고.

"앞서 몇 번이나 전해드렸습니다만." 하고 뉴스캐스터가 사고를 보도하기 시작했어. 화면 왼쪽 위에 산길 옆에 있는 가드레일이 일그러진 사진이 비쳤고. 야마가타 현의 무슨 무슨 촌, 무슨 무슨 고개에서 스키 투어 관광객을 태운 버스가 내리막길에서 커브를 미처 돌지 못해 어쩌고저쩌고, 현재 부상자가 운송된 병원에서 네 명이 사망한 것으로 확인되었고, 자력으로 버스에서 탈출해 구조된 자가 스물 몇 명, 다른 승객 몇 명의 행방은 아직 확인되지 않았다.

아, 아, 아. 선생님이랑 둘이서 그러고 있는데.

화면이 경사가 급한 벼랑으로 버스가 추락하면서 나무를 쓰러뜨린 흔적으로 바뀌었어. 공중에서 촬영한 영상 같았는데, 추락했다는 버스는 어디에도 보이지 않는 거야. 날씨는 유난히 좋고, 벼랑 아래 호수도 우유를 섞어놓은 것처럼 파스텔 톤의 파란색이고, 오렌지색 옷을 입은 수색대원을 태운 보트가 점점이 떠 있는 게 아름다운 풍경으로 보이고 말이야.

사고가 발생한 오전 6시 반경에 현장의 기온은 영하 2도, 노면은 얼어 있었고, 댐의 수온은 3도 정도였다고 해.

"우와악." "춥겠다." "어휴." "얼어 죽겠는데." 둘이서 그런 소리 하면서. 보통 그러잖아. 그렇지?

선생님이 소파에서 싸늘해진 발을 내 몸에 휘감았어. 나는 화장을 하다 말고 꺅꺅거리고. 그러고 있는데, 전화벨이 또 울린 거야. 자동응답 기능으로 돌려놓았으니까, 그냥 내버려두고 한 번 정도 더 할까, 그런 생각을 하고 있었어. 나, 그 전화가 사모님이 건 전화였으면 좋겠다고 생각했어. 스피커에서 사모님이 선생님을 부르는 목소리가 흘러나왔으면 좋겠다고. 기도까지 한 건 아니고. 그냥. 자기가 없는 사이에 자기네 거실에서 다른 여자에게 그런 일을 당하는 사모님의 비참함을 실감하고 싶었을 뿐이지. 사모님이 비참하다는 걸 실감할 수 있으면, 나도 조금은 위로가 될 거 아니야. 나 역시 비참하니까. 이제 곧 서른인데. 언제까지 이런 사람과 헤어지지 못하고, 어리석게.

그런데 사모님이 건 전화가 아니었어.

야마가타 현 경찰이 건 전화였어. 확인하고 싶은 일이 있으니 메시지를 들으면 전화를 걸어달라는. 스피커가 비틀리겠다 싶게 걸쭉한 아저씨 목소리를 듣고서, 선생님이 내 몸에서 발을 뗐어.

있을 수 있는 일이니? 하나밖에 없는 사모님이 1년에 한 번뿐인 여행을 떠났는데, 어디 갔는지, 뭘 하러 갔는지, 선생님은 아무것도 모르고 있었어. 정말 바보지.

있지, 준.

내가 그날 선생님 집에 묵어서 일이 이렇게 된 거 아니겠지? 내가 선생님과 사모님에게 몹쓸 짓을 해서 그런 거 아니겠지?

그런데.

그러고 보니까 사모님 말이야, 우리가 일 때문에 선생님 집을 찾아가면, 선생님을 '사치오 씨'라고 불렀어. 사치오는 쓰무라 선생님의 본명이야. 기누가사 사치오. 굉장하지 않니? 카프 팬도 아무것도 아니야. 이 말, 다른 사람에게 하면 안 돼. 다들 모르는 일이니까. 그건 그렇고.

사모님이 그렇게 부르는 걸 나는 이상하게 생각지 않았어. 아주 자연스러웠으니까. 필명이 있다고 해서, 우리 앞에서 굳이 '선생님'이나 '쓰무라 씨'라고 부를 필요는 없잖아. 오히려 좋다고 생각했어. 사모님, 참 꾸밈이 없는 사람이라서. 그런데 잘 생각해보니까, 쓰무라 선생님을 '사치오 씨'라고 부르는 사람이 이 세상에 몇 명이나 있겠어. 편집자는 어떤 관계가 되었든 죽는 날까지 그렇게 부를 수 없잖아. 나도 아마 그럴 거야. 어쩌면 사모님이 그래서 일부러 우리 앞에서는 '사치오 씨'라고 부른 게 아닐까 하는 생각이 들었어. 물론 지금이니까 그렇다는 거야. 사모님, 나와 선생님의 관계도 알았을지 몰라. 너도 그렇게 생각하니? 그렇구나, 역시, 준 너도. 그렇겠지.

오미야 요이치는 가슴이 술렁거려 견딜 수가 없었다.

그 불안함을 무마하려고 어젯밤에는 아이들과 셋이서 12시까지 게임을 하며 놀았다. 편의점에 가서 평소에는 마시지 못하는 맥주까지 사 와 딱 한 캔만, 하고는 1리터나 들이켜고 말았다. 세 번째 캔을 땄을 때 열한 살짜리 오미야 신페이가 무슨 맛이냐고 묻기에, 시험 삼아 한 모금 마시게 해주었더니 쓰다면서 얼굴을 찡그렸다. 네 살 난 아카리는 입을 오므리고 맛있다고 했다.

"어린아이가 술을 마시는 건 법률 위반이니까 사실은 형무소에 가야 하는데, 경찰에 말 안 할 테니까 아빠가 맥주 마셨다는 것도 엄마에게 비밀이다."

그렇게 엄포를 놓았더니 둘이서 히죽거리면서 형무소가 어떤 곳이냐고 물어서, 형무소는 게임도 간식도 없는 곳이라고 대답해주었다. 엄마도 만날 수 없고, 아빠도 만날 수 없는 곳. 학교에도 갈 수 없고, 어린이집에도 가면 안 되는 곳. 모자 쓴 잿빛 얼굴의 아저씨가 있고, 매일 아침 6시에 음악이 울리면 다 같이 기상해야 하는 곳. 잠옷을 벗고 팬티 바람으로 거칠거칠한 마른 수건으로 몸을 닦으면서 하나 둘, 하나 둘. 그런데 얘기에 빠지기 전에 오누이는 고타쓰 속에서 새근새근 잠들고 말았다.

요이치는 오랜만에 마신 진짜 맥주 탓에 속만 더부룩했지 잠은 조금도 오지 않았다. 아침에 니가타에서 눈을 뜬 뒤 일반도로를 타고 9시간이나 트럭을 몰아 저녁 6시에 짐을 부리는 것까지 다 마치고 돌아왔는데, 몸이 저릿저릿한 것처럼 나른하기만 했지 손과 발바닥에 땀이 밸 정도로 정신은 긴장하고 있었다. 어떤 시간에 어떤 환경에 있든 자고 싶을 때 잘 수 있는게 유일한 특기라 할 수 있을 정도인데, 자식들과 집에 남겨지는 게 그렇게 불안한 일일까. 아내가 지시한 대로 아카리에게는 취침용 기저귀를 채워주었다. 이를 닦고 난 뒤에 둘 다 오징어를 질겅거렸지만, 그것도 오늘 같은 날의 즐거움이다. 매년 아내가 집을 비울 때마다 무슨 실수를 저질렀는데, 둘 다 이제 많이 컸고 나도 어른이 되었다. 더는 실수하지 않는다. 올해야말로 아이들을 거실 고타쓰에서 재우지 않을 것이다.

아카리는 번쩍 안아 들 수 있었지만 신페이는 묵직했다. 그런데다 아무리 말을 걸고 흔들어도 끈 떨어진 꼭두각시처럼 축 늘어진 꼴이 깊이 잠든 어린 동생 못지않다. 그러다 요이치는 불현듯 불안해져, 신페이를 다시 카펫에 내려놓고 그 편평한 가슴에 귀를 대어보았다. 툭, 툭, 툭. 듬직한 압력이 고막으로 전해지고, 그 리듬을 따르듯 자기 가슴의 술렁거림도 잦아드는 기분이 들었다. 결국은 부자가 고타쓰 속에서 서로 몸을 기댄 채 아침을 맞고 말았다.

요이치가 몰고 있는 트럭의 창문 너머로 저 멀리 보이는 산꼭대기가 새하얀 모자를 쓰고 있었다.

홋카이도에서 태어난 엄마 다치바나 유키는 고등학교에 입학할 당시 아버지가 전근하는 바람에 지바 현으로 이사했지만, 그 전까지는 알펜경기의 주니어 유망주였다고 들었다. 선명한 초록색 스키복을 입고, 우승 메달을 자랑스럽게 볼 옆에 들고 있는 소녀 시절의 엄마 사진을 보면 신페이는 왠지 눈이 부시기도 하면서 허탈한 느낌도 들었던 기억이 있다. 몸이 약한 것도 아닌데 신페이는 철이 들 무렵부터 어떤 운동도 제대로 한 적이 없었다. 아카리가 태어나기 전에 가족끼리 스키장에 놀러 간 적이 있는데, 썰매에서 떨어져 비탈에서 눈사람처럼 구른 이후로는 두 번 다시 스키장에 가고 싶지 않았다. 자신이 스키를 무서워한 탓에 엄마는 친구와 스키를 탈 수밖에 없게 되었다.

"신페이, 그만해."

"응?"

"노래, 그만하라고. 지금은 부르지 마."

요이치가 나무라자 신페이는 입을 꾹 다물었다. 엄마가 죽었을지도 모르는데, 어제 밤새 모니터 스피커에서 간간이 흘러나왔던 게임의 대기 화면 멜로디를 무의식적으로 흥얼거리고 있었다.

띠로리로 리, 리로리로 로, 띠라리로 리, 리라리로.

똑같은 멜로디가 요이치의 머릿속에서도 쉴 새 없이 맴돌았다. 아내가 죽다니, 견딜 수 없는 일인데.

'지금은 전화를 받을 수 없습니다. 삐— 소리가 나면 메시지를 녹음하세요.'

"나야. 뉴스 보니까 엄청난 사고가 났던데, 별일 없나 하고. 연락 좀 해줘."

띠로리로 리, 리로리로 로.

"도자와무라 온천 호텔의 지배인 하마구치라고 합니다. 오미야 씨, 지금 확인해봤는데요, 우리 호텔에 체크인하신 손님 중에 오미야 유키 씨의 이름은 없었습니다. 아, 네, 기누가사 나쓰코 씨 역시 아직 체크인하지 않으신 것 같습니다. 네, 아직…… 그렇습니다. 그 버스를 타고 이쪽으로 오신다는 연락은 받았는데요……"

띠로리로 리, 리라리로.

"현시점에서 구조된 사람은 스물여덟 명입니다. 그 스물여덟 명의 이름을 전부 확인했지만 댁의 사모님은 안 계셨습니다. 아니요, 그 스물여덟 명 중에는 안 계셨다는 말입니다. 네, 아직입니다. 아직 계속하고 있습니다. 구조 활동은 순차적으로 하고 있습니다. 버스는 앞으로 인양될 겁니다."

띠로리로 리, 리로리로 로.

"매제, 아직 연락 안 됐어? 어머니는 얘기를 해도 알아듣지 못하시니까 됐고. 아무튼 우리도 오늘은 어머니를 어디 부탁할 데도 없고 움직일 수가 없으니까, 매제라도 먼저 가 봐. 그리고 연락해주고. 다시 얘기하자고. 만에 하나 일이 그렇게 되었으면."

띠라리로 리, 리라리로.

'지금은 전화를 받을 수 없습니다. 삐― 소리가 나면 메시지를 녹음하세요. 끝나면 샤프 버튼을 눌러주세요.'

"여보, 유키. 나야. 전화해줘. 걱정하고 있어. 지금 신페이와 아카리 데리고 그쪽으로 갈 거야. 별일 없으면 별일 없다고 연락해줘."

띠로리로 리, 리로리로 로, 띠라리로 리, 리라리로. 부붑 부부, 부붑 부부, 부붑 부부, 부…….

현장에서는 시간 간격을 두고 발견된 두 중년 여성의 신원이 아직 밝혀지지 않은 상태였다. 한 명은 오전 9시에 호수 바닥에서, 다른 한 명은 오후 1시 반에 수중에서 끌어올린 버스 안에서 발견되었다. 운전사 둘을 포함해 서른아홉 명의 투어 참가자 중 열한 명이 사망했다. 그중 한 명은 핸들을 잡고 있던 운전사였고, 구조된 승객이 네 명의 신원은 확인해주었지만 나머지 여섯 명은 동행자들과 함께 희생된 것으로 보여, 투어 참가자 명단과 시신의 특징을 견주어 보면서 확인 작업을 진행하는 중이었다. 60대 부부, 열아홉 살 여대생 둘, 유일한 40대 여성 둘이 오미야 유키와 기누가사 나쓰코였다.

오후 2시경, 오미야 요이치가 차에 아들과 딸을 태우고 사고 현장에 도착했을 때, 두 사람의 시신은 병원으로 운송된 뒤였다. 수사관이 우선 오전 중에 심폐 정지 상태에서 발견된 여자의 사진을 보여주자, 오미야 요이치는 "나짱!" 하고 외치면서 두 손으로 얼굴을 덮었다. 그렇게 ○시립 중앙 병원에서 이미 사망이 확인된 여성이 '기누가사 나쓰코'임이 거의 확실해졌다. 오후에 막 발견된 다른 중년 여성은 현장으로 향하던 가족의 차와 스쳐 지나듯 현 내의 다른 병원으로 운송되었다. 현장을 떠난 일가족은 오후 3시가 조금 넘은 시간에 T의과대학 부속병원에 도착해 오미야 유키와 대면했다. 생존자들은 대부분 버스가 벼랑의 경사면을 굴러 떨어지는 속도가 느릿해졌을 때 자력으로 탈출을 시도해 차체가 완전히 물에 빠지기 전에 차 밖으로 나왔는데, 사망자들은 그 이전에 충격으로 기절했거나 몸이 껴 있었다. 오미야 유키의 사인은 익사였지만, 추락 당시 머리를 심하게 부딪친 것 같다고 의사는 설명했다.

유키의 머리는 아직도 물에 푹 젖어 있었다. 축 늘어진 그 몸을 억지로 일으켜 가슴에 꼭 껴안자 남편의 소매와 옷깃도 소리 없이 차갑게 젖어갔다.

하루아침에 가족을 잃은 사람들에게 질문을 하는 건 경찰로서도 고통스러운 일이다. 신중하게 말을 골라 하는데도 어쩌다 급소를 건드리는 바람에 상대가 울음을 터뜨리고 고함을 지르는 통에 참고인 조사가 툭하면 중단되었다. 그러나 그중에 사망한 기누가사 나쓰코의 남편 기누가사 사치오의 태도는 시종일관 침착하고 순종적이었다. 외딴 시골에서 발생한 전례가 없는 엄청난 사고에 종일 수색 작전을 펼치느라 긴장과 피로에 지친 경찰들로서는 고마운 일이었지만, 동시에 묘한 느낌도 들었다.

경찰의 연락을 받고 도쿄에서 출발한 기누가사 사치오는 오후 5시가 조금 지나 ○시립 중앙 병원 사망자 시신 안치소에서 아내와 대면했다. 젊은 형사와 신원을 확인한 뒤에 그가 입을 열고 처음 한 말은, 이런 질문이었다.

"호수 바닥에서는 사람을 끌어안고 꺼내나요, 아니면 로프 같은 것으로 끌어올리나요?"

달리 동행한 이가 없는 그는 하늘이 두 쪽 날 만한 사건 앞에서 감정을 제대로 표출하지 못하는 상태일 테지만, 그래도 아내의 죽음에 얽힌 상황을 일일이 확인하지 않을 수는 없을 것이라고 젊은 형사는 해석했다. 그는 호수 바닥에서 끌어올린 과정을 본 대로 자세하게, 그러나 감정이 섞이지 않게 조심하면서 공손하게 들려주었다. 그러자 기누가사 사치오는 그런 장면은 영화나 텔레비전에서도 쉬이 볼 수 없죠, 하고 감상을 얘기하며 별다른 표정 변화 없이 젊은 형사의 설명에 귀 기울였다고 한다.

배우 못지않게 잘생긴 그가 간간이 턱에 오른손을 대고 고개를 천천히 끄덕이는 모습은 정작 형사보다 어지간한 베테랑 수사관만큼이나 폼이 났지만, 다른 유족들에게서 드러나는 감정은 거의 엿볼 수 없었다. 형사는 과연 이 남자가 정말 이 여자와 함께 살아온 남편이 맞나 하고 이상하게 생각지 않을 수 없었다. 그러나 그 남자의 오른손이 턱에 짧게 돋은 수염을 꾹 잡고 뽑아서는 바닥에 슬쩍 떨어뜨리는 장면도 놓치지 않았다. 그가 손을 대고 있는 턱의 오른쪽 한 군데 피부가 몇 번이나 털이 뽑혀 거기만 불그스름했기 때문이다.

그 후 젊은 형사의 상사가 다른 방에서 실시한 참고인 조사에서도 기누가사 사치오는 질문에 감정의 흐트러짐 없이 대답했고, 아내의 출발 전 모습을 묻는 질문에는 거의 건질 게 없는 대답을 했다.

"평소와 좀 달랐다든지, 불안해 보이는 점은 없었습니까?"

"글쎄요. 내 눈에는, 불안해 보인다는 건, 가령 어떤?"

"예를 들면 여행사의 대응을 마음에 들어하지 않았다든지, 불충분한 점이 있다는 얘기는 하지 않았는지, 그런 것이죠."

"그런 회사의 버스를 타고 가려니 무섭다, 그런 유의 말 말인 가요?"

"그렇습니다. 어떤가요?"

"아니요. 나는 듣지 못했습니다."

"혹시 신주쿠에서 출발하기 직전이나 버스가 출발한 후에 연락이 오지 않았습니까?"

"운전이 거칠다거나 브레이크의 느낌이 이상하다, 그런 걸 말 하는 거죠?"

"그런 연락이 있었나요?"

"없었는데요."

"남편께서도?"

"연락, 말인가요? 하지 않았는데요."

"평소에는 있는데 없었다 또는 평소에는 하는데……."

"아니요. 어느 쪽이든 없습니다. 웬만한 일이 있지 않은 한, 우리에게는 그게 보통인데요."

자신과 아내의 관계 역시 비슷하지 않을까, 하고 형사는 내심 고개를 끄덕거렸다. 이런 일을 하면서도 서로의 무사함을 알리는 일에 중요성을 두지 않은 지 오래다. 그렇게 생각하자, 표정이 있는지 없는지 모를 이 남자의 심정이 왠지 모르게 이해될 듯한 기분도 들었다.

동행인 오미야 유키 역시 사망했다는 사실을 전하자, 사치오 는 착잡한 표정으로 "안타깝군요." 하고 대답했지만, 오미야 유키와는 나쓰코와의 결혼식 때 한 번 만났을 뿐 그 후로는 교류한 적이 없는 것 같았다.

"오미야 유키 씨의 남편이 그쪽은 혼자라 몹시 불안할 거라면서 무척 걱정하던데, 만나보시겠습니까?"

"아, 네. 말씀은 고맙지만, 오늘은 아직 마음이 정리가 안 돼서요."

"그러시겠죠."

오미야 요이치를 조사할 때 그는 나쓰코의 남편을 '사치오 씨'라고 불렀던 것 같은데, 사치오의 말에 따르면 두 사람은 서로 얼굴 한번 본 적이 없다고 한다. 그뿐 아니라 요이치가 유키의 두 번째 남편이라는 사실조차 그는 모르고 있었다.

나는 어떤가. 아내 친구의 남편 이름 따위, 과연 몇 명이나 알고 있나. 그 순간 형사는 아내를 잃는 것이 겁났다. 이렇게 겁이 나고 두렵기는, 젊은 날에 아내의 귀에 사랑을 속삭이던 때 이후로 처음이다. 그러나 오늘의 이 두려움은 당시 같은 애정의 증거로서의 공상과는 정반대인, 보다 절박하고 이기적인 공포로 다가왔다. 깊이 사랑하는 사람을 잃는 것과, 이미 사랑을 느끼지 못하는 사람을 잃는 것과는 슬픔의 정도가 비교도 안 되겠지만, 후자가 빠질 실의의 늪 또한 그 깊이를 알 수 없다.

사고 관계자들의 숙박 시설은 여행사에서 서둘러 준비했다. 참고인 조사가 끝나 준비된 차가 대기하고 있는 주차장까지 걸어가는 기누가사의 등을 쳐다보면서도 형사는 감정이랄 만한 것을 전혀 감지할 수 없었다. 슬픔도 절망도, 피로감조차 느껴지지 않았다. 본인조차 어떻게 하면 좋을지 모르는, 한없는 무색투명함을 짊어지고 있는 듯이 보였다.

나
:

"기모노를 입을 걸 그랬어, 역시."

블라인드 사이로 바깥을 내려다보면서 어머니가 속상하다는 듯이 중얼거렸다.

짐도 많아지고, 노인네가 그렇게까지 차려입을 거 없다고 네가 하도 시끄럽게 굴어서 양장을 했는데, 봐라, 저렇게 큰 카메라를 든 사람, 마이크를 든 사람. 아이고, 저기 또 왔네. 상주의 어머니가 상복을 이렇게 입었으니 시어머니를 뭐라 여기겠어. 왜 이런 일도 있을지 모른다는 한마디를 못해줬을까. 남자는 왜들 그 모양인지. 정말 답답하네. 며늘아기 같았으면 신경을 써줬을 텐데. 아이고, 얘야, 정말 어쩌다 이렇게 되었니. 어머니는 그렇게 말하고, 손수건 대신 마른 손가락으로 또 젖은 눈가를 훔쳤다.

아버지는 시종 못 들은 척하면서, 사고 원인과 겨울 도로의 안전성, 버스 회사의 노동 실태 등을 거듭 검증하는 프로그램이 반복되고 있는 대합실 텔레비전을 보고 있었다.

"유족은 분통이 터지겠죠. 이번 사건으로 아내를 잃은 쓰무라 케이 씨는 나도 잘 아는 분인데, 어떻게 받아들이고 있을지 참 걱정스럽습니다. 남은 가족의 마음을 위로하는 것도 쉽지 않은 일이죠. 배상금만으로는 처리할 수 없는 문제라고 생각합니다."

전에 오락 프로그램에 같이 출연한 탤런트가 입을 비죽거리며 그런 코멘트를 했지만, 그가 말하는 만큼 내가 그를 잘 아는 건 아니다.

"아, 저 집은 출관을 하는군."

아버지가 느릿하게 말했다. 사망자 중 한 명인 스무 살 여대생의 장례 모습을 잡은 녹화 화면이었다. 친구들이 고개를 푹 숙이고 엉엉 우는 가운데 하얀 관을 들고 나가는 광경이 비쳤다.

"역시 왜건 차에 실어 가는군."

나는 사고 다음 날 나쓰코의 시신을 현지 화장터에서 화장해, 도쿄에는 뼛가루만 가져왔다. 화장할 때에는 나고야로 시집 간 처제만 참석했다. 현장에 도착한 당일 밤, 전화로 나쓰코의 죽음을 알리자 처제는 부모님도 이미 안 계시니까요, 하고는 신칸센을 타고 다음 날 아침 현지로 찾아왔다. 대형 사고의 희생자이다 보니 현지의 협력도 빈틈이 없었다. 화장 절차는 어이없을 만큼 순조로웠다. 나는 죽은 아내의 얼굴을 본 지 스무 시간 뒤에는 벌써 그 백골을 줍고 있었다. 화로 문이 열리고 안에서 재가 된 유골이 나오자, 나는 자신이 본의 아니게 동요하지는 않을까 조마조마했다. 그런데 평평한 받침대 위에 널린 그것들을 보는 순간, 갑자기 뭐가 뭔지 알 수 없어지고 말았다. 그것은 내가 지금까지 몇 번을 봐서 알고 있는 '인간의 유골'일 뿐 나쓰코다운 점은 털끝만큼도 없었다. 몇 시간 전에 문 안쪽으로 밀어 넣은 나쓰코의 몸을 안에서 누가 관째로 빼돌린 다음 다른 누군가의 유골로 슬쩍 바꿔치기한 게 아닐까 하는 생각마저 들었다.

하얀 비단 헝겊으로 정성스럽게 싼 뼈 상자를 그대로 들고 신칸센을 탈 수는 없지 않겠느냐면서 처제가 자기 집에서 가져온 짙은 남색 보자기와 검은색 여행 가방, 그리고 일곱 살짜리 아들의 가면 라이더 보스턴백을 꺼내 보여주었다. 그런데 뼈 상자가 생각보다 커서 보자기는 싸서 묶기에 모자랐고, 검은색 여행 가방도 입구가 좁아 미처 들어가지 않았다. 더 큰 가방이 있는데 하필 이런 때 남편이 출장을 가는 바람에, 하고 처제는 아쉬워했지만 제일 들고 싶지 않은 조카의 보스턴백에는 딱 맞춘 것처럼 쏙 들어가고 말았다. 뼈 상자를 삼킨 가면 라이더는 무표정한 얼굴로 변신할 태세에 들어갔다. 언니, 미안해. 처제는 웃으면서 두 다리로 서 있지 못할 만큼 울었다.

도쿄로 돌아오자 미용실 종업원들이 줄줄이 집으로 찾아와 하얀 뼈 상자를 보고는 목 놓아 울었다. 나쓰코와 알고 지낸지 가장 오래된 데다 미용실도 같이 운영하는 사람은 어느 모로 보나 나에 대한 분풀이로 우는 것처럼 보였다.

"왜건 차로 운구하는 상조 회사도 있었지만 시신이 훼손된 데다 친인척도 달리 없는 터라 처제와 의논해서 현지에서 화장을 치렀습니다. 여러분에게는 죄송합니다."

"죄송하다고 말하면 다가 아니죠, 쓰무라 선생님. 우리가 가게 문을 닫고 야마가타로 갈 수도 있었다고요. 알려주기만 하셨다면."

"감사합니다. 하지만 중요한 손님들도 있잖아요. 나쓰코는 무슨 일이 있어도 가게 문을 닫지 않는 사람이었고요."

"네, 그래요. 하지만 우리 미용실 손님들은 애당초 나쓰코 원장님을 보러 오시는 분들이었어요."

빨갛게 핏발 선 그 눈은, 우리의 나쓰코를 함부로 태우다니, 당신 같은 박정한 남편보다 우리들이 훨씬 더 나쓰코를 소중하게 여겨왔는데, 하고 말하고 있었다.

하지만 말이죠, 나 역시 생각해봤습니다. 야마가타에서 오는 먼 길, 나쓰코의 몸을 태운 차와 함께 오는 게 과연 맞는 일인지. 그런데 그게 나쓰코를 위한 일 같지 않았습니다. 체면, 이렇게 치렀으면 됐다 하는 만족감, 그런 거 다 말 많은 세상 사람들을 위한 거 아니겠어요. 그런 것들 때문에 그 먼 길을 차에 태워 오자니 나쓰코가 너무 가엾더군요. 나쓰코는 언제나 내 속내를 꿰뚫어 보는 사람이었다고요. 뭘 그래, 무슨 의미가 있는데. 마지막 보내는 길에 그런 말을 들어야 할 짓은 하고 싶지 않았습니다.

어머니만 그녀들과 함께 엉엉 울었다. 이름도 모르는 젊은 여자와 부둥켜안고서. 아버지는 여전히 못 들은 척하면서, 가게 사람들이 가져온 영정 후보 사진을 한 장 한 장 바라보았다.

영정으로 마지막에 고른 사진은 상당히 멋졌다. 오른손에 가위를 쥔 나쓰코가 손님의 머리카락을 만지면서 찌를 듯한 시선으로 거울을 쳐다보고 있다. 몇 년 전 미용업계 잡지 인터뷰 때 전문 사진가가 찍은 사진이다. 머리 손질도 화장도 평소보다 한결 꼼꼼하게 한 그녀의 얼굴이 투명한 눈동자와 반듯한 콧대만 도드라지는 각도로 마치 영화의 한 장면처럼 완성되었다.

"정말 아름다운 사진이네."

어머니는 그렇게 감격했다.

"이런 사진이 남아 있다니, 보통 사람은 그럴 수 없잖니."

"이건 보통 사람 장례식이 아니지. 거의 여배우 같잖아."

아버지는 입술을 비죽거리며 그렇게 말했다.

출판 관계자들이 앞다투어 도움을 자청했고, 방송 관계자들도 조화와 조전을 보내주었다. 장례식장은 모두 나의 지인들로 우글거렸다. 야마가타에서 돌아오는 신칸센에서 생각하기 시작해 손질에 손질을 거듭한 상주의 추도사를, 원고 없이 마지막 문장까지 읊었을 때는 식장 여기저기서 흐느끼는 소리가 났다.

예의상 우는 게 아니었다. 나쓰코를 직접적으로는 알지 못하는 사람들이 대부분인데도 나의 추도사에는 그만한 힘이 있었다. 나 역시 그들을 따라 도중에 목이 메었다. 그러자 바로 지금이라는 듯이 보도 기자들의 카메라 플래시가 요란스럽게 터졌다.

유골을 껴안고 준비된 차량에 오르는 동안에도 셔터 소리가 끊이지 않았다. 마이크를 들이밀고 질문을 던지는 기자도 있었다. 그러나 우리는 가볍게 목례만 하고는 눈을 내리깔고 그들 사이를 헤치고 장례식장을 나왔다. 차가 움직이기 시작해 뒷좌석에서 백미러를 통해 얼굴을 슬쩍 들여다보니, 아침에 내 손으로 손질한 앞머리가 양옆으로 갈라져 강아지 고추처럼 이마에 늘어져 있었다. 나는 조그맣게 한숨을 쉬었다.

부모님과 처제가 멀리 있는 집으로 돌아간 뒤, 집에 홀로 남은 내가 가장 먼저 한 일은 서재의 컴퓨터를 켜고 '작가 쓰무라 케이 아내 장례식' 뉴스를 빠짐없이 검색한 것이었다. 몇 군데 신문에서 벌써 기사를 올렸고, 텔레비전에 방영된 화면도 있었다.

인터넷에 올라와 있는 사진 속의 나는 '침통한 표정의 쓰무라 씨'라는 제목에 어울리는 표정을 하고 있었다. 정말 많은 사람들이 갖가지 댓글을 달았는데, 대부분 불행을 안타까워하는 내용이었고, 비방하는 글은 '당분간 오락 프로그램에는 나오지 못하겠군.' 정도였다. 나를 비난하거나 뭔가를 폭로하려는 글은 볼 수 없었다. 앞머리가 이상했다는 의견도. 나는 오히려 이 상황이 의심스러워 눈조차 깜박이지 않은 채 검색창에 글자를 두드려 넣었다. 쓰무라 케이, 사고, 쓰무라 케이, 아내, 쓰무라 케이, 장례, 쓰무라 케이, 유족, 쓰무라 케이, 불쌍한, 쓰무라 케이, 멋진, 쓰무라 케이, 조니 뎁, 쓰무라 케이, 재능, 쓰무라 케이, 기둥서방, 쓰무라 케이, 거짓말, 쓰무라 케이, 불륜, 쓰무라 케이, 애인, 쓰무라 케이, 기누가사 사치오, 쓰무라 케이…….

문득 얼굴을 들어보니, 책상 끝에 놓인 나쓰코의 영정이 나와는 절대 눈을 마주치지 않겠다는 듯 천장을 올려다보고 있었다.

적막함이 훨씬 뼈에 사무칠 줄 알았다.

그런데 사고 이후 기누가사 사치오의 일상은 온갖 절차와 정리에 쫓겨 분주하게 흘러갔다. 모든 것이 기누가사 나쓰코의 죽음에 관계된 일이었음에도 사치오는 나쓰코가 여행을 떠난 채 어쩌다 돌아오는 길이 늦어지고 있을 뿐인 듯 생각되었다.

호수 수색과 버스 해체가 끝나는 데 며칠이나 걸렸다. 그 후 경찰은 각 유족들에게 연락을 했고, 사치오 역시 회수된 소지품을 인수하기 위해 경찰서에 갔지만 죽 진열돼 있는 여행 가방과 의류 중에서 어느 것이 나쓰코의 소지품인지 전혀 알 수가 없었다. 인사조차 제대로 나누지 않은 채 나쓰코가 여행을 떠난 그날 밤, 거실에 굴러가던 여행 가방의 바퀴 소리는 등으로 느꼈지만, 어떤 가방이었는지는 전혀 기억나지 않았다. 전에 집에 있었던 짙은 파란색 대형 여행 가방은 기억하고 있다. 나쓰코가 미용 학원에 다니던 시절에 샀다는 그 가방은 전에 살던 방 두 칸짜리 아파트 벽장에는 둘 자리가 없어 큰방 구석에 놔두었고, 둘의 책이 들어 있었다. 딱 한 번 그 가방에 둘의 짐을 싸서 오키나와에 간 적이 있었는데, 여행 도중에 바퀴가 망가져 이리저리 만지작거렸더니 완전히 빠져버리는 바람에 질질 끌고 다닐 수밖에 없었다. 그리고 여행에서 돌아오자 동시에 천덕꾸러기가 되고 말았다. 그것도 벌써 십 몇 년 전의 일이다. 그 후 나쓰코가 어떤 여행 가방을 사고 또 들고 다녔는지, 사치오는 아는 바가 없었다.

아마 이쪽이 여성분들 것 같은데요, 하면서 담당자가 안내해주었지만 내용물을 일일이 들춰봐야 혼란스럽기만 할 뿐이었다. 20년 가까이 한집에 같이 살았는데 옷가지도 화장품도 나쓰코 본인 없이는 알아볼 수 없었다. 이게 아내 것입니다, 하고 단언할 수 있는 거라고는 스웨터 한 장, 립스틱 하나 없었다. 나쓰코의 물건 중에는 이렇게 화려한 게 없는데 싶기도 하고, 좀 특이한 것을 좋아한 것 같기도 하고, 검은색을 좋아했는지 하얀색을 좋아했는지, 또는 분홍색이나 오렌지색을 좋아했는지, 아니면 모든 색을 다 싫어했는지, 도무지 오리무중이었다. 나이나 평소 행동거지를 참고해 이거다 싶은 것을 찍으면, 안에서 의외의 물건들이 나와 원점으로 돌아갔다. 키티 베개, 남지 아이돌의 스티커가 빽빽하게 붙어 있는 거울. 담배는 오래전에 끊었는데, 하이라이트 한 보루. 나쓰코는 사용하지 않는 전동 칫솔. 피임약. 면도기. 머스크메론 사이즈의 거대한 브래지어. 모두 타인의 물건 같기도 하고, 어쩌면 나쓰코 것일지도 모르겠다는 생각도 들었다.

한번 물에 푹 젖은 것들이라, 들고 가서 누구에게 줘봐야 좋아할 것 같지도 않았다. 그렇게 뒤지고 찾다 지친 사치오는, 미안하지만 나머지는 처분해도 상관없다고 하고서 면허증과 휴대전화가 들어 있어 나쓰코의 것이 틀림없는 숄더백 하나만 인계받아 경찰서에서 나왔다.

작가 쓰무라 케이의 방송 쪽 매니저인 기시모토는 당분간 텔레비전이나 라디오 출연을 자제하자고 제안했다.

"그래? 난 못할 것도 없는데."

"제 말대로 하시죠. 연예인도 아닌 선생님이 상중에 이를 악물고 무대에 서봐야 칭찬할 사람도 없습니다. 지금은 그냥 본업에 충실을 기하는 편이 남 보기에 좋아요. 그러다 보면 강연 의뢰가 많아질 겁니다."

"강연?"

"아직 이릅니다. 이르지만, 그런 사고도 있고 했으니."

"비참한 일을 치른 사람의 경험담을?"

"……이겨낸 사람의 경험담이죠. 사람들은 그런 걸 좋아하잖아요."

인간은 '참담한 일을 당했지만 그걸 극복해냈다.' 하는 타인의 스토리를 필요로 하는 것일까. 개개인이 직면한 장벽을 넘어서기 위한 원기 회복제로? 아니면 따분하기 그지없는 일상의 심심풀이로? 어느 쪽이든 사치오가 만들어내는 허구가 그 역할을 담당한다면 몰라도, 자신의 인생 자체가 그 재료가 될 수 있다고는 지금까지 단 한 번도 생각지 못했다. 그러나 기누가사 사치오는 틀림없는 피해자였다. 장례식이 끝나고 석 주쯤 지났을 무렵에 날아온 '피해자 유가족 모임'의 첫 번째 모임 통지가 떠올랐다. 사고 직후에 죽은 대학생의 아버지가 발기인으로 나서서 모임을 결성했다는데, 피해를 입은 당사자들끼리 힘을 모아 여행사와 버스 회사, 그리고 국가를 상대로 원인 규명과 보상 문제를 협상하자는 취지였다. 뉴스에서 사고를 대대적으로 보도한 데다 사치오는 세상에 이름이 잘 알려진 사람이니 참여하지 않을 수 없었지만, 앞으로 '피해자'를 자처해야 하는 것에는 순순히 승복할 수 없었다. '딱한 일을 당한 사람'이라는 딱지를 붙이고 앞날을 살아가야 하다니, 자신이 쓰는 글에도 하는 말에도 제약이 따를 것 같아, 그거야말로 피해 막심한 일일 듯한 기분이었다.

평범한 일상을 보내던 사람은 누구나 그렇듯이 사치오 또한 큰 재난의 피해자에게 남들처럼 안됐다는 마음과 동정을 품을 수는 있었지만, 자신이 그 당사자가 되었다는 명확한 자각은 거의 없었다. 감당하기 어려운 상실을 경험한 사람들은 마치

강 건너 어딘가에 사는 사람들만 같았지, 자신이 그 강을 건너게 되리란 생각은 해본 적이 없기 때문이다. 불합리한 살인 사건이 벌어질 때마다, 그때껏 타인에게 살의 따위는 전혀 품어본 적 없어 보이는 가련한 주부가 카메라 앞에서 "반드시 극형을 바랍니다." 하고 강력하게 주장하는 모습을 보면 거대한 상실감에서 초래되는 격렬한 힘을 보는 듯해서 압도되곤 했고, 피해 자체보다는 피해자가 되는 것이 두렵게 느껴졌다. 저렇게 참혹한 일을 당했을 때, 사치오 자신은 저 사람들을 능가하는 무지막지한 증오심에 미쳐 날뛸 가능성을 갖고 있거나 또는 그 반대일지도 모른다고 생각했다. 만약 그들처럼 주저 없이 순수하게 분노나 슬픔에 잠길 수 없는 경우, 그 앞에는 뭐가 있을까를 생각하면 그 역시 두려웠다.

사치오의 우려는 후자에 적중했다.

R사의 편집자 후쿠나가 치히로는 기누가사 나쓰코의 장례식을 치른 지 일주일이 지난 뒤에도 사치오의 상태가 이전과 별반 다르지 않은 것에 적지 않은 충격을 받았다.

사고가 발생한 날 밤, 기누가사의 집에서 사치오와 섹스를 했던 후쿠나가는 죄책감에 시달려 힘겨운 나날을 보냈다. 그런데 그 죄책감을 떨치기에 좋은 방법이 아닌 것을 알면서도 '공범자'인 사치오를 다시 만나지 않을 수 없었다. 아내의 죽음을 빌미로 애인이 기세등등하게 밀고 들어온 것처럼 여겨지고 싶지는 않았다. 나쓰코의 장례식에서도 시치미 뗀 표정을 하고 상주의 담당 편집자로 행세하고 엄숙한 태도로 나쓰코의 영정 앞에 향을 피운 일들이 그녀의 양심을 짓찢어, 자신이 부도덕하다는 생각에 이미 폭발하기 직전이었다. 물론 하루아침에 혼자가 된 사치오가 걱정스럽기도 했다. 후쿠나가는 장례식 일주일 뒤 기누가사의 집을 찾아갔다. 그리고 죽은 부인을 한층 모욕하는 일이라는 걸 잘 알면서도 사치오와 같은 침대에서 잤다.

애당초 일이 그렇게 될 줄 알면서도 찾아온 주제에, 후쿠나가는 아무 거리낌 없이 몸을 더듬으려는 사치오에게 적잖이 놀라 같잖게 거절을 해 보였다. 거절하면서 조금씩 흥분하는 자신의 악취미에 소름이 다 끼쳤다. 이 남자에게는 이제 감당하기 어려운 비탄의 감정을 털어놓을 상대가 나밖에 없다는, 어렴풋한 만족감과 함께.

그런데 시작하고 보니 모든 게 어이없을 만큼 평소와 다르지 않은 운동이었다. 열심히 허리를 오르내리는 사치오의 모습에서 후쿠나가가 생각하는 인간다운 슬픔이나 고통의 표정은 볼 수 없었다. 어렸을 때 동물원에서 본 원숭이 같았다. 아버지가 손으로 자신의 두 눈을 가렸던. 그 손가락 사이로 한 광경을 보았다. 수컷이었다. 사치오의 움직임을 따라 몸을 흔들면서 후쿠나가는 생각했다. 이 사람은 나를 안고 있는 게 아니다. 아무도 안고 있지 않다. 부인 역시. 사치오와 관계한 이후로 후쿠나가의 눈에서 처음으로 눈물이 흘렀다.

커브를 돌자 시야가 확 트였다. 그런데 그 앞에서 새하얀 큰 뿔사슴이 가드레일을 넘어 차도로 뚜벅뚜벅 걸어 나왔다. 오른쪽으로 천천히 꺾었던 핸들을 엉겁결에 왼쪽으로 틀었다. 브레이크를 밟았다. 틀림없이 브레이크를 밟았는데, 버스의 속도가 빨라졌다. 가드레일은 종이 쪼가리가 찢어지듯 찌지직 허망하게 뭉개지고, 버스는 순식간에 앞으로 기우뚱했다. 그런데 신기하게도 서둘지 않았다. 액셀 같은 브레이크를 힘껏 밟은 채 뒤를 돌아보니 승객은 한 명도 없었다. 텅 빈 차 안. 죽은 사람은 아내가 아니라 나였다. 백미러에 벼랑 위에서 사치오를 내려다보는 새하얀 큰뿔사슴이 보였다.

꿈속에서 정말 실감 나게 운전을 했다. 기누가사 사치오는 운전 면허증조차 없는데, 잠에서 깬 순간에는 차를 자유자재로 운전할 수 있을 것만 같았다. 코에서는 과일이 썩는 들쩍지근한 냄새가 희미하게 풍겼다.

버스 회사도 여행사도 자신들이 사고를 유발할 만한 명백한 실책은 없었다고 거듭 주장했다. 사원들에게 과도한 노동을 강요하고 있지 않습니다, 눈길이나 얼어붙은 도로에서 주행한 경험도 풍부한 근속 15년의 모범 운전사가 충분한 휴식을 취한 뒤 아무 문제 없는 버스를 몰았는데 사고가 나고 만 겁니다. 블

랙박스를 해독해보았지만 사고 전후의 주행 속도는 현장 환경에 적절한 속도였으며, 사고에 원인을 제공할 만한 위험한 운전을 한 것으로는 보이지 않는다는 결론이 나왔습니다. 버스가 커브를 제대로 돌지 못한 결정적인 요인에 관해서는 아직 해명하지 못했습니다.

사고를 일으킨 심야 버스에서 새벽녘에 무사히 구조된 승객들은 모두 차체가 충돌하기 전에 깊은 잠에 빠져 있었다. 따라서 '그 순간'의 상황을 증언할 수 있는 사람은 누구 하나 없었다. 사망한 승객 열 명 중에 혹시 무언가를 목격한 이가 있지 않을까 하는 딜레마만 답답하게 남았다. 운전 중이던 운전사 자신도 목숨을 잃은 탓에 유족들은 분노의 화살을 어디로 돌려야 할지 명확하게 알 수 없었다. 모임 회장은 침울한 분위기에 싸였다. 간간이 코끝으로 흘러내리는 노안경을 밀어 올리면서 더듬더듬 설명하는 버스 회사 사장의 얼굴에도 피로감만 역력했다. 두툼한 사고 조사서를 한 페이지 넘길 때였다. 회장 뒤쪽에서 짐승의 포효 같은 날카로운 소리가 울려, 서류에서 얼굴을 든 사장이 순간적으로 책상 밑에 몸을 숨겼다. 놀라울 만큼 민첩했다. 그리고 등 뒤에 있는 화이트보드에 샛노란 페인트 같은 것이 픽! 소리를 내며 흩어졌다. 바로 사장의 머리 높이였다. 회장의 침묵이 한층 짙어지면서 모두가 일제히 뒤를 돌아보았다.

한 남자가 머스캣 송이를 손에 쥐고 있었다. 남자가 처들어서 힘껏 내던진 머스캣 송이는, 이번에는 사장의 머리끝이 보일락 말락 하는 책상 모퉁이에 명중해 황록색 방울방울이 사방으로 튀었다. 여자가 비명을 질렀고, 사장도 두더지 잡기 게임의 두더지처럼 머리를 움츠렸다. 그만해! 하고 누가 외쳤다. 남자가 자기 앞에 놓인 커다란 과일 바구니에서 다른 과일을 집으려고 하자, 옆에 있던 땅딸막한 노인이 그의 팔뚝을 꽉 잡고 눌렀다. 기누가사 집의 거실에도 2주 전부터 떡하니 놓여 있는 과일 바구니와 똑같은 것이다. 화이트보드에 맞고 터진 것은 물컹물컹하게 익은 망고였다. 이삼일 전부터 기누가사의 집 안에 떠다니는 냄새와 똑같은 들쩍지근한 악취가 실내에 퍼지기 시작했다. 있는 힘을 다해 짓누르는 노인에게 남자는 저항하지 않았다. 남자는 우람한 팔뚝을 짓눌린 채 책상 밑에 숨어 있는 사장을 향해 계속 고함을 질러댔다. 다 됐으니까 살려내, 우리 마누라 살려내라고, 당신네들에게 아무 잘못이 없다는 그런 얘기가 아니라, 우리 마누라를 살려낼 방법을 가르쳐달라고. 보상금이 어쩌고저쩌고, 이런 과일 바구니 따위나 들고 와봐야 아무것도 제자리로 돌아오지 않잖아, 하고. 남자의 목소리가 오열로 바뀌면서 실내에 울려 퍼졌다. 말의 내용은 오락가락했다. 사과하라고 했다가 사과해봐야 아내는 돌아오지 않는다고 했다가. 앞뒤가 맞지 않고 지리멸렬했지만 남자의 갑작스러운 폭거에 잠시 움츠러들었던 피해자와 유족들도 이내 그 눈물 젖은 포효에 동조하기 시작했다. 땅딸막한 노인

은 손에서 힘을 풀고 마른 나뭇가지 같은 손가락으로 위로하
듯 남자의 팔뚝을 쓰다듬었다. 남자는 질질 흐르는 콧물을 닦
지도 않은 채 어린애처럼 계속 훌쩍거리고, 주위에 있는 유족
들은 그를 뒤따르듯 저마다 자기감정을 좀 더 세련된 말로 늘
어놓기 시작했다. 남자는 사치오보다 상당히 젊었지만, 튀어나
온 데다 햇볕에 타 구릿빛인 광대뼈와 단단한 턱은 옛날 일본
사람의 얼굴을 방불케 했다. 평소에 잘 입지 않을 것 같은 트
위드 재킷 속에 번들거리는 하이넥 셔츠를 받쳐 입은 모습도
절대 화이트칼라로는 보이지 않았다. 사치오는 남자의 콧물이
물엿처럼 아래로 찍 늘어져 목을 지나고 가슴을 지나, 탁상에
놓인 과일 바구니의 쪼글쪼글한 사과 위로 소리 없이 떨어지
는 것을 보았다. 자신도 모르게 얼굴을 찡그렸다. 남자의 태도
가 현장감을 띠면 띨수록 사치오는 자신의 내면에 있는 것과
격차를 느꼈고, 다른 유족들처럼 남자와 하나가 되어 악다구
니를 지르고 울고불고할 기분이 들지 않았다. 남자는 여전히
투명한 콧물을 과일 바구니에 질질 흘리면서 아직도 뭐라고
외치려 하고 있었다.

"다소 감정적으로 전개된 부분도 없지 않지만, 그건 어떤 의
미에서는 당연한 일이겠지요. 건설적인 대화는 이런 감정적인
과정을 거치지 않고는 시작될 수 없는 것이니까요. 바로 며칠
전까지 함께 생활하던 가족과 친구를 하루아침에 갑자기 잃은

상황을 이 자리에 있는 어느 누가 납득할 수 있겠습니까. 저 역시 그렇습니다. 인간의 메커니즘은 이런 상황을 쉽게 받아들일 수 있도록 만들어져 있지 않습니다."

회견 후 쓰무라 케이는 야간 뉴스 프로그램의 기자에게 불려 카메라 앞에 섰다.

"지금은 모두가 한시라도 빨리 나쁜 사람을 찾아내 책임 소재를 분명히 하고 싶을 겁니다. 물론 실질적으로도 필요한 일이지요. 그러나 서두를 일도 아니고, 감정적으로 추진할 일도 아니겠지요."

카메라 옆에 서서 마이크를 들이대고 있는 기자가 사치오의 얘기를 들으면서 머리를 끄덕거렸다.

"다들 이 악몽에서 빨리 벗어나고 싶을 겁니다. 그러나 안타깝게도 아무도 벗어날 수 없겠지요. 세상을 떠난 사람들을 그대로 가슴에 묻은 채 이 악몽과 함께 살아가는 방법을 찾는 도리밖에 우리에게 길은 없습니다. 그 길은 틀림없이 가시밭길이겠지요. 그렇기 때문에 오히려 회사 측이나 우리 피해자 측이나 함께 힘을 모아, 앞으로 그 먼 길을 견디기 위한 신뢰를……."

그때 자신의 이름을 부르는 소리가 들렸다.

텔레비전 카메라가 돌아가고 있는데 불리면 결정적으로 곤란한 이름이었다. 아까 설명회장의 정체된 분위기를 깨뜨린 굵은 목소리. 쓰무라는 이어서 해야 할 말을 삼킨 채 카메라 렌즈를 똑바로 쳐다보면서 얼어붙고 말았다.

그 이름을 크게 부르는 소리가 다시 한 번 들렸다. 게다가 친근감 있게. 저런 얼간이. 입 닥쳐. 그 이름은 부르면 안 되지. 너 대체 누구야. 처음에는 대체 누가 누구의 이름을 부르는지 몰라 개의치 않던 인터뷰어도 쓰무라의 변화를 알아차리고는 옆으로 시선을 돌려, 죄송한데요, 지금 녹화 중이라서 잠시 조용히 해주시면……, 하고 말을 건넸다. 그러나 그 말이 채 끝나기 전에 목소리의 주인은 카메라 렌즈가 잡고 있는 프레임 안으로 성큼성큼 들어와 우뚝 서 있는 쓰무라 케이의 손을 두 손으로 감싸듯 덥석 잡았다.

"사치오 씨, 이렇게 만나는군요."

온도가 높고 두툼한 손바닥에서 달짝지근한 과일 냄새가 희미하게 피어올랐다. 기누가사 사치오는 오미야 요이치와 이렇게 만났다.

나

⋮

- 3월 17일

세탁기 안이며 빨래 바구니에 또 빨랫감이 넘치고, 세면실은 발 디딜 틈조차 없어졌다. 투덜거리며 세탁기를 돌린다. 세탁조 안이 꽉 차도록 들어간 빨래는 바지락 국물 같은 색의 물속에서 거의 움직이지를 않는다. 아침 통근 전철에 꽉꽉 들어찬 사람들을 보고 있는 하느님 같은 기분. 신은 인간의 행복 따위에는 관심이 없다.

다 된 빨래를 꺼내려는데, 내 셔츠와 바지에 나쓰코의 바지와 앞치마가 엉켜 있었다. 전에 빨래를 한 뒤 텅 비었을 세탁조에 왜 또 이런 게 들어 있는 걸까. 이제 이 세상 누구도 입지 않을 바지. 내다 버리는 것조차 불필요한 일이라고 생각했다. 그렇다고 쓰레기통에 버리자니 내키지 않았다. 다음에 버리면 되지. 그런데 다음에 버리면 되는 문제일까. 결심이 서지 않아 다시 빨래 바구니에 휙 던져 넣는다. 톰브라운 셔츠에 묻은 미트 소스 얼룩, 전혀 지워지지 않았다.

• 3월 20일

   낮에 신주쿠에서 기시모토와 식사를 하고 있는데 30대 후반 정도로 보이는 자그마한 여자가 다가와, 삼가 조의를 표합니다, 하고 불쑥 말을 건넸다. 오른쪽 눈동자가 안쪽으로 쏠린 사시여서 내게 건네는 말인지 몰랐다. 감사합니다, 하고 답하자 작년에 제 동생도 남편을 갑자기 잃어서 선생님이 얼마나 괴로우실지 충분히 짐작이 가요. 말투는 공손했지만 어째 그 기억에서 헤어 나오지 못하는 으스스한 분위기였다. 동생과 그 남편은…… 나와는 아무 관계 없는 사람들의 만남과 사별에 이르는 얘기까지 나오자 기시모토가 끼어들었다. 기시모토의 제지에 돌아서면서도 여자는, 선생님 작품 전부 다 읽었어요, 하고 말했다.

• 4월 6일

   J사의 가토 씨 제안에 벚꽃 구경을 하러 이노가시라 공원. 인파로 북적북적. 문고본을 담당하는 이토 씨가 만들어 온 도시락, 김이 든 계란말이가 맛있었음. 명랑하게 처신하고 있지만 다들 신경 쓰고 있다는 걸 알 수 있었다. 도호쿠 지방의 어디어디 벚꽃은 한번 볼 만한 가치가 있다느니, 모 작가의 정원에

핀 수양벚꽃이 어떻다느니, 알려지지 않았지만 어느 음식점이 좋다느니, 돌아가는 길에 우에노에서 무슨 무슨 메밀국수를 먹고 싶다느니, 해도 그만이고 안 해도 그만인 지식의 교환. 그렇게 많은 걸 알면서 이노가시라 공원이라니.

군이 언급하지 않는 것도 부자연스럽다 여겼는지, 가토 씨가 사고에 대해 말했다. 파란 시트를 깔고 둘러앉은 옆자리에서는 40대가 멀지 않겠다 싶은 남자들이 서던 올스타즈의 노래를 열창했다. 벚꽃 구경을 와서 웬 서던 올스타즈? 나는 아내가 죽어서 하게 된 생각에 대해 서던의 리더 구와타 게스케에 지지 않을 만큼 큰 소리로 떠들어대야 했다. 끄트머리에 앉은 신참인 듯한 20대 녀석, 나무젓가락 봉투를 만지작거리면서 때를 봐서 적당히 고개를 끄덕거리고 있었지만, 절대 들리지 않았을 테고 듣지도 않았다.

취기가 돌기 시작하자 아무도 신경 쓰지 않았다. 어느 출판사의 누구와 모 작가가 사귀고 있다느니, 헤어져서 어느 쪽이 우울증에 걸렸다느니, 계속 그런 얘기뿐. 사고로 아내를 잃은 남자의 얘기 따위는 사실 아무도 듣고 싶어하지 않는다. 2차를 가자는 걸 거절하고, 5시 반쯤 문 닫기 직전이었던 보트 대여점에 부탁해 혼자서 백조 보트를 타봤다. 수면을 가득 메운 꽃잎 사이를 헤치며 노를 저었다.

• 4월 10일

작가 T씨의 요트를 탔다.

"바다가 최고야. 어떤 때든 바다가 약이지."란다.

파도가 몹시 심했다. 바람이 얼어 죽을 정도로 찬데도 T씨는 러닝셔츠 바람. 약효인 걸까? 나는 웩웩거리며 토했다.

• 4월 14일

S출판사 사람들과 골프. 오랜만인데도 쇼트 게임 상태가 좋았다. 6타 차로 선두를 달리고 있었는데, 17번에서 공이 벙커에 빠졌다. 전에도 쳐본 적 있는 코스여서 그리 당황하지 않았다. 손쉽게 필드로 올라왔다 싶었는데, 다시 데굴데굴 굴러 조금 전과 똑같은 장소에 멈췄다. 몇 번을 해도 똑같았다. 처음 몇 타에는 주위 사람들이 와와 하며 흥을 돋우더니, 다섯 번이 넘자 찬물을 끼얹은 듯 조용해졌다. 열네 번째 타에서 짜증이 나 아이언을 모래 위에 내던지고 말았다. 집에 돌아와 살펴보니 목이 구부러져 있었다. 화장실 전구 살 것. 40와트.

• 4월 17일

덥다. 26도라고 한다. 여름옷을 입고 싶은데, 서랍장을 다 뒤져봐도 셔츠 한 장 보이지 않는다.

오후에 이발을 하러 갔다. 나쓰코의 미용실에 가자니 사람들과 얼굴을 마주하기도 껄끄럽고, 근황을 물어댈 테니 그것도 귀찮아 결국 G동에 있는 미용실에 갔다. 머리 감겨주는 자리에 누웠더니, 오렌지색 버섯 머리를 한 여자가 "오늘은 쉬는 날이세요?" 하고 물었다. 그런데, 하고 대답했더니 "일하시는 곳이 여기 근처인가요?" 하고 또 물었다. 그런데, 라고 대답했더니, "자기 회사이세요?" 하고 물었다. "사장님이신가요?" "그런데." "와! 멋지시네요. 무슨 회사인데요?" "매춘 알선업."이라고 대답하자, 버섯 머리는 입을 꾹 다물고 두피가 벗겨져라 힘주어 내 머리를 박박 비벼댔다.

버섯 머리의 상사인 오빠가 내 머리를 잘라주었다. 어떤 분위기가 좋으세요? 염색하실 건가요? 파마는 어떠세요? 어느 정도 길이로 자를까요? 계속 물어대는데, 뭐라 답하면 좋을지 몰랐다. 생판 남에게 마르첼로 마스트로야니 같은 중년 스타일로, 같은 말은 할 수 없고, 그 오빠가 마스트로야니를 알 것 같지도 않았다. 그런데 그는 나를 텔레비전에서 본 적이 있단다. 그럼 텔레비전에 나오는 내 이미지에 맞는 스타일로 해달라고 부탁하자, 알겠습니다, 늘 스타일이 멋지시던데요, 란다. 그리고 내 머리 스타일은 후진타오 같은 옆 가르마가 되었다.

• 4월 19일

전화가 많이 온 날. 저녁때 밥이나 먹으러 나갈까 하는데 전화벨이 울렸다.

자동응답기로 돌려놓은 전화기에서 흘러나온 목소리, 안도

예요. 대학 동창이다. 안도 나오미. 목소리가 좋았다. 예쁘장한 얼굴이 떠올라 나도 모르게 수화기를 들었다.

대학에 들어가서 제일 먼저 친구가 된 사람이 나쓰코였어. 그래서 둘이 같이 테니스 동아리에 들었는데, 하고 안도 나오미는 말했다. 그러고는 나쓰코가 얼마나 멋진 여자였고, 죽어서 얼마나 안타까운지 구구절절 늘어놓았다. 그러나 정작 그녀는 빈소에도 장례식 때도 나타나지 않았다. 나쓰코가 대학을 중퇴한 이후에도 계속 만났느냐고 묻자, 친구들끼리 몇 번 만났지, 하고 간단하게 대답했다.

사치오, 괜찮아? 안도 나오미가 물었다. 섹시한 목소리.

"사치오도 지금은 대단한 사람이 되었으니까 겉으로는 담담하게 굴어야겠지만, 사실은 힘들 거야."

"괜찮아. 물론 힘들기는 하지만. 혼자 생활하는 것도 아직 적응이 안 되고."

아니, 뭐지. 내가 뭘 기대하고 있는 거지.

"걱정되네."

안도 나오미. 핏줄이 들여다보일 것처럼 피부가 하얗고, 큰 키에 날씬한 몸매, 약간 넓은 미간에 다케히사 유메지 그림의 여자처럼 수심에 젖어 보이던 눈매.

"왜 네가 날 걱정하지? 난 괜찮은데."

"이렇게 갑자기 전화 거는 거, 민폐려나?"

"그런 건 아니고. 목소리 들으니까 좋군. 옛날 생각도 나고."

"사치오, 우리 오랜만에 만나지 않을래?"

아니, 뭐라?

"가능하면 빨리 보고 싶은데. 이번 주중에는 어때? 바빠?"

오호라!

"갑작스러워서."

"그래, 맞아. 하지만 사치오 너를 위해서도 부탁할게."

"나를 위해서?"

"나쓰코 장례식 때도 그렇고, 유족들의 모임 때도 텔레비전에서 네 얼굴 봤거든. 그런데 위태롭다 싶은 느낌이 들었어."

"무슨 뜻이지?"

"빛을 잃었어, 너."

"뭐? 빛이라고?"

"너 혹시 아니? 사람은 원래 빛의 고리가 몸을 지켜주고 있거든. 구체적으로 말하면, 그 왜 부처님도 후광이 있고 서양 그림 속 성인의 머리 뒤에도 빛의 고리가 있잖아. 건강한 사람과 앞길이 밝은 사람에게는 그런 비슷한 빛이 반드시 있어. 그런데 나쓰코가 죽은 뒤로 사치오에게서 그런 빛이 거의 사라지고 말았어. 괜히 놀라게 하려고 하는 말 아니야. 빛이 사라지는 거, 굉장히 안 좋은 일이거든."

"아니, 잠깐. 네 눈에는 그런 빛이 보인다는 말이야?"

"난 그 빛을 보기 위해 훈련을 했거든. 원래는 보이지 않는 빛이 아니야. 고대 사람들은 그냥 볼 수 있었대. 그런데 문명이

발달하면서 인간의 생활과 사고가 추락했잖아. 그 결과 사람들 대부분이 자기 힘으로는 그 빛을 볼 수 없게 된 거지. 주간지에 실린 네 사진, 우리 선생님께도 보여드렸는데, 선생님도 아주 좋지 않다고, 얼른 전해서 데리고 오라고 하시더라고."

안도 나오미. 정말 아쉽다.

그런 뒤에도 40분이나 걸려서야 간신히 그녀의 제의를 뿌리칠 수 있었다. 사실은 대학을 졸업한 다음 어떻게 살았는지, 결혼은 했는지, 아이는 낳았는지, 그런 얘기를 듣고 싶었지만 말도 꺼내지 못한 채 수화기를 내려놓았다. 안도 나오미는 더없이 안타까워하면서, 아무튼 자신의 몸을 지키려거든 아침에 일어나면 우선 서쪽을 향하고 천연 소금을 핥으라는 조언을 했다. 응.

전화가 길어지는 바람에 밖에 나갈 마음이 싹 가시고 말았다. 왠지 생선 초밥이 먹고 싶어 주문을 했다.

주문을 하고 수화기를 내려놓는데, 이번에는 나쓰코의 삼촌에게서 전화.

지난달 사십구재에서 나왔던 산소 얘기. 나만 괜찮다고 하면, 지바에 있는 다나카 집안의 묘소에 묘를 쓰겠다고 한다. 시골에 있는 우리 집안 묘소로 데리고 가거나 도쿄에다 묏자리를 새로 사느니, 태평양이 보이는 그쪽 묘소가 좋겠다 싶어 찬성했다. 바다가 내려다보이는 벼랑 위 묘소의 풀밭에 피어 있던 달맞이꽃이 떠올랐다. 잘된 일이다.

"나쓰코 아버지와 어머니도 계시고, 우리도 곧 갈 테니. 얼마 안 있어 묘소가 북적북적해질 거야."

삼촌은 그렇게 말하면서 웃었다.

나는, 죽으면 어디로 갈까. 아마 다나카 집안 묘소에는 묻힐 수 없을 것이다. 거기 묻히고 싶습니다, 하고 머리를 조아리고 부탁하면 모를까. 바닷바람이 시원하게 부는 보소 반도의 묘소 안, 다나카 집안의 시끌시끌한 잔치에 찬물을 끼얹는 나를 상상한다. 그때껏 해맑게 웃고 떠들던 나쓰코의 표정이, 이마를 하얀 삼각건으로 묶은 나를 보자마자 철가면처럼 굳는다. 아, 싫다.

아니 그보다 내가 죽으면, 누가 발견해줄까?

배달된 생선 초밥의 성게 맛이 이상했다. 나쓰코가 주문하던 곳은 다른 초밥집이었나.

• 4월 22일

집배원이 인터폰을 눌렀다. 입구의 우편함이 꽉 찼다고.

아래로 내려가 우편함을 열어보았다. 광고 우편, 봉합 우편, 증정본 책, 통판 카탈로그 등이 콩나물시루처럼 빽빽하게 들어차 아닌 게 아니라 전단지 한 장 들어갈 틈도 없었다. 초등학교에 다닐 때 곤도의 책상이 꼭 그랬다. 보다 못해 불시에 서랍 조사를 강행한 선생님이 억지로 교과서를 꺼내자, 곰팡이 핀 빵과 거의 요구르트가 된 우유팩이 함께 나왔다. 다들 웃어댔지만, 사실 내 책상 서랍에도 곰팡이 핀 빵이 있었다.

아내 앞으로 온 광고 우편이 여러 통. 투자 신탁이며 백화점 화장품 매장의 신제품 안내, '휴게 살롱 요람', '건강 효소 베지 로얄', '활어 배송 도토키치'. 한 곳 한 곳 내가 "아내는 세상을 떴습니다." 하고 연락하지 않는 한 앞으로도 영원히 날아올 것이다.

휴대전화 요금 명세서도 있었다. 뜯어보니 나쓰코의 휴대전화 사용 내역이 있었다. 마지막 발신 시각은 사고 전날 밤 10시 반이 약간 넘어서였다. 아마 함께 여행을 떠난 오미야 유키의 번호일 것이다. 내 번호를 찾아보니 2월 들어서 두 번밖에 없다. 그것도 통화 시간은 20초와 5초. 5초 동안 할 수 있는 말은 과연 무엇일까?

"아직 미팅 중이야."

"아, 그래?"

"나중에 내가 걸게."

그 정도일까.

나쓰코의 휴대전화는 여전히 기본요금이 빠져 나가고 있었다. 해지를 해야 하는데.

• 4월 24일

비. 지난주에는 그렇게 덥더니, 지금은 오히려 춥다. 입고 싶지 않지만 겨울 코트를 걸치고 R사 사람들과의 모임에 나갔더니, 소설을 쓰라고 한다. 물론 아내를 갑작스럽게 잃은 작가의 사소설을.

부편집장인 구와나 말이, "지금이야말로 쓸 때죠."란다. 뭐야, 그 착잡한 표정은? 자네 아내가 죽은 게 아니잖아. 어차피 그 런 말만 꺼내놓고 그다음에는 의자에 기대앉아 코딱지만 파면 서 기다릴 생각이겠지. 타인의 불행에 꼬여 드는 하이에나 자 식들.

"자네가 받아 적지그래? 내가 말로 할 테니까."

그렇게 대꾸하자, 울컥 치미는 표정으로 받아쳤다.

"말이 나와서 하는 말인데, 지난 3년 동안 쓰무라 씨 작품의 모티프에서는 의욕이 느껴지지 않는다고요. 온도가 없단 말입 니다, 살아 있지 않아요!"

웃기지도 않는 소리다.

체험을 모티프로 하면 작품이 살 수 있다는 말인가? 그런 것 에나 기대게 되면 소설쟁이 노릇 끝장이잖아. 나는 아내의 불 행을 소재로 구질구질하게 쓴 연작 몇 권이 밀리언셀러가 되는 상상을 했다. R사에서 베풀어준 축하 파티, 리본으로 치장한 마이크 앞에 서서 소감을 말하며 훌쩍거리는 나. 나쓰코, 당신 덕분이야, 아흐흐흐흑.

그 사람이 가장 웃을 만한 장면 아닌가.

편집장 오사코가 중재에 나섰는데도 옥신각신. 나도 심하지 만 구와나도 술버릇이 상당히 고약하다.

후쿠나가 치히로도 처음부터 함께였다. 술자리가 끝난 뒤 나를 집까지 데려다준다는 명분으로 같이 택시를 타고 우리 아파트 앞까지 왔다. 자신도 무관하지 않은 사람인데, 어쩌자고 그런 제안에 찬동한 것일까.

"물론 저도 당사자라고 생각해요."

"아, 그래. 그런데 그런 상사의 방침에 잘도 따르는군."

"당연하죠. 제 아이디어였으니까."

"뭐야, 당신이 부채질한 거였어?"

"어떻게 생각하시든 상관없지만, 선생님이야말로 자신을 당사자라고 분명하게 생각하고 계신지 모르겠네요."

아파트 앞에 도착해 내가 먼저 내렸는데도 그녀는 따라 내리는 대신 눈길을 외면한 채 수고하셨다고 인사하고는 운전사에게 문을 닫아달라고 부탁했다. 차창 너머로 본 후쿠나가의 옆얼굴이 낯선 노파 같았다. 그사이에 살이 빠졌는지 턱관절 옆이 살을 도려낸 것처럼 패어, 그림자 진 얼굴 윤곽을 딱딱하게 만들고 있었다.

집에 들어오니 자동 응답기 램프가 반짝거렸다.

1번, 무슨 무슨 세탁소. 작년 11월에 맡기신 의류의 보관 기간이 지났으니 찾아가시기 바랍니다. 버튼을 누른다. 삭제되었습니다.

2번, 무슨 무슨 증권. 투자 건으로 안내드릴 사항이 있습니다. 다시 연락드리겠습니다. 버튼을 누른다. 삭제되었습니다.

3번, T백화점 H시계 매장. 몇 번이나 연락을 드렸는데요. 1월 20일에 맡기신 손목시계 수리가 완료되었어요. 버튼을 누른다. 삭제되었습니다.

4번, 아, 안녕, 안녕하세요. 유키의 남편 오미야 요이치입니다. 유키의 수첩을 보고 전화 드립니다. 특별한 용건이 있는 건 아니고, 사치오 씨와 언젠가 또 얘기라도 나눴으면 해서요. 기분 내킬 때 전화 주시면 감사하겠습니다. 전 언제든 괜찮습니다. 번호는 지난번에 만났을 때 써드렸는데, 다시 한 번 말씀드리죠. 090……. 버튼을 누른다. 삭제되었습니다. 저장된 메시지는 이상입니다.

소파에 드러눕는다. 쿠션에서 나의 체취 같은 냄새가 풍긴다. 밖에서 바람을 타고 도로를 달리는 오토바이 소리가 요란하게 들려온다. 붕 부부, 붕 부부, 붕붕, 붕 부부, 붕 붕. 거 참 시끄럽군. 바보 자식들, 뭐가 좋아서 저런 소리를 내지르는 거야. 그러나 그 소리마저 멀어지고 나자, 소리 하나 없는 세계.

오미야 요이치.

자동 응답기에 남아 있던 목소리는 유족 설명회 날 들었던, 똥을 집어 던지는 성난 고릴라 같던 굵은 고함 소리와는 전혀 달랐다. 소심하고 불안에 젖은 경직된 목소리였다. 그는 나를 만나서 어쩌자는 것일까.

그날 오미야 요이치는 주글주글한 바지 주머니에서 '부의'라고 인쇄된 얄팍한 종이봉투를 꺼내 내게 건넸다. 보나 마나 오는 길에 편의점에서 사서 지갑에 있던 돈을 집어넣었을 테지만, 유성 볼펜으로 쓴 이름이 의외로 달필이어서 놀랐다. 나는 정중하게 인사하고 받아 들었다. 그리고 며칠 뒤 기시모토에게 장례식 조문객들에게 보낸 것과 똑같은 답례품을 보내달라고 부탁했을 것이다.

봉투 안에는 5천 엔짜리 지폐가 한 장 들어 있었다. 아마 집에 돌아와 봉투 안을 보고는 서재 책상 위에 툭 던져놓았을 텐데, 그다음에는 어쨌더라.

바다를 끼고 난 앞길을 비추는 것은 오미야 요이치 트럭의 불빛뿐, 빛이 닿지 않는 곳은 앞이나 뒤나 칠흑 같은 어둠에 싸여 있었다. 빛 속에서 하늘하늘 춤추는 하얀 것의 정체는 4월의 눈이다. 차 안의 온도를 높여도 어디선가 새어 드는 한기 탓에 가속페달을 계속 밟고 있는 오른발이 시리다. 지난주까지 더웠던 터라 속바지를 입고 오는 걸 깜박했다. 아키타 시내에 있는 배송지에는 아침까지 도착하면 된다. 조금 쉬었다 갈까. 육지 쪽으로 들어가는 샛길이 보이자, 요이치는 핸들을 꺾고 바닷바람을 피했다.

편의점 앞에 트럭을 세웠다. 컵라면을 사 들고 편의점 한구석에서 후루룩 삼키면서 휴대전화를 켜니, 아들 신페이에게서 문자메시지가 와 있었다.

'관리인이 카레를 만든다고 오라고 해서 아카리와 둘이 갔어요.

아카리는 억지로 염교를 먹더니 집에 와서 냄새가 난다고 칭얼거렸어요.

카레는 맛있었어요.

문단속 잘했습니다.'

수신 시각은 밤 10시 반. 답장을 보낼까 말까 망설였다. 편의점 구석에 걸린 시계를 보니, 날짜가 바뀌고도 2시간이나 지났다. 전에도 문자메시지 때문에 잠을 깨지는 않겠지 하고 답장을 보냈는데, 금방 답장이 온 적이 있었다. 밤새우지 말고 어서 자라고 했더니 눈이 뜨였다는 답장이 또 바로 왔다. 아들도 깊은 잠에 들지 못하는 것일까. 불과 몇 달 전까지만 해도 자명종이 아무리 오래 울려도 꿈쩍도 하지 않는다고 유키가 투덜대곤 했던 아이다.

석 주 전쯤에 꼭대기 층에 사는 사람이 술에 취해 11시가 넘어 돌아왔는데, 착각하고 오미야의 집 현관문을 두드린 적이 있었다. 벨을 누르고 큰 소리를 쳐도 문을 열어주지 않자, 화가 치민 위층 사람은 고함을 지르며 문을 걷어찼다. 아빠가 없는 틈에 텔레비전으로 해적 영화를 보고 있던 오누이는 놀라서 공포에 떨었다. 신페이에게 전화가 걸려왔을 때, 옆에서 거의 경련하듯 우는 아카리의 울음소리가 들렸다. 도어 뷰에 한 번도 본 적 없는 아저씨가 보인다는 아들의 겁에 질린 목소리를 들으며, 요이치는 국도 4호선을 타고 후쿠시마에서 센다이 쪽으로 달리는 중이었다. 다음 신호에서 해고당할 각오

를 하고 유턴하려고 했다. 다행히 그 직후에 시끄러운 소리가
나자 밖으로 나온 이웃집 아들 덕에 유턴하지 않고 사태는 수
습되었다. 훗날 위층 사람은 디즈니 영화 DVD와 과자를 들고
나타나 마음씨 고와 보이는 부인과 함께 무릎이 닳도록 사과
했다. 아카리는 신이 나서 바움쿠헨을 오물거렸지만, 아버지와
아들은 혹시 이다음에 생길지도 모르는 불상사를 걱정하지 않
을 수 없었다.

요이치가 문득 고개를 들자, 눈앞의 유리창에 새하얀 엉덩이
두 짝이 빨판처럼 들러붙어 있었다. 그만 웃음이 터져 라면발
을 뿜고 말았다. 바지를 끌어올린 두 남자가 유리창 너머에서
어린애처럼 폴짝폴짝 뛰었다. 전에 같은 경로를 함께 오갔던
운전사들이었다.

요이치가 밖으로 나가자, 둘이서 뿜어대는 담배 연기가 캔
커피의 따끈한 김과 하얀 입김과 함께 뭉글뭉글 피어오르고
있었다.

"이거 오랜만이군."

"그러게 말이야."

요이치의 볼에도 절로 미소가 떠올랐다.

"오늘은 어디로 가는 거지?"

"일단은 아키타."

"오, 아키타! 지난주에 말이지, 채소 도매시장 거리에 새로

생긴 파친코에 갔는데, 2만 엔 투자해서 1만 7천 발이나 터졌어. 그래서 그다음 날 이놈이 간다고 하기에, 속는 셈 치고 같은 게임대에서 해보라고 했지."

"그랬더니 글쎄, 터진 거야. 4천 엔 투자했는데 4만 발. 자네도 속는 셈 치고 가봐."

"내가 그런 데 갈 리가 없지. 속을 게 뻔한데."

"소심하게 굴기는. 요즘 어떻게 지냈어? 통 보이지 않던데. 근 거리가 많았던 거야? 이쪽으로는 이제 안 오나 했어."

"그런 건 아니고."

"근데 담배 끊었던가?"

"아, 그게."

"벌써 오래됐지. 가족을 극진하게 생각하는 사람이니까."

"나도 가족을 생각해서 피우는 거라고. 다들 아버지가 적당한 때 죽어주기를 바라니까 말이지."

"그건 그렇지."

셋이 껄껄 웃는 소리가 편의점 뒤쪽에 솟아 있는 산에 메아리쳤다.

남자들과 웃는 얼굴로 손을 흔들며 헤어진 요이치는 트럭으로 향하면서 손에 든 편의점 봉투에서 3밀리그램짜리 담배와 라이터를 꺼냈다. 담뱃갑의 비닐을 좍 뜯고 운전석에 앉자마자 시동을 길고는 떨리는 손으로 담배를 뽑아 쥐고 불을 붙였다. 가슴 한가득 빨아들인 연기가 영 맛이 없다. 두 모금째 피우려다 재떨이에 눌러 끄고는 갑째 짓뭉개서 대시 보드 위에 내던졌다. 스피커에서 흘러나오는 심야 프로그램 사회자의 자지러지는 웃음소리가 귀에 거슬려 스위치를 끄는 순간 딸꾹질이 났다. 숨이 쉬어지지 않는다. 울고 싶지 않다. 왜 간혹 이러는지 자신도 이해할 수 없었다. 그 두 사람이 기분 상할 말을 한 것도 아니었다. 가족의 불행을 겪지 않은 그들의 태평함이 부러운 것도 아니다. 그저 유쾌한 남일 뿐이다. 그들이 생활 속에서 '불행을 겪고 있지 않다'고 어떻게 단정할 수 있을까. 요이치는 두 남자의 이름조차 몰랐다.

한참이 지나 마음이 가라앉자, 이번에는 참기 어려운 정적이 찾아왔다. 견딜 수가 없어 라디오를 켜자 또 판에 박은 듯 똑같은 웃음소리. 이런 사람들에게도 생활이라는 게 있을까, 하고 요이치는 상상해보았다. 여자와 헤어지거나, 아내에게 헤어지자는 말을 듣거나, 아이가 학교에서 따돌림을 당하거나, 부모가 치매에 걸리거나, 친구가 우울증을 앓거나, 지인이 자살을 하고, 형제와 소식이 끊기고, 동료가 종교에 빠지고, 친척이 돈을 빌리러 오고, 그럴싸한 말에 속아 돈을 잃고, 무서운 사람에게 돈을 털리고, 옛 여자친구를 만나고, 발기부전이 생기고, 유산을 하고. 그들도 생활 속에서 흔히 있는 일이지만 말은 할 수 없는 그런 상황을 겪으면서, 매주 금기 사항을 건드리지 않는 범위 안에서 자신의 일상을 떠벌리고, 어제나 오늘이나 비슷한 얘기를 하면서 웃는 걸까. 그렇다면 요이치가 유키가 죽기 전과 다름없이 운전대를 잡고 속도계를 보면서 가속페달을 밟을 수 있는 것도 같은 일일까.

하지만 그 후로는, 이대로 가속페달을 최대한 밟아버리면 어떻게 될까 하거나, 고속도로를 달리다 운전대를 그냥 놓아버리고 싶은 순간이 있었다.

그런 심정을 꾹꾹 억누르는 건 사랑하는 아이들, 신페이와 아카리가 있기 때문인가?

아니, 그렇지 않다.

아이들이 있어서 오히려 두렵다. 오히려 가속페달을 힘껏 밟고 싶어진다.

뒤에 남은 사람이 자기 혼자였다면, 살아가는 일 따위는 아무것도 아니다. 인생이 즐겁든, 고생을 하든, 사고를 내서 반신불수가 되든, 죽어버리든, 아무와도 관계없는 일이다. 요이치가 어떻게 되든 진심으로 마음 아파하고 생활에 어려움을 겪을 인간 따위는 벌써 오래전에, 유키를 만나기 훨씬 전에 사라지고 없다. 그런데 지금은 아이들이 있다. 그런 생각을 하면 죽는 게 두려워진다. 죽는 게 두려우면 사는 것도 두려워진다. 성실하게 살아갈 자신이 없어진다. 요이치는 유키가 미웠다. 자신에게 모든 것을 맡기고 제멋대로 갑자기 죽어버린 유키가 미웠다. 어떻게 하면 좋을까. 어떻게 하면 되는가. 나 혼자서, 어떻게 하면 좋은가.

그때 윗도리 주머니에 든 휴대전화가 푸르르 진동했다.

시간은 2시 43분. 허둥지둥 통화 버튼을 눌렀다. 상대는 화면에 뜬 이름과는 다른 이름을 댔다. 누구신가요? 하고 요이치가 묻자 남자는 짧은 한숨을 내쉬고는 어쩔 수 없다는 듯이 다른 이름을 댔다. 그 이름은 왕년의 야구 스타, 히로시마 도요 카프의 선수 이름이었다.

나
：
：
신
페
이

　아자부주반(도쿄 도 미나토 구에 있는 주택가) 하면, 전에 텔레비전 요리 프로그램에서 소개한 어느 레스토랑의 요리사가 만든 비프 스트로가노프가 떠오른다. 소고기를 죽처럼 뭉글뭉글 끓인 듯한 요리다. 나는 아직 먹어본 적이 없다. 어떤 맛이냐고 물었더니 엄마는 "하이라이스를 그렇게 말하는 거야." 하고 대답했다. 학원에서 같은 반에 있는 마쓰모토는, 자기네 학교 급식에는 나온다고 했다. 하이라이스랑 똑같은지 물었더니, 마쓰모토와 같은 학교에 다니는 우메가키가 "응, 하이라이스보다는 좀 더 크리미해." 하고 대답했다. 집에 돌아와 나 혼자 늦은 저녁을 먹으면서 "하이라이스보다 좀 더 크리미하대." 하고 전했더니 엄마는 짜증스럽다는 표정을 짓고는, 지금 먹는 거나 얘기하라고 했다. 그날 반찬은 고등어 소금구이와 토란 조림, 무청 볶음, 그런 거였다. 나는 아무 할 말이 없었다.

"가령 운동회에서 신페이랑 친구들이 열심히 단체 체조를 하고 있는데, 엄마가 스마트폰으로 야구 중계를 보고 있으면 너는 기분이 어떻겠어?"

"왜 야구야?"

"야구가 아니라도 상관은 없지. 그럼 우치무라 고헤이."

"아, 그 체조로 유명한 사람?"

"그래. 네 기분이 어떻겠어?"

"같은 시간대에 대회를 하고 있다는 뜻이야?"

"가령 그렇다면 말이지."

"그쪽이 더 재미있나, 그렇게 생각하겠지."

"싫지 않겠어?"

"별로."

"분하지 않아? 열심히 연습해서 좋은 모습 보여주려고 힘내고 있는데, 엄마가 우치무라 고헤이를 보고 있으면?"

"좋은 모습 보여주겠다는 생각이 별로 없는데 뭐. 단체 체조는 그냥 해야 되는 거니까 할 뿐이지."

엄마는 조그맣게 한숨을 쉬고는 "비유를 잘못 들었나보네." 하고 중얼거렸다.

"그래도 엄마는 이 밥을 너희들에게 먹이려고 지은 거야. 너희들 체조는 엄마를 위한 게 아니지만."

"알아."

"엄마가 고마운 줄 알아라, 그렇게 말하는 것처럼 들릴지 모르겠지만, 그게 사실이야. 이 고등어도, 네가 학원에서 돌아온 다음에 구운 거라고. 레인지에 뚝딱 데운 게 아니라."

"알아."

내가 다 먹은 접시를 씻고 있는데, 엄마는 옆에서 스마트폰으로 비프 스트로가노프를 검색하고는 "사워크림이 들어가나 보네." 하고 말했다. 나는 사워크림도 먹어본 적이 없다. 비프 스트로가노프에 대한 나의 궁금증은 점점 커졌다. 언젠가 만들어볼게, 하고 엄마는 말했다. 그러나 엄마는 비프 스트로가노프를 만들지 못하고 죽었다.

셋이 집에서 나와 걸어서 버스 정류장에 갔다. 5시 버스를 타고 역으로 가서 전철을 타고 가다가 내려 다시 갈아탄 뒤 오에도선 아자부주반 역에서 내리자, 집에서 나온 지 1시간 반이 지나 있었다. 오오키의 형은 아자부 고등학교에 다니고 있다. 정말 대단하다. 가장 가까운 역이 히로오라는데, 중학교 1학년 때부터 이렇게 먼 데까지 통학하고 있다니.

아빠는 역에서 나온 뒤로 휴대전화에 지도를 띄우고 열심히 만지작거렸지만, 결국은 길을 잘 찾지 못했다.

"이런 곳에 올 일이 있어야지."

그렇게 둘러대지만 트럭 운전사면서 지도 하나 볼 줄 모른다. 약속 시간인 6시 반은 벌써 지났다.

간신히 도착한 가게는 우리가 두 번이나 지나간 길에 있었다. 간판이 아주 작은 데다 거기 적힌 글자는 내가 읽을 수 없는 알파벳이었다. 오에도선에서 계속 서 있었던 아카리는 입이 비죽 나와 있었다. 그 길을 세 번째로 지나면서 우물쭈물하고 있었더니, 검은색과 하얀색 유니폼을 입고 가게 앞에 서 있던 누나가 우리에게 손짓했다. 아빠가 더듬거리며 가게 이름을 묻기 전에 누나가 친절하게 웃는 얼굴로 "오미야 씨죠? 죄송합니다. 좀 더 빨리 나와 있었으면 좋았을 텐데." 하며 안으로 안내해주었다. 가게 안은 생각보다 좁고 손님도 없었다. 그런 데다 어둑어둑해서 아카리가 "여기, 레스토랑이야?" 하고 물었다. 나는 맡아본 적 없는 맛있는 냄새가 풍풍 풍겨서 가슴까지 두근거렸다.

안쪽 테이블 자리에서 누나와 똑같은 유니폼을 입은 남자와 얘기하고 있는 아저씨의 옆얼굴이 보였다. 텔레비전에서 본 적 있는 아저씨였다. 나는 텔레비전에 나온 사람과 직접 만나는 건 처음이었다. 그 사람이 나쓰코 아줌마의 남편이라는 게 전혀 실감 나지 않았다.

"아, 왔군." 하면서 아저씨가 일어나 아빠와 아카리를 마주 놓인 빨간 가죽 소파에 앉게 했다. 나는 아저씨 옆자리에 앉게 되었다. 우리 아빠보다 나이가 꽤 많다고 들었는데, 가까이에서 보니 텔레비전에서 본 것보다 훨씬 호리호리하고 입고 있는 옷도 아저씨 같지 않았다.

"신페이."

아빠가 주의를 주어서 나는 앉기 전에 모자를 벗고 인사했다.

"오미야 아카리예요. 기린반이에요. 네 살."

아카리도 그렇게 인사했다.

아저씨는 웃으면서 왜 기린반이냐고 물었다. 아카리는 "컸으니까." 하고 대답했다. 아빠가 옆에서 뭐라고 더 설명할 줄 알았는데, 헤헤거리기만 할 뿐 아무 말이 없어서 내가 설명했다.

"어린이집에 다람쥐반과 기린반이 있거든요. 작년까지 다람쥐반이었는데, 지난 4월에 기린반이 되었습니다."

"오호, 그런 뜻이군. 덕분에 하나 배웠는데."

아저씨는 그렇게 말하고 내게도 물었다.

"너는? 너는 몇 학년이니?"

6학년이라고 대답했더니, 잠시 생각하고는 옆에 서 있던 유니폼 입은 형 쪽을 보면서 "반딧불이의 묘?" 하고 웃으면서 말했다. 형도 "아, 그러네요." 하고는 싱긋 웃으면서 고개를 끄덕거렸다. 나와 아빠와 아카리는 무슨 소린지 몰라 잠자코 있었다.

"오빠가 아주 야무지게 보여서."

아저씨는 그렇게 말하는데 아빠는 별로 신경 쓰는 기색이 없었다. 그러고는 형이 건네준 메뉴판을 펼치지도 않은 채 "생맥주 오백으로." 하고 말했다.

"죄송합니다만 조끼 잔이 준비되어 있지 않아 큰 잔으로 드리겠습니다."

"그래요."

"알자스 지방의 필스너도 추천해드리고 싶은데, 국산 드래프트가 좋으실까요?"

"네?"

아빠가 얼빠진 표정으로 형을 올려다보았다.

"나도 맥주. 국산으로. 조끼 잔 정도는 갖추고 있어야지. 일본 아버지들의 기본이잖아."

아저씨는 그런 말로 어색함을 수습했지만, 이 가게가 일본의 평범한 아버지들이 드나드는 장소가 아니라는 건 나도 알 수 있었다.

뭐든 먹고 싶은 걸 주문하라고 하는데, 메뉴판에는 글자만 있고 사진이 하나도 없었다. 무슨 무슨 샐러드가 '샐러드'라는 건 알겠는데, 그 '무슨 무슨'은 다 알파벳이어서 알 수가 없었다. 아빠는 조금도 도와줄 눈치가 없었다. 그래서 과감하게 말해보았다.

"비프 스트로가노프 있나요?"

"비프 스트로가노프?"

"……는 없는데…… 그건 러시아 요리거든."

유니폼 입은 형이 미안하다는 듯이 말했다.

"여긴 무슨 요리를 하는 덴데요?"

"여기는 프랑스 요리를 하는 데야. 프랑스의 가정 요리가 맛있지. 아, 다카시 군, 요리사에게 좀 물어봐. 가능하지 않겠어? 재료만 있으면."

"네, 물어보겠습니다."

"물어보지 않아도 돼요. 신페이, 너 건방지게."

"건방진 거 아니야. 그냥 있는지 물은 것뿐이라고."

"그래. 그런 게 아니지."

아저씨가 눈짓하자 다카시 형은 안쪽으로 사라졌다.

"대체 무슨 요린데 그래?"

"비프 스트로가노프라고 몰라요?"

"세련된 요리를 좋아하나보구나, 신페이는."

"오빠 먹어본 적 없어."

"야, 너."

"없다고?"

"먹고 싶은 걸 주문하라고 했잖아요."

"그래, 내가 그랬지."

"그렇다고 프랑스 음식점에 와서 왜 러시아 요리를 주문하는 거야. 여기 요리사가 프랑스 요리를 하기 위해 몇 년이나 고생했는지도 모르면서."

"아는 사람이야?"

"아빠가 어떻게 알겠어. 아는 사람 가게에 오는데 그렇게 길을 헤매겠니."

"괜찮아. 무슨 요리든 다 할 수 있는 요리사니까. 일식이든 뭐든 다 잘 만들어."

그런 얘기를 나누고 있는데 다카시 형이 맥주와 주스를 들고

와, 재료도 있으니 만들어보겠다고 합니다, 하고 말했다.

"사워크림도 있나요?" 하고 내가 묻자, "잘 아는데. 마침 사워크림도 있대." 하면서 싱긋 웃었다.

우리는 건배를 했다. 아빠는 한 모금에 잔의 삼분의 이를 들이켜나 싶더니 금방 목까지 벌게져서 말이 많아졌다. 아저씨가 나왔던 텔레비전 프로그램 얘기, 주간지 술 광고 페이지에서 아저씨 사진을 봤다는 얘기, 아저씨 책이 이토요 카드 서점에 잔뜩 쌓여 있었다는 얘기. 그 서점 여점원에게 아는 사람이라고 했더니 깜짝 놀라더라는 얘기.

다카시 형이 아저씨가 주문한 요리를 들고 와 하얀 접시에 담긴 알록달록한 것들에 대해 우리를 위해 하나씩 설명하는데 아빠는 듣는 척도 하지 않고 자기 얘기만 계속했다. 아저씨가 설명을 하다 말고 멀거니 서 있는 다카시 형에게 슬며시 눈짓으로 맥주를 한 잔 더 주문했다. 아빠는 한바탕 떠들다 얘깃거리가 떨어지자 이번에는 연예인을 직접 만나보니 어떻더냐, 퀴즈의 해답은 미리 알려주지 않느냐, 여자 탤런트 중에서 누가 최고의 미인이라고 생각하느냐는 등의 질문을 퍼부었다. 술이 맥주에서 와인으로 바뀌었는데도 아저씨는 얼굴색이 전혀 변하지 않았다. 아빠가 갖가지 질문을 하면 할수록 처음보다 말수가 줄어드는 느낌이었다. 나는 잠자코 나온 음식만 먹었다. 물컹물컹한 것과 흐물흐물한 게 많아서 고기인지 생선인지 채소인지, 시큼한지 짠지 달콤한지 전혀 알 수 없었다.

아카리는 본 적도 없는 예쁜 색깔의 요리에 감격한 눈치였다. 손에 쥔 포크로 접시에 담긴 걸 콕콕 찍어서는 잇달아 입에 넣었다. 그러더니 우리가 보는 앞에서 입을 쩍 벌렸다. 오물오물 씹은 것이 그대로 보였다.

"아카리, 입 다물어."

그렇게 나무라자 아카리는 아아~ 하면서 얼굴을 찡그리고 옆으로 젓더니, 입안에 있는 것을 하얀 접시에 그대로 뱉어내기 시작했다.

뭐야! 아빠가 고함을 지르는 동시에 냅킨으로 아카리의 입을 막자 아카리는 잘 들리지 않는 소리로 "이거 간질간질해~." 하고 웅얼거리면서 아빠를 노려보았다. 옆을 올려다보니 아저씨는 "저런, 입에 잘 맞지 않는 모양이구나." 하면서 웃었다. 그리고 접시를 바꿔달라고 하려고 손을 들고 몸을 돌렸지만, 다카시 형은 이쪽을 등지고 어느 틈에 꽉 찬 손님들의 주문을 받고 있었다. 다른 사람을 부르려고 손을 높이 든 채 가게 안을 휘휘 돌아보는 아저씨의 눈동자가 흰자위 속에서 이리저리 헤매고 있었다. 더는 웃는 얼굴이라 할 수 없었다. 아저씨가 오늘 우리를 저녁 식사에 초대한 걸 후회하고 있는 것만 같았다.

아카리가 한 짓을 만회하고 싶은지 아빠는 줄줄이 나오는 요리를 게걸스럽게 먹어치우면서 "와, 맛있군, 맛있어."를 연발했다. 비장의 와인입니다, 하면서 다카시 형이 따준 레드 와인

도 보리차 마시듯 꿀꺽꿀꺽 들이켜면서 "어떠세요?" 하는 물음
에 "이 시큼 텁텁한 맛이 아주 좋군." 하고 대답했다.

그다음에는 아저씨가 아빠에게 여러 가지 질문을 했다. 아빠
가 하는 일, 요즘 경기, 우리가 사는 동네에 대해. 그러나 대화
는 조금도 무르익지 않았다. 아빠는 하나 마나 한 말밖에 하지
않았고, 그 말조차 아저씨는 전혀 모를 회사 사람의 이름이나
운송업계의 전문용어가 대부분이었고, 그리고 무엇보다 피차
에게 중요한 부분은 건드리지 않고 있다는 인상이었다. 우리
엄마 얘기와 나쓰코 아줌마 얘기는, 어느 쪽 입에서도 단 한
마디도 나오지 않았다.

시간이 좀 걸릴 거라고 한 비프 스트로가노프는 아직 나오
지 않았는데, 아카리는 조금 전의 일로 풀이 죽었는지 너저분
해진 포크를 쥔 채 손을 무릎에 올려놓고 새빨간 소파에 푹 기
대앉아 있었다.

"다 먹은 거야?"

아카리는 아무 대답도 하지 않고 다른 손으로 두 눈을 번갈
아 비벼댔다.

가게 안의 불빛이 뿌옇고 침침한 오렌지색이어서 잘 몰랐는
데, 가게에 처음 들어왔을 때보다 얼굴색이 탁하고 거뭇거뭇해
보였다.

"아짱."

불러도 나를 보려 하지 않았다. 가슴이 오르내렸고 낮고 가

느다랗게 숨을 쉬고 있다.

아카리, 하고 다시 한 번 똑똑히 이름을 부르자 아빠도 아저씨도 이쪽을 돌아보며 "배부른 거야.", "잠이 오는 모양이구나." 하고 얼토당토않은 소리를 했다. 그게 아니었다. 나는 벌떡 일어나 아카리 옆으로 가서 눈을 비비고 있는 손을 떼어냈다. 보니 아카리의 얼굴은 퉁퉁 부어 있고, 실처럼 가늘어진 눈으로 나를 올려다보고 있었다. 입을 크게 벌리고, 카악 카악 하면서 힘겹게 숨을 들이쉬었다. 나는 얼른 노란 원피스 자락을 타이츠 위까지 끌어올렸다.

"아니."

"무슨 짓이냐, 너."

새빨간 두드러기가 아카리의 동그란 배에 세계지도처럼 퍼져 있었다.

"이거 봐!"

나는 외쳤다. 아빠는 헤벌쭉 입을 벌렸다.

"알레르기 쇼크라고!"

그 순간 아빠의 얼굴이 얼어붙었다.

"새우나 게가 들어 있었을 거야."

"알레르기가 있는 거니?"

아저씨의 얼굴도 하얗게 질렸다.

아빠가 벌떡 일어나 아카리를 들쳐 안았다.

"신페이, 그 뭐였지, 그 약."

"……아빠, 안 챙겨왔어?"

알레르기 발작을 일으켰을 때 허벅지에 주사할 수 있는 에피네프린이라는 약. 엄마는 아카리에게 알레르기가 있다는 것을 알게 된 때부터 어디를 가든 반드시 파우치에 넣어 다녔다.

아빠는 말문이 막혔고, 아빠의 어깨 위에서 아카리는 또 입을 크게 벌리고 카아아, 하고 비명 같은 숨을 쉬었다.

구급차 불러! 아저씨가 외쳤다. 다카시 형이 히로오 병원이나 적십자 병원은 10분도 안 걸린다고 하면서, 택시를 잡아오라고 젊은 직원을 가게 앞으로 내보냈다.

안에서 요리사가 나와 하얀 모자를 벗었다. 대머리에 수염이 있고, 사카사에(위에서 보나 아래에서 보나 사람 얼굴인 그림) 같은 얼굴이었다.

"전채 중에 게 된장이 든 푸딩이 있었습니다."

"왜 알려주지 않은 거야! 어린애가 있는데."

아저씨가 소리를 질렀다.

그러자 다카시 형이 이내 끼어들어 "제가 설명하지 않은 탓입니다." 하면서 머리를 숙였다. 그런데 머리를 다 숙이기 전에 아빠의 커다란 손이 그 어깨를 잡아 윗몸을 획 일으켰다.

"아니지. 내가 깜박 잊고 말을 하지 않은 게 잘못이야."

아빠가 그렇게 말하면서 어깨에서 손을 내리자, 헐렁헐렁한 바지의 뒷주머니를 더듬어 네 귀퉁이가 뭉개진 가죽 지갑을 꺼냈다.

"저, 여기, 밥값……."

"그런 건 신경 쓰지 말아요!"

젊은 누나가 택시가 왔다고 알려주었다.

아빠가 나를 돌아보고 말했다.

"신페이, 넌 여기서 기다려라. 돌아올 테니까. 아니면 집에 갈래? 혼자 갈 수 있겠어?"

집에 가겠다고 하려 했는데, 나는 그만 울먹이고 말았다. 내가 볼 수 없는 곳에서 아카리마저 사라지는 게 아닐까 싶어서.

"……아닙니다, 오미야 씨. 괜찮아요. 제가 데려다주죠. 제가."

등 뒤에서 아저씨의 목소리가 들렸다.

아빠는, 사치오 씨, 고맙습니다, 하고는 럭비공처럼 아카리를 껴안고 가게를 뛰쳐나갔다.

나는 아저씨와 둘이서 이제야 겨우 나온 비프 스트로가노프를 먹었다. 크리미. 정말 그랬다. 하지만 아쉽게도 그 밖에는 아무런 맛을 느낄 수 없었다.

"맛있구나."

"맛있네요."

나도 아저씨도 절반 이상이나 남겼다.

잠시 후 아빠에게 전화가 걸려왔다. 아카리는 증세가 가라앉았고, 지금은 링거 주사를 맞으며 쉬고 있다고 했다. 다카시 형도 가게 누나도 눈물을 글썽이며 안심했다.

레스토랑에서 나올 때 사카사에 그림 요리사가 아빠와 아카리 몫의 비프 스트로가노프를 담은 플라스틱 용기를 들고 나와주었다.

"미안했습니다, 아까는."

아저씨는 사카사에 그림 요리사에게 조그만 소리로 사과했다.

나는 혼자서 가겠다고 했지만 아저씨가 "내 체면을 봐서라도 부탁한다." 하기에 둘이 택시를 탔다.

길에서 잡은 택시의 운전사는 우리가 올라탔을 때는 한숨 같은 목소리로 인사하더니, 우리 동네 이름을 듣자 "사이타마요?" 하고 되물었다. 그렇다고 대답하자 "네네, 알겠습니다!" 하고 다른 사람이라도 된 듯 기운차게 대답하고 가속페달을 밟았다.

수도 고속도로를 택시를 타고 달리기는 처음이었다.

작년 여름이 끝나갈 무렵 가족끼리 지바의 바다로 당일치기 여행을 갔다가 돌아오는 길, 아빠가 운전했다. 그때는 태양이 아직 높이 떠 있었다. 나는 곤히 잠든 아카리의 유아 시트에 기대어, 뒤로 흐르는 도쿄 거리를 정신없이 바라보았다. 서쪽으로 약간 기운 강렬한 햇살이 때로 높은 빌딩에 반사되어 번쩍거리는 바람에 눈이 따가웠다. 해파리에 물린 팔꿈치는 따끔거리다 못해 화끈화끈 아파왔다. 엄마의 덜 마른 머리칼에서 희미하게 샴푸 냄새가 났다.

한밤의 도쿄 풍경은 빛나는 용 같았다. 빨갛고 노란 비늘에 싸인 굵은 용과 가느다란 용이 위에서도 아래에서도 똬리를 틀고 있다. 택시는 속도를 올렸다. 길을 비추는 라이트도, 휘황하게 불을 밝힌 건물도, 오른쪽으로 왼쪽으로 획획 흘러가 두 번 다시 돌아오지 않았다.

"아카리는 그런 일이 자주 있니?"

아저씨가 불쑥 물었다.

"아니요."

나는 대답했다.

"이러는 건 난 처음 봐요."

아카리가 처음 알레르기 발작을 일으킨 건 내가 3학년 때였다. 엄마는 일을 쉬는 날이었지만, 나는 학교에 있었고 아빠는 며칠이나 집에 들어오지 않았다. 집에 있던 엄마와 아카리가 낮에 동네 도시락 집에서 일하는 아줌마가 갖다 준 새우 경단을 먹었는데, 아카리의 피부가 갑자기 벌게지는가 싶더니 이내 호흡곤란에 빠졌던 것 같다. 엄마는 간호사니까 큰 병원에서 일할 때 알레르기 쇼크에 빠진 환자를 본 적이 있었지만, 자기 딸에게 똑같은 증상이 나타난 걸 보려니 얘기가 달랐다. 구급차가 오는 동안 미치는 줄 알았다고 한다. 얼마나 겁이 났던지 엄마는 그때 얘기를, 쇼크 증상을 보인 아카리 모습을 귀에 못이 박이도록 몇 번이나 우리에게 들려주었다.

또 한번은 재작년 가을, 엄마와 아카리와 셋이서 백화점에 뷔페를 먹으러 갔는데 아카리가 목이 가렵다고 했다. 엄마가 아카리의 블라우스를 끌어올려 배를 보니 두드러기가 돋아 있었다. 엄마는 의사에게 받은 에피네프린을 얼른 가방에서 꺼내 아카리의 허벅지 바깥쪽에 바늘을 꽂듯이 과감하게 주사를 놓았다. 나는 무서워서 움쩍도 못하고 있었는데, 조금 있으니 두드러기가 쓰윽 가라앉으면서 아카리는 아무 일 없다는 듯이 히죽거렸다. 엄마가 없을 때도 이렇게 하는 거야, 알았지? 엄마는 에피네프린 주사를 어떻게 놓는지 내게도 가르쳐주었다. 집안 어디에 약이 있는지도 단단히 기억하게 했다.

하지만 나는 '엄마가 없을 때'라는 말의 의미를 완전히 잘못 알고 있었다. 일에서 아직 돌아오지 않았을 때, 시장을 보러 나갔거나 미용실에 갔을 때, 만에 하나 너무 아파 몸져누웠을 때. 아카리가 좀 더 커서 우리 둘이서만 밖에 나가는 일이 있을 때. 그런 때에는 내 힘으로 대처할 생각이었다. 그런데 지금이 그런 때일 줄은 몰랐다. 아니잖아, 이건 아니잖아. '없을 때'라는 건 언젠가는 돌아온다는 뜻으로 하는 말이잖아. '없어졌을 때'를 '없을 때'라고는 하지 않잖아. 엄마는 그렇게 말하지 않았잖아.

"아저씨가 같이 식사하자고 했을 때 물어봤더라면 좋았을 텐데. 자식이 없으니 그런 건 알지 못해서."

아저씨는 그런 말로 내게 사과했지만, 나는 뭐라고 대답하면 좋을지 몰랐다.

"아빠는…… 밥이나 집안일은 잘 모르니까."

"그렇구나. 밥은 늘 엄마가 준비해줬니?"

"네."

"지금은 아빠도 할 수 있어?"

"조금은요."

"뭘 만드는데?"

"볶음밥이나 카레. 찌개도 끓이고."

"대단하구나. 맛있어?"

"그런대로 맛있어요."

"엄마가 만든 것과는 다르다?"

"그렇죠."

아저씨는 소리 내어 웃었다.

"엄마는 어떤 걸 만들어줬는데? 뭘 잘 만들었는데?"

"…… 크로켓하고 만두 같은 거."

"아, 그건 하루아침에는 좀 무리겠지. 다른 건?"

"춘권도."

"아, 춘권. 맛있지."

"네."

아저씨가 갑자기 말이 없어졌다. 엄마가 잘하는 음식으로 이제 뭘 말할까 이리저리 생각하고 있던 나는 맥이 빠져서 옆에 앉은 아저씨 얼굴을 올려다보았다. 그러자 내 시선을 느낀 아저씨가 "음, 우리 집사람도 춘권을 잘 만들었거든." 하고 말했다.

"엄마는 학교에서 가정 시간에 배웠다고 했는데."

"그랬구나."

"나쓰코……. 아, 아저씨 부인……."

"나쓰코 아줌마라고 하면 된다."

"……아줌마는 우리 엄마랑 학교 동창생이죠?"

"응, 그런 것 같더라."

"숙주, 들어 있던가요?"

"숙주? 춘권에? ……들어 있었지. 그런데 부추가 들어가면 더 맛있지. 부추, 들어 있었어?"

"네!"

……그렇구나, 하면서 둘이 얼굴을 마주 보았다.

배는 빵빵하게 부르다 싶은데 입안에 침이 고였다. 하지만 이제 그 부추가 든 춘권은 먹을 수 없다. 나도. 이 사람도.

"저."

"응?"

"반딧불이의 묘, 무슨 뜻이에요?"

"어, 마음에 담고 있었어? 이상한 뜻으로 한 말이 아닌데."

"이상한 뜻이요?"

"아니, 엄마가 돌아가셔서 어쩌고 하는 얘기가 아니라. 너와 아카리의 터울 때문에 그냥 떠오른 거였어."

"뭐가 떠올랐는데요?"

"……그거.『반딧불이의 묘』몰라?"

"모르는데요."

"지브리 만화영화도 본 적 없어?"

"없어요."

"그렇구나. 소설 제목이야. 전쟁이 끝날 무렵의 오누이 얘기."

"무서운 얘기예요?"

"무섭다……. 음, 좀 무섭기도 하지. 하지만 호러는 아니야."

"어려워요?"

"어려운 얘기는 아니야. 그런데 문체는 어떨지 모르겠다."

"누구 소설인데요?"

"노사카 아키유키라는 소설가."

"사치…… 아저씨보다 나이 많아요?"

"그럼, 훨씬 많지!"

아저씨는 픽 웃으면서, 그런데 너희 집에서는 나를 뭐라고 부르지? 하고 물었다. 나는 우물쭈물했다.

"말 안 해도 다 알아. 나쓰코 아줌마가 그렇게 불렀지?"

나는 고개를 끄덕거렸다.

그래, 그렇게 불러도 괜찮아. 사치오 씨가 말했다.

현관문을 열자 바로 부엌이었다.

빨간색 세발자전거가 놓인 좁은 현관은 아빠와 아이들 신발로 말 그대로 발 디딜 틈도 없었다. 어른 신발을 한 켤레 더 벗어놓을 자리를 만드느라 둘은 쪼그리고 앉아 어지럽게 널려 있는 신발을 가지런히 정리해야 했다. 신발장 속에 들어차 있는 갖가지 신발 중에는 어른 여자의 신발도 섞여 있다. 그중에서 몇 가지를 솎아내면 어린애 신발을 넣을 정도의 여유는 생길 텐데, 기누가사 사치오는 그 신발들을 절대 만져서는 안 될 것 같았다.

택시가 고속도로에서 빠져나올 무렵 오미야 요이치에게서 연락이 왔다. 지금 아카리를 데리고 전철을 타고 집에 갈 텐데, 잠깐이라도 좋으니 집에 들어가 기다려줬으면 한다고 간곡하게 말했다. 모처럼 넷이 만났는데 이렇게 헤어지자니 너무 아쉽다고 한다. 사치오는 망설였다. 여기까지 왔는데 아무도 없는 집에 신페이 혼자 두고 가는 것 또한 망설여졌다. 폐가 되지 않는다면, 하고 요이치에게 말하자 사치오 옆에서 아들이 고개를 끄덕거렸다. 이렇게 불쑥 남의 집에 들어오기는 사치오 인생에서 처음 있는 일이었다.

4인용 식탁 위에는 공과금 영수증과 학교와 어린이집에서 보낸 안내문, 레토르트 식품과 세제 등이 어지럽게 쌓여 있었다. 부엌과 그 옆 거실 사이 문틀에 걸린 빨래 걸이에는 빨아서 그대로 널어놓아 주글주글한 옷가지들이 아무 규칙 없이 걸려 있었다. 그 무게 탓에 활처럼 양 옆으로 축 처진 꼴이 마치 지금 자신의 집을 보는 것 같다고 사치오는 생각했다.

냄새가 날 만큼 더러운 건 아니었지만, 여자의 손길이 느껴지지 않는 어수선한 광경이었다. 그런데 줄줄이 걸린 빨래를 헤치고 안쪽의 큰방으로 들어가자, 키 낮은 선반 위에 조그만 새 원목 불단이 놓여 있고, 생쥐 캐릭터가 그려진 펄 핑크빛 액자 속에서 '유키 씨'가 환하게 웃고 있었다. 그녀 옆에 몸을 기대듯 놓여 있는 어린이용 머그컵에는 풀 냄새가 아련하게 풍기는 클로버가 세 송이 꽂혀 있다. 사치오는 자신의 서재 책상 끝에 방치된 채 천장만 바라보고 있는 나쓰코의 번듯한 영정을 떠올리고는 가슴이 찔렸다.

"집이 너무 더러워서 죄송해요."

뒤꿈치를 들고 문틀에 걸린 빨래 걸이를 내리면서 오미야 신페이가 민망한 듯이 그렇게 말하자, 기누가사 사치오는 합장한 두 손에서 이마를 들고 돌아보며 웃었다.

"그래도 우리 집보다는 나은데 뭐. 어수선한 이유에도 생명력이 있고."

5월이 머지않았는데 거실에 고타쓰가 그대로 자리를 차지하고 있었다. 그러나 처음 온 남의 집에서는 소파나 의자에 가슴을 쫙 펴고 앉기보다 담요를 휙 들추면서 고타쓰 안으로 발을 밀어 넣고 등을 움츠리는 편이 그 집 주인과의 거리가 좁혀질 것 같다. 밤 11시 반이 넘은 시간, 신페이는 부엌에서 전기포트를 켜놓고 선반을 뒤지고 있다. 신경 쓸 거 없어. 그렇게 말을 건네자, 아니에요, 하고 짧게 대답하고는 당연한 일인 듯 움직이고 있지만, 어디로 보나 익숙하지 않은 모습이다. 엄마가 살아 있을 때는 손님이 와도 제 손으로 차를 끓이는 일은 없었을 것이다. 차가 어디 있는지 통 모르겠는지 급기야 무릎을 꿇고 싱크대 밑 수납장까지 뒤지는 뒷모습을 보고 있자니 가련해서 뭐라 말리지도 못한 채 사치오는 고타쓰 위에 펼쳐져 있는 신페이의 교과서를 내려다보았다.

• 문제 3 •

그림 1에서 진자의 길이를 10센티미터씩 바꿔 진자가 한 번 왕복하는 시간을 재어보았더니, 표 3과 같은 결과가 나왔습니다.

진자의 길이를 80센티미터로 하고, 진자를 잡았다가 놓으면 가장 아래 지점을 몇 번 통과하게 되는지 정수로 답하시오.

"커헉."

사치오는 자기도 모르게 그런 소리를 냈다.

겹쳐 있는 다른 교과서도 펼쳐보았다. 삼각추를 분해한 몇 가지 그림, 그 옛날의 다이아몬드 게임판 같은 기하학적 무늬, A와 B가 X 지점에서 Y 지점까지 몇 분 걸려 도착했다느니, 중심각이 150도인 부채꼴의 면적이 어떻다느니 하는 글자가 페이지마다 꽉 차 있었다. 이공계와는 전혀 인연이 없는 사치오는 쳐다보기만 해도 끔찍하고 현기증이 날 것 같았다. 책을 덮었더니 뒤표지에 사인펜으로 '오미야 신페이'라고 적혀 있었다. 그야말로 초등학교 6학년다운, 또박또박 썼지만 균형이 일그러진 필체였다. 부의금 봉투에 적혀 있던, 의외로 달필이었던 제 아빠의 필체에 미치려면 아직 한참 멀었다.

그때 사치오의 눈앞에 접시 없이 찻잔 두 개만 덩그러니 담긴 커다란 쟁반이 놓였다.

찻잔 안에는 티백이 한 개씩 잠겨 있었지만, 물에는 색이 거의 우러나오지 않았다. 조금 기다려야겠는데, 하면서 사치오가 고타쓰 안에서 다리를 쭉 뻗자, 신페이는 몸을 내밀고 사치오 앞에 쌓인 책을 정리해서 한쪽으로 몰기 시작했다.

"신페이, 이거 교과서니? 6학년이 이렇게 어려운 걸 배워?"

"교과서 아니에요."

"그럼 뭐야? 학원이나 다른 데서?"

"교재, 예요."

"아, 학원에 다니는구나. 시험 봐서 중학교에 들어갈 거야?"

그렇게 묻자 신페이는 뭐라 대답하려다 그만두었다.

사치오는 신페이의 성적이 그렇게 좋지는 않나보다 여기고, 에이, 열심히 하면 되잖아, 무슨 일이든 도전해봐야지, 렛츠 트라이, 하고 무책임하게 격려했지만, 신페이는 정리한 책들을 나일론 가방에 집어넣으면서 "이제 학원에는 안 다닐 거예요." 하고는 엷게 우러나온 찻잔 속 물만 쳐다보았다.

"그래, 공부 좀 안 하면 어때. 어른이 돼서, 원추의 체적을 구하라는 말은 한 번도 들어본 적이 없는데 뭐. 헉이지!"

그렇게 장난스럽게 말하자 신페이는 잠깐 시선을 들어 사치오를 빤히 노려보았다.

아, 다들 그렇지만, 아이들 눈동자는 참 해맑다.

사치오는 바늘처럼 날카로운 화살이 가슴속 나쁜 부분에 푹 꽂힌 듯한 기분이 들었다. 신페이의 울적한 표정과는 달리 맑고 고요한 공기가 안으로 흘러들어 숨이 편해진 느낌이다.

사치오는 양반 다리로 앉아 있던 자세를 추스르고 몸을 약간 앞으로 내밀었다.

그러자 어디선가 유지매미가 우는 듯한 아련한 소리가 들려오더니, 이어서 띠롱 띵 띵 띵 띠로 띵 띵, 하는 한가로운 오르골의 음색이 집 안에 울렸다. 사치오는 처음에는 신페이의 휴대전화가 울리는 줄 알았다. 그런데 문틀 위를 올려다보니 벽에 걸린 태엽 시계에서 튀어나온 인형들이 12시를 알리며 손발을 이리저리 흔들고 있다.

이런 하나하나가 우리 집에는 존재하지 않는 것이라는 생각이 절실했다.

아이들과 별 인연 없이 생활하는 어른에게는 조금 낯간지럽고 숨이 막힐 듯 달짝지근한 냄새. 이 집의 생활 전부, 아이들을 따라 시간이 흐르고 그 중심에는 엄마가 있었다. 그리고 때로 아빠가. 정확하게 움직이는 시계처럼 모든 톱니바퀴가 맞물려 눈에 보이지 않을 정도의 속도로, 그러나 매일 앞을 향하고 있었는데 가장 중요한 축이 빠져나가고 말았다.

사치오는 신페이가 학원을 그만둬야 하는 이유를 이제야 겨우 파악한 기분이었다.

이제 좀 우러나왔을까, 하고서 사치오는 찻잔 속을 들여다보았다. 여전히 동남아시아의 맥주보다 엷은 색이다.

"물이 미지근한 건가."

"⋯⋯펄펄 끓었는데요."

신페이가 입을 열었다.

"물의 끓는점은?"

"100도."

"대단한데."

"전혀 대단하지 않아요."

이제야 웃었다.

그냥 마실까, 하고 둘이서 찻잔 끝에 입을 대자, 약초 냄새 같은 청량한 냄새가 코끝을 스쳤다. 티백과 실로 연결된 조그만 종이를 새삼스럽게 살펴보니 'SLIM HERB DETOX'라고 인쇄되어 있었다. 그 글자를 소리 내어 읽으면서, 이거 아마 엄마가…… 하고 사치오가 말하자, "아, 살 빠지는 차구나." 하고 신페이가 대답했다.

"그럼 우리 살이나 뺄까."

"안 빠졌어요."

'살 빠지는 차'는 충분히 뜨거웠다.

둘이서 후후 불면서 마셨는데, 드문드문 얘기를 하다 보니 어느 틈에 체온만큼이나 식었다. 그리고 돌아보자 신페이의 눈두덩이가 눈을 무겁게 뒤덮고 있었다. 이제 그만 자라고 했더니, 신페이는 순순히 그 자리에 누워서 고타쓰 안으로 어깨까지 몸을 쑥 들이밀고 눈을 감았다. 감기 걸리겠다고 이부자리에서 자라고 하는데, 선잠이 든 신페이는 아빠 목소리로 착각했는지 자못 시끄럽다는 듯이 "아이." 하고 웅얼거리고는 그대로 잠들고 말았다. 사치오는 신기한 기분이 들었다. 사십 몇 년을 살면서 남의 집 아이에게 어떻게 하라고 지시하거나 재촉한 적은 이때가 처음이었기 때문이다. 입을 벌리고 잠든 신페이를 보면서 이제 어째야 하나 생각하고 잔 속에 고인 황금색 물을 마저 들이켰을 때, 현관문에서 찰칵찰칵 열쇠를 돌리는 소리가 들렸다.

*

오미야 아카리를 등에 업은 아빠가 힘찬 목소리로 "이거 미안합니다." 하면서 현관에 들어섰을 때, 기누가사 사치오는 얼른 쉿! 하면서 집게손가락을 입에 댔다.

기껏 정리해놓은 현관에 스니커즈를 휙 벗어 던지고 성큼성큼 들어온 오미야 요이치는 고타쓰 속에서 잠든 아들을 힐끔보고서도 목소리를 낮추지 않았다.

"이야, 신세를 졌습니다. 좀 더 빨리 올 줄 알았는데."

사치오는 아니라는 뜻으로 손을 휘휘 저었지만, 아카리가 무사해서 완전히 기운을 되찾은 요이치는 말을 멈추지 않았다.

"전철 타는 일이 좀처럼 없는 터라 역에서 길을 잃었지 뭡니까. 그런데 정말 굉장하더군요, 도쿄의 마지막 전철은. 차장이 어깨로 여자 엉덩이를 꾹꾹 밀어 넣어서 겨우 문이 닫히나 싶었는데 또 누가 어느 문에 껴서 다시 문이 열리고. 그랬더니 그걸 보고 타는 놈이 또 있지 뭡니까. 이 녀석은 간신히 기분이 좋아졌는데, 아저씨들 엉덩이 사이에 끼여서 칭얼대지. 주위 사람들 표정은 이런 시간에 어린아이를 데리고 다니니 그 꼴이지, 하는 식으로 냉담하지. 그런 게 아닌데……."

알았어요, 알았으니까. 사치오가 옆에 누워 자는 신페이와 요이치 등에 업힌 아카리를 번갈아 가리키는데도 요이치는 히죽거리면서 말했다.

"괜찮아요, 이 정도는."

아닌 게 아니라 아빠 말대로 둘은 잠에 빠져 꼼짝도 하지 않은 채 신페이는 카펫에, 아카리는 아빠 어깨에 눅눅한 침을 흘리고 있었다.

요이치가 갑자기 입을 다물고 아카리를 업은 채 쭈그리고 앉더니 잠든 아들의 얼굴을 다시 한 번 들여다보았다.

"정말 잘 자는군."

그러고는 엷은 갈색 글러브 같은 손등을 그 매끄러운 볼에 갖다 댔다. 요이치가 말을 하지 않자 방 안에서 들리는 소리는 깊이 잠든 두 아이의 숨소리뿐이었다.

요이치가 거듭 자고 가라고 했지만, 사치오는 정중하게 거절하고 대신 택시를 잡을 수 있는 길까지만 안내해달라고 부탁했다.

오미야의 집이 있는 단지는 쇼와 시대 후기에 개발된 신도시의 끄트머리에 있었다. 마지막 버스도 떠나버린 시간, 허연 가로등이 비치는 적막한 보도를 걷는 사람은 없고, 여러 동 있는 건물의 수백 개나 되는 창문 중에도 불이 켜진 창문은 몇 개 없었다.

10분 정도 걸어가자 큰길이 나왔다. 빈 택시가 쉽게 잡힐 것 같지 않았다. 조금 더 걸어서 국도가 있는 네거리까지 가보자는 요이치의 말에 다시 걸음을 내디디며 사치오는 용기를 내어 신페이의 진학 문제를 물어보았다. 요이치는 잠시 말이 없더니, 그 녀석은 뭐라던가요? 하고 사치오에게 되물었다.

"학원을 그만두는 건 어쩔 수 없는 일이라고. 일주일에 몇 번이나 아카리를 밤에 혼자 있게 할 수는 없다고 하던데요."

"음. 뭐, 그렇습니다. 사정이 사정이니만큼 이해해달라고 제가 말했지요."

"그래도 성적은 나쁘지 않은 것 같던데."

"그러게 말입니다. 성적이 아예 나쁘면야 본인도 얼씨구나 하겠지만."

"신페이가 제 입으로 입시를 치르겠다고 한 건가요?"

"놀랄 일이죠. 공부를 좋아하는 인간이 세상에 정말 있지 뭡니까. 게다가 그게 우리 아들이라니. 내 씨가 아닌가, 진짜 의심했어요. 참 이상하다, 전남편의 씨가 남아 있었나 하고 말이죠."

"설마요. 겹쳤나요?"

"에이, 그럴 리가요. 농담입니다. 틀림없는 내 자식이에요. 사귀던 시절에 장거리를 뛰고 돌아와 2주 만에 만난 그날에서 꼭 열 달 열흘이 지나 태어났으니까요."

"아주 꼼꼼하던데요, 신페이가."

"그런데 정말 공부를 좋아하는 거라면 어느 중학교에 가든 할 수 있지 않을까, 그렇게 생각하는 거죠. 공부 같은 건 해본 적이 없는 아빠에게 그런 말을 듣고 싶지야 않겠지만. 반드시 좋은 중학교에 가야 하는 겁니까?"

"아니죠. 오미야 씨 말이 맞습니다. 딱히 입시를 치러 중학교에 들어가는 편이 좋다는 얘기가 아니라, 본인은 그럴 마음이었는데 그 나이의 아이가 엄마를 잃고도 모자라 다른 것까지 포기해야 한다는 게 도무지 딱해서."

"좋은 사람이군요, 사치오 씨는."

"무슨 말을. 그런 게 아닙니다."

"아니죠, 고맙습니다. 유키가 떠난 뒤로 잘 모르는 사람이라도 우리 애들 걱정을 해주면 참 고맙고 감사합니다. 귀엽다는 말만 해줘도 눈물이 나고 말이죠. 우리 부부 말고도 그 녀석들을 귀여워하는 누군가가 있다고 생각하면, 감동이죠."

"그런 건가요."

"그런데 도저히 어떻게 할 수 없는 게 있어요. 온갖 것들이 흐트러지고 말았습니다. 신페이뿐만 아니라 나도 그렇고 아카리도 그렇고. 남은 가족 셋이 다 그러니, 그런 의미에서는 평등한 거죠."

"그 상황은 내가 가장 잘 알죠. ……오늘 처음 만났는데, 이런 말 하기는 뭐하지만."

"아니, 원래가 그런 놈이에요. 어떻게 두말 않고 받아들일 수 있는지, 나 같으면 대들었을 텐데. 아버지를 때려눕혔을 텐데."

"얼마 안 있어 그렇게 될 겁니다."

오미야 요이치는 트럭 운전사 일을 시작한 지 18년이 되었다.

열여섯 살 때 처음 일을 시작했다. 나쁜 짓만 하다가 고등학교에도 들어가지 못했다. 어느 날 역 뒤에 세워둔 남의 오토바이를 슬쩍하려고 했는데, 아버지가 전에 일했던 판금도장 정비소 아저씨에게 딱 걸린 것이 계기였다. 자동차의 구조를 배우면서 2년 반 정도 일한 뒤 운전면허를 따 단골 운송 회사에 들어가 짐을 싣고 분류하는 잡일을 시작했다. 그 이듬해에는 중형 트럭을 굴리게 되었다. 어머니는 여덟 살 때 돌아가셨고, 아버지는 지병인 알코올의존증이 악화되어 입원과 퇴원을 반복하는 나날이었다. 그다음에는 친할머니 손에 자랐지만, 열아홉 살 겨울에 그 할머니도 돌아가시고 말았다. 오미야 요이치는 "이곳을 떠나고 싶습니다." 하고 사장에게 청했다. 고향에서 멀리 떠나 지금 회사로 옮긴 것은 그 후의 일이다. 운송 업무가 중거리에서 장거리로 바뀌어, 독신 시절에는 이리저리 떠도는 생활 때문에 한 달에 한두 번밖에 집에 가지 않았다. 요이치의 일은 육체적으로는 가혹하기 그지없었지만, 정확히 운행하고 빈틈없이 물건을 배달하면 그 옛날 좋았던 시대만큼은 아니어도 웬만한 수입이 보장되었고, 그 돈을 도박이나 여자에게 쏟아붓지 않는 한 지금도 할 수 있었다. 지금까지 아내가 간호사

일을 계속하면서 가계를 꾸려준 덕분에 검소하나마 두 아이를 건강하게 키웠고, 신페이를 학원에 보내고 사립 중학교에 보낼 수 있는 저금도 쌓였다. 아내가 죽은 뒤 회사에서 사정을 헤아려 전보다는 기간이 짧은 일로 돌려주었지만, 그런데도 집에 들어오지 못하는 날이 종종 있었다. 아는 사람들에게 부탁해 아침에 나갔다가 저녁때 돌아올 수 있는 거리에 일자리를 찾아보기도 했지만, 어느 회사나 이미 확보된 고객 루트를 지키는 것이 고작이라 조건에 맞는 일을 아직 찾지 못하고 있었다.

"신페이가 안됐다고는 생각해요. 아카리와 터울이 큰 탓에 엄마 노릇을 해야 하니 말입니다. 내가 없을 때는 아카리를 어린이집에 보내고 데려오고, 밥을 먹이고 목욕을 시키는 것까지 전부 도맡아서 해야 하고. 하지만 지금 내가 자칫 전직을 했다가 삐걱거리면, 그야말로 녀석들 앞날의 기반조차 닦을 수 없게 되니. 누구에게 맡기고 싶은 마음도 있지만, 아버지는 벌써 오래전부터 폐인이나 다름없어서 누나가 시골에 있는 양로원에 들여보냈고, 그 누나와도 어렸을 때부터 사이가 좋지 않은 터라."

"저."

"보육 도우미를 쓸 수 있을지 구청에 상담도 해봤지만, 뭐가 됐든 나름대로 돈이 들어가고 말이죠. 하루 이틀 와서 봐주면 되는 일이 아니라, 역시 내 형편으로는 도저히."

"저, 제가, 올까요?"

오미야 요이치는 걸음을 멈추고 사치오를 돌아보았다. 사치오도 걸음을 멈추고, 요이치를 마주 보았다.

"집을 지키기만 하면 되는 거잖아요. 일주일에 두 번, 신페이가 학원에서 돌아올 때까지."

요이치는 아무 대답이 없었다.

"우리 집에서 전철 한 번 타면 되고, 난 노트북과 노트 펼칠 장소만 있으면 어디서든 일을 할 수 있으니까."

요이치는 여전히 아무 대답이 없었다.

"아니, 다른 뜻은 없습니다. 그냥 그런 생각이 들어서. 그럴 수도 있다는 말일 뿐이에요. 기분 상했다면 미안합니다."

요이치는 휘둥그레진 눈으로 사치오의 얼굴을 멀뚱멀뚱 보고 있었다. 탁한 흰자위에 핏발이 서 있다. 약간 벌린 입술 사이로 침에 젖은 누런 송곳니가 번들거렸다. 사치오는 유족 설명회 날에 본 그 망고 사내가 떠올랐다. 등에서 솜털이 거꾸로 솟는 게 느껴졌다.

"아닙니다! 난 소아 성애자가 아니라고요! 절대!"

"……사치오 씨, 진심으로 하는 말인가요?"

요이치가 입을 열었다. 사치오는 신문을 당하는 좀도둑처럼 고개를 위아래로 까딱까딱 흔들었다.

뭐 때문에요? 요이치가 물었다.

뭐 때문인지……. 사치오는 신음하듯이 그렇게 중얼거리고는 다음 말을 잇지 못했다. 아무리 생각해도 웬일인지 말이 나오지 않았다. 두 남자는 차들이 쌩쌩 오가는 큰길가에서 한참을 말없이 서 있었다. '빈 차' 불을 켠 택시가 그들 옆을 몇 대나 지나갔다.

나
:

- 5월 7일

S역 로터리에서 버스가 올 때까지 10분을 기다렸다. 신도시 버스 정류장에서 잠시 헤매는 바람에 약속한 시간인 5시보다 15분 늦게 오미야의 집에 도착. 신페이는 벌써 집에 와 부엌에 있었다.

묘한 어색함이 떠다닌다. 마치 어쩌다 그렇고 그렇게 밤을 지낸 남녀가 맞이한 아침 같다. 지난번처럼 분위기가 매끄러워지지 않는다. 문제가 생겨 피차 아드레날린이 분출되었던 밤과 맨 정신인 낮은 같을 수가 없는 건가. 생각해보면 신페이 본인이 부탁해서 온 게 아니다. 잠든 사이에 어른들끼리 멋대로 결정한 일이다. 그 아이가 속으로 어떻게 생각하고 있는지는 알 수 없다.

집을 나서는 신페이를 배웅하는 아카리도 레스토랑에서 만

137

났을 때보다 확실히 표정이 좋지 않다. 그야 그렇겠지. 일주일 전에 게 된장 때문에 알레르기 발작을 일으키기 전의 몇 십 분 동안 거의 대화다운 대화도 나누지 않은 채 의식이 혼미해지고 말았는데, 갑자기 낯선 아저씨와 둘이서 집을 지키게 되었으니, 나 같으면 운다. 요이치 씨도 참 용케 내 제안을 받아들였다 싶다. 처음에는 여자 편집자를 대동하고 둘이 오겠다고 했는데, 요이치 씨는 그럴 것까지는 없다고 했다. 그러나 속으로는 나 역시 아직은 아무에게도 이 일을 말하고 싶지 않았다. 남이나 다름없는 사람의 집에 아이를 봐주러 가다니 대체 무슨 바람이 분 건지, 그런 설명을 하는 것도 귀찮다.

아카리는 식탁에서 신페이가 준비해놓고 간 레토르트 식품을 먹고 있다. 탕수육 덮밥인 듯하다. 5시 지나 저녁? 조금 이른 듯한데 신페이가 돌아올 때까지 기다리려면 너무 늦을 것이다. 나는 아카리 바로 앞 의자에 앉아 그녀를 마주 본다.

"탕수육 덮밥이네. 좋겠다."

그렇게 말을 걸어보았지만 반응이 없다.

"덮밥, 좋아하니?"

그렇게 물어봐도 고개를 약간 옆으로 기울일 뿐, 눈을 내리깐 채 분홍색 젓가락으로 베이비 콘과 메추리알을 콕콕 찍어 깨작깨작 먹고 있다. 이런 속도로 먹어서야 탕수육 덮밥 한 그릇을 언제나 비울까.

조급하게 굴어서는 안 된다. 어린아이와의 대화에 조급함은 금물이다. 마음을 억지로 비틀어 열려 하면 역효과가 난다. 그렇게 생각한다. 아마. 나는 말을 붙이려는 노력을 포기하고, 가방에서 책을 꺼내 읽기 시작했다. 그런데 아카리가 물었다.

"밥, 안 먹어?"

"응, 아저씨는 괜찮아. 집에 가서 먹을게."

그렇게 대답하자 또 고개를 옆으로 약간 기울이고 눈을 내리깐 채 덮밥을 깨작거리기 시작했다. 거기서 대화는 끝. 내 대답이 마음에 들지 않았나, 아니면 아무 매력이 없었나. 그녀는 5분이 채 지나지 않아 덮밥을 거의 남긴 채 거실로 가서 텔레비전을 켰다. 지역 방송인 듯한 쇼핑 채널, 탤런트가 타조 가죽 가방이 얼마나 단단하고 멋진지에 대해 열변을 토하고 있다. 이리저리 몇 번 채널을 돌리더니 결국은 타조로 돌아와 그녀는 화면을 뚫어져라 쳐다보았다.

책이 잘 안 읽힌다. 점차 배가 고파지고, 눈앞에 놓인 삼분의 이가 남아 있는 탕수육 덮밥에 신경이 쏠려 참을 수가 없다. 더는 먹지 않을 건가. 레토르트 탕수육 덮밥의 맛은 어떨까? 그러나 그녀가 남긴 것에 대뜸 손을 댈 수는 없다.

잠시 후 아카리가 일어나 냉장고를 열었다. 뭔가 찾는 눈치여서 "뭘 찾는데?" 하고 물었더니 괜찮다고 한다.

"주스나 뭐 마시고 싶어? 사 올까?"

"아니."

"편의점에 가서 커피 사 올까 하는데 같이 갈래?"

"아니. 집에 있을래."

……얄밉게 굴기는. 아니지, 따라주지 않는다. 당연한 일인 가. 그래, 당연하지, 하고 속으로 중얼거린다.

길을 끼고 있는 편의점에서 단것이라도 사 갈까 싶어서 과자 와 디저트 코너를 이리저리 어슬렁거리느라 10분이나 걸렸다. 배가 점점 고파오는데, 집에 가서 먹겠다고 한 탓에 도시락을 사 갈 수도 없어 편의점 밖에서 고기만두 두 개를 우물우물. 대 체 뭐냐. 네 살짜리 아이에게 '아까는 그렇게 말했으면서 배가 고픈가 보네.'라고 여겨지는 게 그리 싫은가. 돌아가는 길에 퍼뜩 떠올라, 비닐봉지에서 요구르트와 마들렌과 찹쌀떡을 꺼내서 첨가물 표시를 꼼꼼하게 살핀다. '새우, 게'는 들어 있지 않다.

오미야의 집으로 돌아가 현관을 열자, 거실 텔레비전 앞에서 그녀가 춤을 추고 있었다. 그런데 내 모습을 보자마자 뚝 멈춘다.

그녀는 나를 휙 외면하더니 아무 일도 없었다는 듯이 그 자 리에 앉았다. 들어본 적 없는 만화영화 주제가만 짜랑짜랑 흐 르고 있다.

나는 거실로 들어가 사 들고 온 과자를 고타쓰 위에 늘어놓 고, 어느 게 좋아? 하고 물었다. 그녀의 표정은 조금도 달라지 지 않았지만, 말은 안 해도 망설이는 눈치였다.

"아무거나 먹어도 괜찮아. 두 개 먹어도 되고."

침묵.

"단거 싫어하니?"

"이거." 하면서 요구르트를 가리킨다.

"와. 요구르트 좋아하는구나."

침묵.

"요구르트만 먹을 거야? 마들렌은 안 먹어?"

"나중에."

"그래, 나중에 먹자. 그런데 두 개 먹으면 오빠가 화내려나?"

침묵.

"이거 우리 비밀이다, 비밀."

침묵.

멍청하기는. 뭐가 '우리 비밀'이라는 건지.

다시 식탁에서 책을 읽는다. 먹다 만 탕수육 덮밥에는 어느 틈엔가 깔끔하게 랩을 씌워놓았다. 시계를 보니 6시 40분. 신페이가 집에 오려면 아직 3시간 가까이 기다려야 한다. 어떻게 된 거지, 하고 생각했다. 왜 이리 시간이 늦게 가는 거야.

텔레비전에서 흘러나오는 만화영화 소리가 시끄럽다. 볼륨을 조금만 낮춰줬으면 좋겠다. 그런데 느닷없이 불쑥 쳐들어온 사람이 그런 요구를 해도 되는 걸까. 한참을 참다가 만화영화가 끝날 때를 가늠해 물어보았다.

"아카리, 볼륨 조금만 줄여줄 수 있을까?"

그녀는 리모컨을 손에 들고는 텔레비전을 탁 꺼버렸다.

"어, 안 꺼도 되는데."

"이제 안 볼 거야."

그러고는 컬러 박스에서 책을 꺼내 읽기 시작했다.

이 경우 "이제 안 볼 거야."라는 말이 '막 끄려고 했어.'라는 뜻인지 '그럼 이제 안 볼게.'라는 뜻인지 잘 모르겠다. 기껏 조용해졌는데, 싱숭생숭 정신이 산만해져 책의 내용이 거의 머리에 들어오지 않는다. 독서 끝.

노트북을 켜고 쓰다 만 연재물이나 마무리할까 싶었는데, 지이잉, 하는 낮은 소리가 나더니 태엽 시계가 울기 시작했다. 9시. 학원이 끝났다. 겨우. 그런데 나는 오히려 긴장하기 시작한다. 제대로 데리러 다녀올 수 있을까. 거실을 보니 아카리는 앉은뱅이 의자에 거의 꺼져갈 듯이 누워 잠이 들었다. 어떻게 해야 하나.

9시에 수업이 끝나 학원 근처에 있는 버스 정류장에서 20분에 출발하는 버스를 타면 신도시에는 9시 35분쯤에 도착하니까, 사치오 씨는 9시 25분에서 35분 사이에 집을 나와 정류장에 오도록. 만에 하나 수업이 늦게 끝나거나 선생님에게 질문이 있어 다음 버스를 탈 경우에는 문자메시지로 연락하겠음. 신페이 본인이 꼼꼼하게 지시한 내용이다.

나는 노트북을 접어 가방에 넣고 윗도리를 걸친 뒤 아카리에게 살며시 말을 건다. 의외로 금방 눈을 떴다.

"깨워서 미안하네. 오빠 데리러 갈 건데, 아카리는 어떻게 할래? 엄마랑은 같이 갔다고 들었는데. 아니면 오늘은 그냥 집 지 킬래?"

"갈래."

"그래. 같이 가자."

현관에 가방을 내려놓고 문단속을 한 뒤 나는 그녀와 집을 나섰다.

네 살짜리 꼬마와 둘이 이렇게 밤길을 걷기는 처음이다. 훨씬 더 천천히 걸을 줄 알았는데, 그녀는 내 걸음에 맞춰 열심히 타박타박 걷는 듯했다. 여자는 이런 나이에도 벌써 강단이 있나보다.

나는, 그녀에게 왼손을 내밀어보았다.

처음 여자와 사귈 때도 이렇게 긴장하지 않았다. 아니, 여자 쪽에서 먼저 손을 잡는 일이 많았다. 다들 내 응석을 받아주었으니까.

나의 왼손은 잠시 무시당한 채 허공을 갈랐다.

"아카리."

용기를 내어 그녀의 어깨를 손가락으로 슬쩍 만졌다. 그러자 당연히 그럴 생각이었던 것처럼 그녀가 오른손을 내 손바닥에 쏙 밀어 넣었다.

마치 깃털을 쥐고 있는 듯한 보드라움. 손바닥의 온도만으로도 몸이 녹아내릴 것 같아서 어느 정도 힘을 주어야 할지 모르겠다.

걸음 속도를 조금 더 늦추고, 버스 정류장까지 12, 13분을 걸었다. 어린애가 걷기에는 꽤 되는 거리다.

정류장 반대쪽에서 도로를 건너는데 버스에서 내리는 신페이가 보였다. 왠지 모르게 안도한다. 우리 모습을 보고 역시 안도하는 신페이의 기색이 도로 이쪽까지 전해졌다.

"아카리, 어땠어, 집 지키는 거. 재미있었어?"

그가 동생에게 묻자 그녀는 잠시 생각하고는 "재미있었어." 하고 대답했다. 고맙긴 하지만 그건 거짓말이다. 그 어린 나이에도 거짓말을 한다.

그런데 신페이는 집을 나갈 때보다 표정이 여유롭다. 오랜만에 학원에 가서 좋았던 것일까. 그렇게 생각하고 싶다.

현관까지 데려다주고, 집 안에는 들어가지 않은 채 현관에 둔 가방만 들고 손을 흔들며 헤어졌다. 목요일에 또, 하고 인사하면서.

왔던 길을 다시 돌아간다. 혼자여서 마음은 편한데, 길이 아까보다 한층 어둡게 느껴진다.

• 5월 9일

점심때가 지나서 기상. 요이치 씨에게 오늘 가겠다고 문자메시지를 보냈더니 바로 전화가 왔다. 커다란 목소리. 얼른 통화 음량을 줄인다. 무슨 일이 있으면 바로 전화해달라, 못된 짓을 하면 때려도 괜찮다, 라고 한다. 내가 그 아이들을 때리는 날이 온다면, 그때 나는 아마 정신을 잃고 있을 것이다.

준비를 하고 역에 가서 전철을 타기 전에 카페에 들어가 잠시 일을 하면서 볶음밥을 먹었다. 아카리의 저녁을 또 맛있겠다는 표정으로 쳐다보면 곤란하다.

그제보다 15분 빨리 나왔더니 4시 반에 단지에 도착했다. 신페이의 휴대전화로 전화를 걸었다. 어린이집에서 오는 길이라고 한다. 자전거를 타고 오는 게 아니라서 20분은 걸린다고.

보조 열쇠로 문을 열고 먼저 오미야의 집에 들어간다. 집 안에서 약간 냄새가 난다. 쓰레기일까. 요이치 씨는 내일 돌아온다고 한다. 싱크대에 설거지 거리가 쌓여 있다. 내가 해야 하나, 순간적으로 고민했다. 하기로 했다.

5시가 지나자 문밖에서 아카리가 칭얼대는 소리가 들린다. 뭔지 모르겠지만 불온한 분위기.

"똑같은 메뉴가 늘 있는 건 아니잖아. 편의점은 메뉴가 항상 바뀐단 말이야!"

현관문을 열자마자 동생을 달래는 신페이의 목소리.

"왜 그러는데?"

"아카리가 뭘 먹을지 정하지 못하잖아요. 시간 없는데."

"오늘은 도시락 사 왔어?"

"밥 지을 시간 없어요. 늦게 데리러 가서. 그런데 전에 먹었던 병아리 카레 아니면 싫다고 칭얼거리잖아요. 바보."

"바보 아니야!"

"학교에서 늦게 끝났니?"

"숙제를 다 못해서요. 알아서 먹어. 다녀오겠습니다."

"오빠, 바보!"

뒤에 남은 아카리는 오빠가 나간 현관 바닥을 발바닥으로 쿵, 쳤다. 그 덩치로는 상상도 못할 만큼 묵직한 소리가 집 안에 울렸다.

나로선 알 수 없는 일이지만, 형제란 만난 지 오래지 않은 사람 앞에서도 이렇게 자신들의 관계성을 있는 그대로 드러내는 걸까. 나도 부부라는 관계성을 그런대로 오래 유지했지만, 사람들 앞에서는 사이가 틀어진 모습을 최대한 보이지 않으려 애썼다. 친근한 사람들 앞에서는 걱정이나 억측을 하지 않도록 더욱이 평온한 금실을 가장했다. 그러나 굳이 그렇게 해야 했던 것은 우리 부부가 이미 금실의 실체를 잃어버렸기 때문이었나. 흔들림 없는 관계성을 유지하고 있었을 시절에는 과연 어땠을까. 옛날 일은 기억나지 않는다. 피를 나눈 형제는 그 관계성이 훨씬 더 견고한 걸까. 아니면 그들이 그저 어린애라서?

집 안이 고요해졌다.

아카리는 혼자였다면 울었을지도 모르겠지만, 나란 존재를 느끼고 얌전하게 감정을 다독인 듯하다. 신페이가 식탁에 던져놓고 간 편의점 봉지 안을 보니 스크램블 에그 덮밥과 인스턴트 된장국이 들어 있었다.

도시락 먹을래? 하고 물었더니, 아카리는 민망한 표정으로 이쪽을 돌아보고는 또 고개를 갸우뚱한다.

"오늘은 카레가 먹고 싶었어?"

침묵.

"병아리 카레 아니면 안 먹을 거야?"

침묵.

"레토르트 카레도 괜찮으면 데워줄까? 아빠가 사둔 거라도 괜찮으면."

침묵, 한 채 고개만 까딱 숙였다.

드디어 기회.

나는 빙글 몸을 돌려 막 씻은 냄비에 물을 콸콸 받아 가스레인지에 올리고, 익숙한 손놀림으로 레버를 돌려 불을 켰다. 그리고 선반에서 레토르트 카레 팩을 꺼내 손가락으로 짚으면서 새우나 게가 들어 있지 않은지 내용물 표시를 확인하고, 아직 끓지도 않은 물에 퐁당 던져 넣었다.

이제 기다리기만 하면 된다. 기다리기만 하면. 맛있는 카레. 신나는 카레. 좋지? 아카리. 어른이 같이 있으니까. 그치? 응? 좋지?

냄비 안의 물이 부글부글 끓어 레토르트 카레 팩이 물 위에서 둥둥 춤을 춘다.

"음, 접시는 어떤 걸로 할까?"

"밥, 없어."

그녀가 천천히 중얼거렸다.

아뿔싸, 밥.

"아침에 다 먹었어. 냉동 밥."

나는 전원이 꺼져 있는 오미야 네 싸늘한 전기밥통을 열어보았다. 텅 비어 있다.

생각해보면 독신 시절에 비슷한 일이 종종 있었다. 알고 나면 쌀을 씻기가 귀찮아 데운 카레를 그냥 내버려둔 채 밖에 나가 먹곤 했다. 밥을 지어야 하나. 지을 수 있을까. 쌀이 어디 있는지도 모른다. 전기밥통은 어느 스위치를 눌러야 밥이 되나. 시간은 얼마나 걸리고.

"아카리, 쌀 어디 있는지 알아?"

물어보니, 그녀가 싱크대 아래 수납장을 열어 보였다. 쌀 봉지 입구가 빨래집게로 집혀 있다. 밥통 옆으로 들고 가 집게를 빼서 입구를 열고는 동작을 멈춘다.

"아카리, 밥은 보통 얼마나 하는지 아니?"

"몰라."

"아카리, 계량컵 어디 있는지 알아?"

"몰라."

모른다는 걸 부끄러워하지 않는 태도야말로 성장 과정에서 빼놓을 수 없는 중요한 요소라고 고등학교 시절 선생님이 말했다. 그래, 같이 성장하자. 하지만 오늘은 말고.

스크램블 에그 덮밥의 스크램블 에그 밑에 밥이 있다는 걸

뒤늦게야 안 나는 도시락 뚜껑을 열고 스크램블 에그를 조심조심 다른 접시에 덜어냈다. 그리고 소스를 머금어 갈색으로 변한 밥 위에 따끈한 카레를 부어주었다. 아카리는 당연히 새침한 표정을 지었다. 나도 안다. 아이들은 이렇게 어중간한 짓을 가장 싫어한다. 그러고서야 즉석밥의 존재가 떠올랐다. 나쓰코가 아주 가끔 밥이 급히 필요할 때, 사놓은 즉석밥을 전자레인지에 뚝딱 데우는 걸 본 적이 있다. 나쓰코가 모락모락 김이 오르는 밥을 꺼내, 비닐 뚜껑을 좍 벗겨내고 공기에 덜어주면 말없이 먹었다. 내 손으로 만져본 적은 없다. 어디서 파는지도 모른다. 편의점에서도 파는지, 그것도 모른다. 이제 와서 때는 이미 늦었다.

나는 밥이 없어 맛이 진한 스크램블 에그를 깨작거리면서, 말없이 카레를 먹는 아카리에게 맛있는지 어떤지를 묻는 것조차 허망하게 느껴졌다. 나는 여자들의 이런 태도를 알고 있다. 어차피 아무 도움도 안 되는 인간이라고 생각하겠지. 당신이 괜한 제안만 하지 않았어도 일이 훨씬 더 단순하게 잘 풀렸을 텐데. 모든 걸 복잡하게 만든 사람은 언제나 당신, 그래서 피해를 보는 건 언제나 나. 말하지 않는 것만 해도 다행인 줄 알아. 그렇게 말하고 싶은 거겠지.

그런데도 아카리는 도시락 용기의 삼분의 이를 먹었다. 제 손으로 서랍에서 랩을 꺼내 서툴게나마, 그러나 깔끔하게 용기를 덮고는 테이블 구석에 밀어놓는다.

"잘 먹었습니다."

그러고는 뭔가 말하고 싶은 표정으로 나를 힐금힐금 본다.

"왜?"

"편의점 안 가?"

"아, 오늘은 안 가는데……. 왜, 필요한 거 있니?"

그러나 아무 대답 않고 입을 꼭 다문다. 역시 하얀 밥이 아쉬운 것인가. 아니다, 요구르트다. 그제는 요구르트를 사다 안기더니 오늘은 없는 거야? 참쌀떡도, 마들렌도? 그런 뜻이다. 처음에만 신경 썼던 거야? 자기 기분이 풀리면 그걸로 끝인 거야? 그렇게 말하고 싶은 것이다. 참, 애들이란. 잘 따르지도 않는데 좋아서 나대기는 이르지. 암, 그렇고말고. 그제는 그제, 오늘은 오늘이라고. 아니지, 내가 나빴어. 내가 나쁜 거지. 어른들은 다 그래. 한번 좋은 일이 있으면 그 행복이 계속되기를 기대한다. 계속되지 않으면 불만을 느끼고. 행복은 불행의 씨앗이다. 요구르트 같은 거 매일 사줘도 되는데. 그러나 남의 자식을 이렇게 먹을거리로 길들여도 되는 걸까. 그래서 따라준다면야. 이래저래 망설이는 동안 그녀는 말없이 거실 고타쓰 쪽으로 가버렸다.

"일주일에 한 번, 화요일에는 과자를 사줄게. 일주일에 한 번의 즐거움, 어때?"

고민하다 못해 그렇게 물어봤더니, 그녀는 내 눈은 보지도 않은 채 고개만 보일락 말락 끄덕이고는 어차피 변명이나 둘러

델 것 같은 나를 거부하듯이 텔레비전 스위치를 켰다.

아, 집에 가고 싶다. 겨우 이틀 오고 그렇게 생각하는 나.

안이했다, 하고 인정하자니 짜증이 난다. 나는 어린아이라는 생물과 지내는 걸 그렇게 쉽게 생각하지는 않았다. 이성과 질서 속에서 사는 어른에게 어린아이는 일상의 정연함을 망가뜨리는 통제 불가능한 요물이다. 나는 그런 이유로 아이가 없는 인생을 택했다. 그러나 이성과 질서? 뭐라는 거야. 전혀 그 반대. 나야말로 어린아이의 극치다. 평생 통제가 통하지 않는, 더없이 무책임하고 이기적이며 위험한 요물의 대표로 살아온 탓에 동족과의 공존을 거부한 것이다. 아주 가끔 자신의 유전자를 남기고 싶다는 본능적인 욕구가 머리를 쳐드는 일이 있어도, 그 욕구를 실행에 옮기지는 않았다. 자식이 생긴 뒤에도 사람의 부모가 되지 못한 세상의 수많은 덜 자란 어른으로 인한 비극을 참고한 뒤 내린 내 나름의 판단이다. 나는 사람의 부모가 될 수 있는 인간이 아니다. 어떻게든 된다는 타인의 말은 믿을 수 없다. 어떻게든 되지 못한 놈들이 이렇게 우글거리는 세상에서 내가 '어떻게든 되는' 그룹에 들어갈 수 있다는 보장이 어디 있단 말인가? 어떻게든 되지 않았을 때, 어떻게든 된다고 했던 이들은 과연 뭘 해주나? 나는 아이가 싫은 게 아니다. 그렇게 믿고 있다. 다만 '불행한 아이'의 부모만큼은 되고 싶지 않았다. 나쓰코도 나와 생각이 같다고 했다. 자식이 없어도 괜찮다고. 세상 여자들처럼 자식이 없다고 징징거리지 않았다. 나 역시 그녀를 궁지에 모는 말은 하지 않았다. 아무 문제 없었다, 그녀는 정말로. 그런 거 맞지?

그제와 똑같은 탤런트가 그제와 똑같은 채널에서 여성용 보정 속옷의 뛰어난 신축성에 대해 설명하고 있다. 아카리는 그 화면을 뚫어져라 쳐다보고 있었다.

나는 정신을 가다듬고 노트북을 연 다음 쓰다 만 문서 파일을 열었다. 내키지 않지만 출판사에서 제시한 제목 '추억의 여행'에 대해 쓴다.

겨우 몇 줄 썼다 싶었는데, 갑자기 그제 들었던 것과 똑같은 빠른 속도의 만화영화 주제가가 귀에 날아들었다.

차푸 차푸 차푸 차푸 로~리
차푸 차푸 차푸 차푸 로오오오~ 리이이~

힐금 앞쪽을 보니 아카리는 무릎을 꼭 껴안은 채 텔레비전 앞에 웅크리고 있다. 내가 없었더라면 이걸 보면서 온 힘을 다해 춤을 췄을 텐데. 춤춰도 돼. 그렇게 말해주고 싶은데, 남이 그렇게 말한다고 해서 춤을 추는 것도 아닐 것이다. 여전히 소리가 컸지만, 오늘 나는 이어폰을 가져왔다. 안타까운 일이나, 어린애 귀와 어른 귀는 기분 좋게 느끼는 음역과 주파수가 다르다. 노트북에 이어폰을 연결하고 미디어 플레이어를 작동시키고, 내가 가장 편안하게 글을 쓸 수 있는 배경 음악을 골라 재생했다.

팔꿈치를 옆에서 쿡쿡 찌르는 바람에 나는 퍼뜩 놀라서 이어폰을 뺐다.

"아직 안 갈 거야?"

"응? 지금 몇 신데?"

"9랑 10 사이, 그리고 4."

"뭐? 뭐? 뭐?"

문득 위를 올려다보니 정확하게 9시 20분이다. 큰일이다, 빨리 가야겠네. 나는 노트북과 자료를 그대로 펼쳐놓은 채 아카리를 데리고 밖으로 나갔다.

나도 모르게 꽤 집중해서 일했던 모양이다. 이어폰을 끼고 있기는 했지만 태엽 시계의 오르골 소리까지 듣지 못하다니. 2시간 이상이나 한눈 한번 팔지 않은 채 생각하고 쓴 게 얼마만인가 싶다.

오늘은 처음부터 손을 잡고 걸었다. 현관에 선 채로 운동화에 발을 집어넣는 그녀에게 손을 내밀었더니 당연하다는 듯 내 손을 잡았다.

그런데 불행한 사고로 엄마를 잃은 네 살짜리 여자아이가 낯선 중년 남자와 으슥한 밤길을 걸어가는 모습을, 신도시 주민들은 그냥 지나치지 않았다.

앞쪽에서 자전거 두 대가 다가와, 손을 잡고 있던 우리는 옆으로 비켜 길을 내주었다. 한 줄로 선 그 사람들은 "고맙습니다." 하면서 한 대씩 우리 옆을 지나갔다. 그런데 스쳐 지나가는 찰나에 끼익, 브레이크 소리가 나더니 "아카리?" 하는 목소리가 들렸다.

우리는 걸음을 멈추고 돌아보았다.

"아카리 맞지? 안녕!"

주부인 듯한 뒤쪽 여자였다.

안녕하세요, 하고 그녀도 작은 목소리로 대답했다.

"어머나, 누군가 했네."

앞서 가던 여자도 한마디 거들었다. 두 발로 찔끔찔끔 지면을 긁으면서 자전거를 뒤로 밀어 우리 바로 옆까지 돌아온다.

"어떻게 지내? 잘 지내고 있어? 어디 아픈 데는 없고?"

"아빠도 잘 계시니? 오빠는?"

"오빠가 어린이집 데려다주지? 얼마 전에 아침에 만났잖아, 우리. 기특하네."

둘은 앞 바구니에 똑같은 테니스 라켓이 든 자전거에 올라탄 채 아카리에게 줄줄이 말을 건넸다. 그러면서 언제 내게 불심검문을 시작할지 그 기회를 엿보고 있는 듯했다.

"안녕하세요. 처음 뵙습니다."

내가 그렇게 인사하자, 말은 않은 채 방긋 미소로만 답한다. 찌를 듯한 시선이 나를 휘감는다. 입이 바짝 마른다. 무슨 말이

든 해야 하는데.

"……저, 지금, 아이 오빠를 데리러 가는 길입니다."

"수고가 많으시네요. 전에 뵈었던가요?"

"전, 처음인데요."

한쪽은 7부 바지가 찢어져라 빵빵한 허벅지, 한쪽은 뭐가 딱딱하게 우둘투둘 돋은 우람한 팔뚝, 양쪽 다 기가 팍 죽을 만큼 몸집이 장난이 아니다. 둘이서 때리고 걷어차면 나는 여지없이 당하겠다.

"저, 음, 그러니까 저는……."

휴대전화다. 휴대전화로 요이치 씨에게 전화를 걸어야 한다. 휴대, 휴대, 휴대전화, 깜박했다.

"우리 아빠 사촌 동생."

갑자기 아카리가 말했다.

"……사촌 동생? 사촌 동생이야?"

"응. 사치오."

"…… 네, 사치오라고 합니다."

우리는 뛰어가면서 처음으로 둘이서 키득거리며 웃었다.

와, 아카리 대단하다, 대단해, 똑똑해. 내가 그런 말을 연발하자 그녀는 "다 같이 정했어." 하고 말했다. 타인에게 설명하면 설명할수록 수상해질 이 관계성의 특이함을 간파한 오미야 가족은, 이런 때에 대비해 미리 입을 맞춰둔 모양이다. 존경스러운 위기 관리 능력.

버스가 바로 왔다. 신페이에게 얘기했더니 "벌써 써먹었어?" 하면서 폭소했다. 그제보다 버스 정류장을 오가는 길이 짧게 느껴졌다.

오미야의 집으로 돌아와 우리 집으로 돌아갈 준비를 하고 있는데 마침 요이치 씨에게서 전화가 왔다. 예의 주부들 건을 보고하자, 휴대전화가 터져나가라 웃는 소리가 들렸다. 요이치 씨와 신페이는 비슷하게 웃는다. 의외였다.

그 주부들은 주민 센터의 소프트볼 친구였다고 한다. 테니스가 아니라? 하고 물었더니 소프트볼 부는 회원이 적어서 해산되었고, 그 여자들을 따라 유키 씨도 테니스를 막 시작했었다고 한다. 현관 신발장 위에 세워져 있는 새 라켓 케이스가 언뜻 눈에 들어왔다.

"좋은 사람들이야." 하고 요이치 씨가 말했다.

"그럴 거라고는 생각했어." 하고 나는 대답했다.

활짝 열린 탈의실 문 안쪽으로 스펀지를 한 손에 쥐고 욕조를 열심히 닦고 있는 신페이의 모습이 보였다. 샤워기로 욕조를 좍 씻어내고는 내 옆을 지나 냉동고에서 인스턴트 우동을 꺼내 전자레인지에 넣고, 바지 자락을 걷어 올린 채로 이번에는 베란다에 나가 빨래를 걷어 들이기 시작했다. 아카리, 하고 그가 부르자 동생은 오빠가 집어 던진 빨래 중에서 조그만 자기 티셔츠와 속옷 등을 골라내 삐뚤삐뚤하게나마 규칙성 있게 개어서 조금씩 손에 들고는 다다미방으로 가져갔다. 삐— 하고 전자레인지가 울렸다.

나는 요이치 씨에게 이제 그만 가보겠다고 말했다. 아이들을 바꿔줄지 물었더니, 지금은 이것저것 하느라 바쁠 테니 나중에 자기가 걸겠다면서 바로 전화를 끊었다.

김이 모락모락 나는 우동을 레인지에서 꺼낸 신페이는 식탁에 남아 있는 스크램블 에그 밥 카레가 눈에 띈 모양이다.

"뭐야, 이건?"

나는 레토르트 카레를 멋대로 조리했는데, 밥이 없어서 이렇게 되었다고 사과했다.

"쌀을 얼마나 씻으면 좋을지 몰라서. 아니지, 그보다는 내 멋대로 밥을 지어도 되는지 몰라서."

"늘, 다섯 홉."

"다섯 홉이구나."

"남은 밥은 여기 있는 팩에 담아서 냉동해요."

"대견하네. 밥도 다 짓고."

"스위치는 이거요. 빠른 밥 짓기를 할 때는 이걸 누르면 되고요. 그럼 20분 만에 돼요. 하지만 시간 여유 있을 때는 쌀을 불려서 하세요. 쌀 씻을 때는 이 밥솥 말고 볼을 사용하고요. 코팅이 벗겨질 수도 있으니까."

"하아, 그렇구나."

"뭐 또 궁금한 거 있어요?"

"그런데 내가 꼭 밥을 지어야 할까?"

"그런 뜻 아니었어요?"

　신페이는 우동을 먹고 아카리는 남은 카레를 제 손으로 레인지에 데워 오빠 옆에서 먹기 시작했다. 밥을 먹는 도중에 신페이가 목욕물을 잠그러 갔다. 나는 집에 갈 적당한 타이밍을 놓치고는, 둘이 식사를 마칠 때까지 함께 있었다. 10시 반이 넘어서야 오미야의 집에서 나왔다. 그다음 둘이서 목욕을 하고, 아카리는 잔다고 했다. 신페이는 저녁때 다 못한 학교 숙제를 마무리하고 잘 거라고 했다. 엄마 없는 삶의 무게가 둘의 가녀린 어깨를 짓누르고 있다. 석 달 전까지는 이렇게 살게 될 줄 꿈에도 몰랐던 오누이가 이토록 야무지게 생활하려 애쓰는 건 그전의 습관이나 교육의 성과라기보다는 엄마가 고집스럽게 구축해놓은 성실한 생활의 기억에 대한 그리움 때문이 아닐까. 그것들을 잃고 싶지 않은 것이다. 엄마와 살았던 기억을. 나는 욕실 청소를 한 지가 얼마나 되었을까. 내 생활의 기억은?

　11시에 출발하는 마지막 버스를 타고 돌아오니 1시 조금 전. 배가 고프다. 어떻게든 인스턴트 우동이 먹고 싶어 일부러 편의점까지 갔는데 비슷한 것조차 없다.

• 5월 14일

　오늘도 둘은 늦게 돌아왔다. 오미야의 집 베란다에서 내려다

보니, 손잡고 단지 안을 뛰어오는 오누이의 모습이 보였다. 신페이는 책가방을 어깨에 멘 채 학교에서 직접 어린이집으로 간 것이다.

현관을 열었을 때에는 신페이가 다시 나가야 하는 시간이었다. 다음 달에 수학여행을 떠나는데 각 팀장을 뽑느라 시간이 오래 걸렸다고 한다. 손에 들고 있는 슈퍼마켓 주머니를 받아들고 신페이를 보낸 다음, 안에 든 반찬을 식탁에 꺼내놓고 아카리에게 밥을 먹였다.

신기하다. 오늘로 사흘째. 그녀는 내가 차린 밥을 당연하다는 듯이 먹고 있다. 내 손으로 직접 만든 건 아니지만 그래도 첫날 탕수육 덮밥을 깨작거릴 때와는 젓가락의 움직임이 다르다. 하지만 그녀가 내게 마음을 열었다고 생각하기에는 이르다. 그런 게 아니라 누군가에게 보호받는 생활에 재빨리 순응했을 뿐이다. 누구라도 상관없다. 내가 아니어도. 아무렇지 않은 표정으로 크로켓을 오물오물 먹고 있지만, 그만큼 절박한 것이다.

"안 먹어?"

"응. 오늘은 역 앞에서 라면 먹고 왔거든."

한참이나 말이 없던 아카리, 나도 라면 먹으러 가고 싶다, 하고 말한다.

"라면집 가고 싶어? 데려가줄까? 먼저 아빠에게 의논해보고. 괜찮다고 하면 다음에 오빠랑 셋이서 먹으러 가자."

"언제?"

"음, 최대한 빨리."

"언제?"

"아직은 모르지. 오빠와도 의논해봐야 하잖아."

아앙, 아앙, 아앙. 아카리가 기다리기 싫다는 듯이 다리를 바동거렸다.

나랑 라면집 가는 게 그렇게 좋아? 아니지. 라면이 먹고 싶을 뿐이다.

6시쯤부터 일을 시작했다. 도중에 화장실에 가려고 일어났더니 아카리는 거실에서 색칠 놀이를 하고 있었다. 들여다보려 하자 두 손으로 가렸다. 좀 보여줘, 하자 안 된다고 한다. 그럼 다 칠하면 보여줘, 하자 그것도 안 된다고 한다. 화장실에서 돌아와 일을 다시 시작하려는데 제 발로 다가왔다.

우와, 잘 칠했는데. 색깔도 예쁘고. 어린애를 칭찬해본 적이 없어 뭐라 말하면 좋을지 솔직히 모르겠다. 돼지는 노란색, 곰은 황록색, 바탕은 분홍색이거나 오렌지색. 그렇게 생뚱맞지만 그림에 문외한인 내가 봐도 배색 자체는 시원스럽고, 초록색 선 밖으로 삐져 나가지 않게 꼼꼼하게 고루 잘 칠했다. 그런데 그걸 어떻게 전하면 좋을까.

"집중력이 아주 좋은데. 꼼꼼하기도 하고. 그리고 다이내믹해. 섬세함과 대담함을 겸비하고 있다고 하면 좀 상투적이지만, 아저씨 말 알겠니?"

당연히 그녀는 침묵했다. 그런 식으로 말하면 알 리가 없지.

"음, 음, 그러니까 왜 그런 생각이 들었냐면, 예를 들어서 이 부분 말인데……."

그 후의 내 설명도 대략 추상적이고 개념적이며 엉뚱할 거라고 생각했는데, 아카리는 의외로 열심히 들어주었다. 이해하는지 어떤지는 둘째치고 자신의 그림을 진지하게 긍정해주고 있다는 건 아는지, 다른 거 칠하면 또 보여줄래, 하고 말할 때까지 내 옆에 딱 달라붙어 그 서툰 비평을 끝까지 들어주었다.

그다음부터는 일에 집중. 9시를 알리는 인형이 튀어나와 오늘은 욕실을 청소해보았다. 다른 누구도 아닌 내가. 신페이가 집에 돌아와 할 일이 하나 줄어든다고 생각하니 스펀지로 쓱쓱 문지르는 손이 가볍다. 남의 일을 한 가지 줄여줄 여유가 있으면 자기 일을 하나 더 하라고 생각하면서도. 오늘은 집에 가서 욕실 청소나 해볼까. 킥.

신페이를 데리러 나가기 전에 S출판사의 하야시에게 전화가 왔다. 낮에 보낸 교정지의 수정 부분을 최종 확인하고 싶다고 해서 가방에서 원본을 꺼내 응한다. 전화를 끊자 9시 반이었다. 아카리는 벌써 현관에서 기다리고 있었다. 미안, 어서 가자, 하면서 얼른 구두를 신고 현관에 서자 그녀 쪽에서 오른손을 내밀었다. 그 손을 쥐자 내 왼손 안에서 딸랑, 하고 조그맣게 방울 소리가 났다.

손바닥을 펴보니 자전거 열쇠가 있었다.

아카리를 따라 단지 주차장에 가서, 그녀 엄마의 자전거에 올라탔다. 두 발에 힘을 주고 서 있자, 아카리가 뒷자리에 기어 올라 제 손으로 들고 온 새빨간 헬멧을 썼다. 둘이서 자전거를 타다니 얼마만인지 모르겠다. 재수를 하던 시절, 키짱이라는 여자애를 태우고 고향 강가를 달렸던 이후로 처음인가. 키짱, 여자애를 넷이나 낳았다고 누구에겐가 들었다. 뒤에 어린애를 태우기는 처음이다. 조금 휘청거렸다. 휘청거렸지만 조금 달리 자 궤도에 올랐다. 어느 틈에 아카리가 내 양 옆구리를 꽉 잡 고 있었다. 손이 자그마해서 간지럽다. 왠지 코가 찡해졌다. 내 가 이렇게 단순하다니. 여자가 자기 집 보조 열쇠를 건네주어 도 울먹거린 적은 단 한 번도 없었다. 아니, 그런 장면에서 울 수 있는 남자였다면 내 인생이 좀 더 건강했을지도 모르겠다. 하지만 지금은, 유키 씨의 이 자전거만 있으면 다시 한 번 어딘 가 다른 장소로 갈 수 있을 것 같은 기분이다. 그리고 마음먹 었다. 내가 어린이집에 아카리를 데리러 가겠다고 다시 한 번 제안해보기로.

돌아오는 길에는 아카리만 태운 자전거를 손으로 밀면서 신 페이와 밤길을 걸었다. 신페이는 일요일에 본 시험 성적이 좋지 않았던 것 같다. 엄마의 사고 탓에 몇 번이나 학원을 빠졌더니 진도가 상당히 뒤처졌다고 한다.

"전에는 20등 안에 들었는데."

"이번에는?"

"……말하고 싶지 않아요. 아니, 말 못해요."

"괜찮아. 난 잘 모르는걸. 얼마나 해야 잘하는 건지, 못하는 건지."

"그럼 말해도 소용없겠네요."

"그러지 말고, 말해봐. 몇 등?"

"58등이요."

"몇 명 중에서?"

"200명 중에서."

"음, 잘 모르겠는데. 그 200명이 어떤 200명이냐에 따라 달라질 수도 있잖아. 도쿄 대학, 하버드 대학, 케임브리지 대학에 갈 학생들끼리 열전을 벌이는 거라면 아주 잘한 편이고."

"열전을 벌인다는 게 무슨 뜻이에요?"

"서로 격렬하게 실력을 겨룬다는 뜻."

"우리 학원에서는 빅 쓰리에 다섯 명 정도밖에 못 가요."

"빅 쓰리? 그게 뭔데? 노구치 고로(1970년대 빅 쓰리 가수 중 한 명)?"

"그게 누군데요? 가이세이, 아자부, 무사시노. 사치오 아저씨, 몰라요?"

"아, 그렇구나. 삼대 명문 중고를 말하는 거구나. 잘 몰랐어. 미안하다."

내가 다녔던 대학의 같은 과에도 가이세이에서 끝에서 놀던 학생이 한 명 있었다. 누가 가이세이 나왔다면서? 하면 엄청 싫어했다. 동기들은 대부분 도쿄 대학에 합격했다고 한다. 그런 고등학교라는 걸 그 얘기를 듣고 처음 알았다.

"난 시골 출신이라서 잘 몰라. 사회에 나와서도 자기가 졸업한 중학교를 자랑하는 사람은 만난 적이 없고. 만약 있었다면 꽤나 따돌림 당했을걸."

"어느 중학교를 가든 마찬가지라는 뜻인가요?"

"그런 말은 아니고. 그 가이세이 나왔다는 녀석을 만나서, 머리가 너무 좋은 사람도 나쁘지는 않다고 생각하게 됐으니까."

그는 외국 소설과 음악을 줄줄이 꿰고 있었다. 누구도 그를 제대로 상대하지 못했다. 음악은 딱 한 번 듣고도, 소설은 쫙 훑기만 하고도 각 소절을 정확하게, 전개까지 빈틈없이 기억했다. 나는 질투할 겨를도 없이 혀를 내둘렀다.

"그런 학생들이 모인 곳에 가면 보이는 풍경도 달라지겠지. 세계와 우주가 훨씬 더 가깝게 느껴지고. 미크로와 마크로의 세계, 다양한 것들도 보이고. 너도 보고 싶은 거지?"

"네."

"볼 수 있으면 좋겠지. 보이지 않는 것을 볼 수 있는 힘이 있는 자들이 세계의 진화를 이끄니까."

"보고 싶어요."

"그래도 모든 걸 볼 수 있는 건 아니야. 무언가를 선택하면 무언가를 잃게 되거든. 가이세이에 여자 있어? 너는 여자의 가슴이 커지는 과정을 관찰할 수 있는 기회를 평생 잃게 될 거야. 어제까지 아무것도 없던 블라우스 등에 어느 날 갑자기 브래지어의 선이 나타나는 그날의 감동을 모르는 채 어른이 되는 거라고."

"그런 건 안 봐도 돼요."

"허, 저런."

"싫다고요."

"그렇게 생각하겠지. 하지만 훗날 자신이 원해서 거머쥔 것들의 가치조차 희미해질 무렵에는 알게 돼."

"뭘요?"

"자신이 얕잡아 본 것들 가운데 실은 거대한 세계가 있었다는 걸."

"얕잡아 본 거요?"

"그래, 어차피 별거 아니겠지 하고 우습게 여긴 거. 보이지 않는 세계를 보려다 보이는 세계를 잃어버리는 거지. 세계의 진화 따위보다는 보이는 걸 제대로 보는 게 사실은 더 어려운 법인데."

"잘 모르겠어요."

"그래, 잘 모르겠지. 나도 그렇다. 그만두자, 이런 얘기. 아무튼 다음부터는 너 대신 내가 어린이집에 갈게. 그리고 필요하면 밥도 짓고. 그러니까 너는 신나게 공부해. 그리고 성적을 올리는 거야."

"뭐라고 해요? 어린이집 선생님에게."

"삼촌이라고 하면 되지, 삼촌. 아빠가 신세 많이 지고 있는."

"에이, 수상하죠. 요즘 보안이 얼마나 철저한데요. 문에 카메라도 달려 있다고요. 아저씨 시대와는 상황이 다르다고요."

"하하. 아저씨 시대라. 수상하지 않지? 아카리가 또 아빠 사촌이라고, 삼촌이라고 말해줄 거지?"

자전거 뒷자리를 보니 아카리는 비스듬히 몸을 기울이고 곯아떨어져 있었다.

12시 반에 귀가. 맥주를 마시면서 일은 하지 않고 이리저리 채널을 돌리며 심야 텔레비전을 봄.

• 5월 21일

늦게 일어나 1시쯤 집을 나섰다. 전철을 타고 S역 앞 슈퍼마켓에서 반찬거리를 샀다. 오늘부터 나는 오미야의 집에서 저녁을 먹는다. 식비에 대해서는 요이치 씨와 옥신각신한 끝에 딱 절반을 내기로 낙착. 요즘 반찬 매장에는 남자도 많다. 유모차를 밀고 있는 젊은 아빠, 슈퍼마켓 카트에 체중을 싣고 있는 노인. 나는 어느 쪽으로 보일까. 무심결에 등을 쭉 펴고 배에 힘을 준다.

버스를 타니 통로 건너 옆자리에 다섯 살쯤 돼 보이는 여자아이가 엄마 무릎에 누워 있었다. 버스가 달리기 시작한 지 얼마 후 꼬물꼬물 움직이는가 싶더니 무릎에 다리를 벌리고 앉아 갓난아기처럼 그 볼을 엄마 가슴에 들이대고 한 손으로 젖을 움켜쥐었다. 순간적으로 나와 눈이 마주치자, 그녀는 날카롭게 나를 노려보더니 마치 자신의 영역을 과시하듯 다시 엄마 가슴에 얼굴을 폭 묻었다.

나는 당황했다. 그녀보다 몸이 작은 아카리가 유키 씨의 젖을 움켜쥐고 그 가슴에 얼굴을 묻고 있는 모습을 상상할 수 없었기 때문이다. 그런 건 오래전에 졸업했다고밖에 생각되지 않는다. 가능하다면 그녀에게, 너만 특별한 거니? 하고 직접 물어보고 싶었다. 특별한 거 아니야. 보통 다 그래. 당신도 이 정도는 했을 텐데 뭐. 아카리도 그렇고. 엄마에게 응석 부리고 싶어 하는 나이라고. 당신 앞이니까 그런 자신을 드러내지 못할 뿐. 그럴지도 모르겠다. 신도시 버스 정류장에 도착해 통로를 지나 내리자, 그녀가 엄마 젖가슴 옆으로 한쪽 눈만 쏙 내밀고 칼날처럼 날카로운 눈초리로 나를 노려보고 있었다. 헉. 그녀에 비하면 아카리는 엄청 귀여운 거네.

오미야의 집에는 아무도 없었다. 햇살이 좋아 창문을 열어본다. 어디선가 초등학생이 부는 서툰 리코더 소리가 들려온다. 에델바이스, 에델바이스. 어린이집에 아카리를 데리러 갈 때까지 2시간 남짓, 콧노래를 흥얼거리며 집필. 너무 한가로워, 도중에 꾸벅꾸벅.

태엽 시계가 4시를 알린 뒤, 신페이가 학교에서 돌아와 어린이집에 가는 길을 지도로 그려주었다. 그걸 지니고 유키 씨 자전거를 타고 조금 일찍 출발. 헤맸다. 휴대전화 화면에 지도를 띄우고 신페이가 그려준 지도와 대조해보았지만, 점점 더 혼란스러울 뿐. 도중에 지나가는 사람에게 네 번이나 물었지만, 그중 세 명은 어린이집이 있는 것조차 몰랐다. 하지만 나 역시 우리 동네 어린이집이 어디 있는지 대답할 수 없다.

부근을 빙빙 돌다가 겨우 어린이집에 도착했는데, 어제 요이치 씨가 우리의 관계를 선생님에게 미리 설명해둔 덕분에 "오미야 아카리를 데리러 온 기누가사입니다." 하고 인터폰에 대고 말하자 문이 스르륵 열렸다.

신발장 있는 데까지 가서 기다리고 있자니, 원아들이 줄줄이 나와 데리러 온 엄마와 함께 돌아간다. 간혹 아빠도 있다. 그들은 서로에게 밝은 목소리로 "안녕하세요.", "안녕히 가세요."라고 인사하고는 시간이 많지 않은 회사원답게 한두 마디 얘기도 하는 둥 마는 둥 삼삼오오 돌아간다. 나도 아빠를 가장하고 "안녕하세요." 하고 말해보았다. 그러자 의심하는 기색 없이 상대도 똑같이 인사해주어 안도의 한숨. 개나 고양이가 동물을 싫어하는 인간을 본능적으로 감지하듯이 엄마라는 생물은 '사람의 부모가 아닌 자'를 간파하는 센서를 장착하고 있다고 느꼈는데, 어째 그 센서가 백발백중은 아닌 듯하다. 좋았어. 그러고 있는데 아카리가 안쪽에서 복도로 걸어 나왔다. 내가 온다는 걸 미리 알고 있을 텐데도 좀 쑥스러운 표정이라 과감하게 어이, 하면서 손을 흔들고 손바닥을 내밀자, 타닥타닥 뛰어와 오른손으로 짝 하고 하이터치를 했다. 오호, 귀엽지 아니한가.

그때 바로 옆에 서 있던 한 엄마가 친근하게 말을 건넸다. 나도 한껏 온화한 미소와 함께 돌아보았다.

"오늘은 할아버지가 데리러 온 거야? 좋겠네. 안녕하세요."

눈앞이 어질어질······.

할아버지로 여겨지느니 수상한 사람으로 여겨지는 편이 차라리 낫겠다.

내가 스무 살에 자식을 만들어 그 자식이 또 스무 살에 자식을 만들었다면, 그 아이는 지금 여섯 살이다. 흠, 나쁘지 않다. 나는 손자가 있어 마땅한 나이다. 그래서 뭐? 백 보 양보해서 내가 아카리의 할아버지로 보였다 치자, 어떻게 봐야 유키 씨와 요이치 씨의 아버지로 보인다는 말인가.

"할아버지 아니에요. 사촌."

"사촌?"

아카리, 아니지. '아빠 사촌'이라고 해야지, 그런데 그 설정은 이미 끝났잖아. 올바른 정보로 통일하지 않으면 점점 더 수상하게들 여겨서, 다음에 데리러 올 때 지장이 생긴다고.

그때 안쪽 교실에서 나온 젊은 보육사가 나를 불러 세웠다. 그것도 필명으로. 신기한 일도 다 있다.

"저, 쓰무라 케이 씨죠?"

"하? 아, 네."

"저, 팬이에요. 보러 갔어요, 영화."

"영화?"

"음, 〈추락의 법률〉이었나요?"

"〈……법칙〉인가."

"맞아요, 그거! 오카다 히사야 진짜 멋지던데요. 와, 좋겠네, 아카리는."

오카다 히사야라는 남자 배우는 내 소설에 등장하는 주인공보다 열 살 이상이나 젊지만, 그래도 꽤 분발해주었다. 흥행에 참패한 건 오카다 탓이 아니다. 기억하고 싶지도 않다.

그 보육사는 아마 내 책 따위는 한 권도 읽지 않았을 다른 선생님들을 일부러 모아놓고 기념 촬영을 했다. 나를 할아버지로 단정한 여자와 그 아들도 함께.

돌아오기 전에 원장이 나와 사과했다.

"힘든 사정이 있어서 이렇게 오신 건데 시끄럽게 해서 죄송합니다."

'원장 선생님'이라고 하면 나는 교 우타코(1927년 태생의 배우이자 만담가)를 꼭 닮은 내 유치원 시절의 원장 선생님이 떠오르는데, 그 사람은 마흔이 약간 넘은 꽤 섹시한 선생이었다. 아니지, 원아들 눈에는 그 사람도 거의 교 우타코에 가깝겠지.

돌아오는 길에는 뒷자리에 탄 아카리에게 길 안내를 받으면서 주택가 길을 달렸다. 올 때는 길을 헤매느라 잘 몰랐는데, 도중에 상당히 긴 오르막길이 있었다. 금방 허벅지가 터져나갈 것 같아 엉덩이를 들고 서서 페달을 밟는다. 오르막길 절반도 오르지 못했다. 앞으로 몸을 숙이고 온 체중을 실어 밟는데도 페달이 끼익끼익하며 핸들이 좌우로 흔들려 하마터면 넘어질 뻔했다. 아카리가 비명을 지른다. 결국 포기하고 자전거에서 내렸다. 숨이 끊어질 것 같다.

"왜 내려?"

"왜는. 너를 태우고는 저기까지 못 올라가. 그런데 정말 이 길 맞니? 엄마도 이 길로 다녔어?"

"응."

"엄마는 어디쯤에서 내렸는데?"

"안 내렸어."

"……소프트볼을 해서 그런가."

불혹의 나이를 넘은 몸에 채찍질을 해가면서 나는 지금 이 오르막길을 끝까지 오르려 하는가. 오미야의 집에 도착해 거울 앞에 서서 옆을 보니, 근육이 사라진 엉덩이가 아무런 굴곡도 없이 납작하다. 화장실에 들어가 만져보니 갓난아기의 볼처럼 몰랑몰랑. 이래서야.

신페이는 벌써 가고 없었다. 유키 씨가 살아 있을 때에는 늘 일찍 학원에 가서 친구들과 떠들기도 하고 선생님에게 질문도 하고 그랬단다. 5시가 지나 아카리와 함께 계량컵으로 쌀을 퍼 볼에 씻고 밥통 스위치를 눌렀다. 물에 잠시 불리라고 했지만,

그건 다음에.

　6시. 밥이 다 되었다. 사 온 반찬을 꺼내 둘이서 저녁. 다진 고기 커틀릿에 감자 샐러드, 닭고기와 채소 조림, 그리고 컵 된 장국. 밥은 그런대로 맛있다. 아카리는 오물오물 잘 먹다가 도중에 갑자기 아, 하면서 얼굴을 찡그리고 입을 쩍 벌렸다. 뒤죽박죽 씹힌 반찬이 보였다. 움찔 놀란다. 아자부주반 때와 똑같은 모습. 나는 예의 그 약을 어디 두었는지 물어보지 않았다. 내가 이 소꿉장난 같은 아이 보기의 연장에서 이 아이를 죽게 한다면? 농담이 아니다. 여기서 가장 가까운 병원은? 택시를 부르려면, 여기 주소는? 그렇게 허둥대고 있는데, 아카리가 입에 든 것을 꿀꺽 삼키고는 "아야." 하면서 얼굴을 찡그리더니 손가락으로 입술을 벌리고 입안을 보여주었다. 분홍색 볼 안쪽 점막에 몇 밀리미터 정도 깨문 상처가 나 있었다. 나는 맥이 쭉 빠져 털퍼덕 주저앉았다. 아카리는 그 후에도 잘 먹었다.

　저녁을 다 먹고 나니 일어나기가 귀찮다. 둘이서 '차푸 차푸 롤리'를 본다. 날치 형제 롤리와 찰리의 모험담. 문어의 엄마가 사라져 둘이 힘을 모아 찾아냈다. 문어 엄마는 어부가 놓은 통발에 걸려 나올 수가 없었다. 지혜를 짜내 결국은 구해내는 통쾌한 탈출극이겠거니 했더니, 여러 차례의 시행착오마저 허망하게 통발이 열리지 않아 엄마 문어는 바로 옆으로 아기 문어를 불러, 앞으로 주위의 힘을 빌려가면서 스스로 살아가라고 부탁한 뒤 물 위로 끌려 올라간다는 심각한 내용의 줄거리로 30분. 끌려 올라가면서 엄마 문어가 "내가 너를 사랑했듯이 주위에 있는 모든 것을 사랑하렴."이라고 하는 대사에 본의 아니게 찔끔 눈물. 아카리에게는 좀 애처로운 얘기가 아닐까 해서 간담이 서늘해졌는데, 내 시선을 알아챈 그녀는 의외로 쿨하게 "아기 문어, 불쌍하다." 하고 말한다. 정말 그러네, 하고 대답하자 "아카리, 문어 먹을 수 있어." 한다. 일단은 안심.

설거지. 내가 그릇을 씻으면 그녀가 마른 행주로 물기를 닦는다. 차푸, 차푸, 차푸, 차푸, 로오오올 리이이~, 하고 흥얼거리면서 둘이. 요들송처럼 가성으로 노래하자 좋아한다.

7시 반경에 다시 일 시작. 요이치 씨에게 전화가 와서, 밤늦게 돌아갈 줄 알았는데 예정이 바뀌어서 지금 사이타마 현까지 와 있다고 한다. 오늘 저녁 준비는 내가, 욕실 청소는 신페이가 하기로 했는데 요이치 씨가 일찍 온다는 말을 들으니 갑자기 의욕이 불끈 솟아 욕조를 벅벅 닦는다. 어디서 이런 새색시 같은 동기가 생겨나는지 나 자신도 이해가 안 된다. 요이치 씨가 돌아오는 길에 버스 정류장에 들러 신페이를 데려오겠다고 했다. 10시 조금 전에 부자가 나란히 귀가. 요이치 씨는 내가 목욕물을 데워놓았다는 것을 알고 눈이 휘둥그레지더니 감격하는 눈치. 밥도 지었다고 하자 눈물까지 글썽거렸다. 나는 완전 압도되고 말았다.

요이치 씨는 거실에 놓인 조그만 불단 앞에 무릎 꿇고 앉아,

편의점 봉지에서 영양 드링크 하나를 꺼내 유키 씨 액자 앞에 바친다. 입을 꾹 다물고 눈까지 감고서 합장하는 모습을 보니 나는 견딜 수가 없어 슬그머니 돌아갈 준비를 하는데, 신페이가 한마디한다.

"아빠, 술 사 왔어요. 사치오 아저씨가 좋아하는 레드 와인."

모르는 척할 수는 없어 그대로 주저앉았다.

저녁을 먹는 신페이 옆에서 세모 모양 프로세스치즈를 우물거리면서 우리는 술판을 벌였다.

"천 엔이나 주고 샀다!"는 편의점의 칠레산 와인 맛이 꽤 괜찮았다. 생각해보니 이렇게 넷이 다시 모이기는 아자부주반 이후로 처음이다. 아카리가 새끼 원숭이처럼 아빠의 등과 어깨에 기어오르는가 하면 곁을 맴돌면서 볼과 이마를 잡아당기는데도 요이치 씨는 쉴 새 없이 떠들어댔지만, 오늘은 나도 지지 않았다. 여러 가지 일들이 너무 많아 얘기가 끊이지 않는다. 아이들도 조잘조잘 많이 떠들었다. 신페이는 아카리가 알레르기 발작을 일으키면 사용하는 에피네프린 주사제가 어디 있는지 장소와 사용법을 설명해주고, 아카리는 라면 가게에 같이 가기로 한 약속이 마냥 방치되어 있다고 화를 내고, 나는 아카리의 친구 엄마에게 할아버지 소리를 들었다고 폭로했다. 아이들이 좀처럼 욕실에 들어가려 하지 않아, 급기야 요이치 씨가 아카리를 어깨에 메고 욕실로 연행했다. 식탁이 갑자기 조용해지자 나는 신페이에게 학원에서 오늘 뭘 배웠느냐고 물었다. 그가 과학의 지층 문제를 퀴즈식으로 몇 개나 냈는데, 나는 세 문제 중 하나밖에 대답하지 못했다. 욕실에서는 서스펜스 드라마에서나 들어본 기묘한 소리와 자지러지는 웃음소리가 번갈아 들려왔다. 이게 진짜 아빠의 저력인가. 지금 나는 '차푸 차푸 롤리' 노래를 같이 부르는 걸로 만족하고 있는데.

마지막 전철을 놓쳤다. 놓쳤다기보다 1시간 간격으로 시계가 울어댔으니 알면서도 그런 것이다. 혼자서 그 밤길을 돌아가고 싶지 않아 엉덩이를 들지 못했다. 두 녀석이 잠든 뒤 요이치 씨는 봇물이 터진 듯 유키 씨 얘기를 꺼냈다. 요이치 씨조차 힘들다는 그 언덕길을 자전거를 타고 씽씽 끝까지 올랐다는 유키 씨의 다리 힘에 대해, 그녀가 어떤 일로 아이들을 칭찬하고 혼냈는지, 또 요이치 씨를 질타했는지, 좋아하는 음식과 양념의 기호, 그녀의 친정 가족, 그리고 아홉 살이나 차이 나는 두 사람의 12년 전 만남. 스물네 살 때 트럭에서 하역 작업을 하다 사고가 나서 오른 다리가 부러져 병원에 입원했는데, 그때 재활 병동에 있던 간호사가 유키 씨였다고 한다. 이듬해에 결혼. 그녀의 배 속에 신페이가 생긴 것이 계기였다고 한다.

"우와, 제법인데! 그런데 유키 씨 부모님이 뭐라 하지 않던가. 그러니까 자네는 나이가 상당히 아래잖아."

"그게 의외로 대환영이었어. 그 사람, 첫 결혼 때 아이를 가지려고 엄청 고생했거든. 원래 아이가 잘 안 들어서는 체질인데,

유키는 아이를 낳고 싶어서 겨우 생겼나 했더니 남편이 바람을 피웠다나."

"흐음. 쓰레기로군."

나 같은 남자.

"나도 한동안은 그런 인간은 찾아가 목 졸라 죽이겠다고 생각했지."

두근두근.

"그래서 이혼한 건가? 아이는 어쩌고?"

"18주에 유산했대. 가엾게. 그 아이가 자신의 앞날을 생각해서 저세상으로 가버렸다고, 유키는 그렇게 말했지만. 살아 있었으면 벌써 고등학생쯤 됐을 거야."

"그렇군. 그런 일이 있었으니 부모님도 기뻐하셨겠지."

"그래도 장인어른은 눈도 마주치려 하지 않았어."

"저런. 나 같았으면 그 시점에 기가 꺾였을 텐데."

"처음 만났을 때는 대개 그런걸. 내 경우는."

요이치 씨는 해맑게 껄껄 웃었다.

"사치오 씨와 나쓰코 씨는 동창생이지, 대학의?"

불쑥 내 얘기로 화제를 바꾼다.

"음. 나이는 내가 조금 많지만, 대학에서 서로 알게 됐지."

"그런데 사귀기 시작한 건 나쓰코 씨가 미용사가 된 이후가 아닌가?"

"잘 알고 있군."

"응. 유키에게 들었어. 소설을 아직 한 권도 쓰지 못한 때였다고."

"음."

"출판사 그만두고 소설가가 될 거라고 했더니, 어머니가 울면서 화를 내서 나쓰코 씨가 곤욕을 치렀다고 하던데."

"그렇지 않아. 나쓰코의 어머니는 친인척 중에서도 내 책을 가장 많이 읽어주셨는데 뭘."

"친정어머니가 아니라 사치오 씨 어머니를 말하는 거야. 나쓰코 씨가 혼자 사치오 씨의 집을 찾아가 설득했다고 하던데."

"나는 모르는 일인데."

"거짓말. 결혼할 때 시어머니가 나쓰코 씨에게 단단히 일렀다고 하던걸. 사치오 씨가 소설을 쓴다고 해도 당신은 절대 찬성하지 않을 거라고. 그래서 신나게 혼났다면서 웃었어."

"그 사람이, 당신들에게 그렇게 말했나?"

"그럼. 나쓰코 씨에게 직접 들은 얘기야."

잠시 후 요이치 씨는 아카리가 자고 있는 다다미방에서 미니앨범을 꺼내 와 보여주었다.

강가에서 바비큐를 즐기는 사진. 지금보다 훨씬 작은 아카리가 나쓰코에게 안겨서 손에 쥔 집게로 철망 위의 고기를 뒤집고 있다. 신페이와 배드민턴을 치는 나쓰코의 사진. 아이들과 나란히 카메라를 향해 장난스러운 표정을 짓고 있는 나쓰코.

뭐야 이건, 날 놀리는 거야. 나는 질투에 불타올랐다.

나쓰코가 내게 오미야의 집에 가자고 한 적이 있었나. 또는 오미야의 가족을 우리 집으로 초대하자고 제안한 적이 있었나. 나는 나쓰코의 제안을 몇 번이나 무턱대고 거절했다. 어떤 제안을 거절했는지는 하나도 기억나지 않지만, 가령 아내 친구 가족과의 바비큐 파티 등을 무의식적으로 거부했다. 자신의 생업과 현황을 다른 사람에게 내보이고 싶지 않은, 팔리지 않던 시절의 삐딱한 사고가 알게 모르게 내면에 굳어 있었던 것이다. 건전하고 성실한 세계에 사는 사람들이 먹고살기 위한 글쟁이의 위태로운 시스템에 대해 설명을 요구하지 않을까 하고 생각하면 우울했다. 그들이 내게 관심을 가지든 말든, 어느 쪽이든 나는 불안했다. 그러다 나쓰코는 나를 자신의 세계로 이끌려는 노력을 포기했을 것이다. 나라는 보기 흉한 자의식 덩어리를 데리고 다니는 성가신 일에서 손을 턴 것이다.

나는 스스로 나쓰코의 세계를 거부했음에도, 나쓰코의 세계가 지닌 밝은 면에 큰 충격을 받았다. 내가 모르는 세계에서 충실하게 생활했던 나쓰코는 나를 암담하게 했다. 보통 남편이라면 흐뭇한 표정을 지으며 기뻐했을 것이다. 그런데 나는 나쓰코의 웃는 얼굴이 나의 비루함에 대한 은근한 야유로까지 느껴졌다. 그녀가 그 사진을 내게 자랑한 것도 아닌데. 아니, 그 사진을 보여준 적조차 없다는 사실이 비난이요 야유였다. 나는 당신이 모르는 곳에서 만사형통하게 잘 지내고 있었어. 우리

어머니와 타협했다는 얘기도 그렇다. 나의 생업을 위해 뒤에서 애써주었구나 하고 감격하기보다는 나와 나쓰코 사이의 골이 얼마나 깊었는지를 통감했을 뿐이다. 그런 일도 내게는 일언반구조차 하지 않았다는 것, 내게는 말하지 않은 것을 다른 데 가서는 조잘조잘 떠들었다는 사실에 화가 났다. 오미야의 가족들에게 나는 결국, 그렇게 좋아했다는 나쓰코의 대체품에 불과하지 않을까 하는 생각마저 들었다.

사진을 보면서 점차 말수가 줄어든 건 둘 다 마찬가지였지만, 나와 요이치의 마음에 오간 것은 전혀 달랐으리라. 결국 와인에 이어 소주, 발포주를 2시 반까지 마셨다. 요이치 씨는 휘청거리면서 거실에 이부자리를 깔아주려 했지만, 그냥 아침까지 일을 하겠다고 하고서 사양했다. 잘 자라는 말이 떨어지고 5분도 채 지나지 않아 장지문 너머 다다미방에서 드르렁거리는 소리가 들려왔다. 마치 청소기 돌리는 소리 같았다. 나는 다시 문서 파일을 열어 같은 곳을 몇 번이나 읽고는 한 줄을 쓰고, 그 한 줄을 다시 읽고는 지워버리면서 제자리를 맴돌았다. 뻔하다.

4시가 되자 밖이 밝아졌다. 피곤했지만 '다음 주에 또.' 하는 메모를 남기고 6시가 조금 지나 오미야 집을 살며시 떠났다. 버스에는 회사원들이 드문드문 타고 있었고, 전철은 벌써 만원이었다. 출입문 유리에 짓눌린 채 오랜만에 보는 아침 해에 눈이 따갑다.

나
：
：
중
개
업
자

물론 본인도 처음에는 거절하겠노라고 했습니다.

보기와는 달리 실은 세상 사람들의 이미지만큼 눈에 띄기 좋아하는 성격은 아닙니다. 각 방면에서 비판이 있지만, 본인은 그걸 충분히 알고 있으면서도 나 같은 이류 글쟁이도 세상의 요구에 부응해 이렇게 양지에 나와 있으면, 젊은 사람들이 문학과 글에 조금은 관심을 가질지도 모른다는 말을 늘 하곤 했죠.

개인사에 대해서는 지금까지 거의 공개한 적이 없고, 특히 부인에 대해서는 작품 중에서도 구체적으로 언급한 일이 없습니다. 언젠가 무슨 상의 수상 파티 자리에서, 어느 평론가가 함께 자리한 부인을 보고 놀랐다고들 하더군요. 쓰무라 케이의 소설에 등장하는 여자 이미지와는 달라 보였던 거겠죠. 평론가 선생님이 작가가 현실을 있는 그대로 쓸 것이라 생각하고 있다니, 하고 본인은 웃었지만요.

저도 부인에 대해 잘 아는 건 아닙니다.

아마 한 2년 전 일일 겁니다. 텔레비전의 토크쇼 프로그램을 녹화할 때, 애용하는 필기구를 찍고 싶다고 하자 본인이 깜박 집에 두고 나온 바람에 부인이 들고 달려온 적이 있었죠. 총명 하고 명랑한, 접객업의 전문가답게 기시모토 씨, 하고 이름을 부르는 목소리까지 매끄럽더군요. 초면이라고 여겨지지 않을 만큼 말입니다. 저야 뭐 그저 기가 팍 죽었죠. 시원시원하면서 도 뻔뻔스럽지는 않고, 마치 지금까지 멀리 떨어져 지내던 옛 동지 같은 기분으로 녹화하는 내내 부인과 둘이서 평소 품고 있던 울분과 불평을 피차 털어놓았죠. 워낙 미인이라 쓰무라 씨와 함께 밖으로 나와도 좋을 법한데, 하고 생각하는 동시에 그 쓰무라가 이 부인을 써서 팔아먹지 않고 애지중지 지키는 이유를 알 것 같다는 기분도 들었습니다.

내가 직접 만난 건 결국 그때 한 번뿐이었죠. 그런데 그렇게 한 번 만났을 뿐인데도 이렇게 허망하게 떠나보내기에는 아까 운, 정말 아까운 분이라는 생각이 듭니다.

사고 직후 본인의 몰골이라니, 이건 제가 굳이 말씀드릴 것 까지도 없겠습니다만, 아무튼 그 초췌한 모습을 보니 평소 친 하게 지내던 저조차 어떻게 대하면 좋을지 몰라 당혹스러웠을 정도입니다. 그럴 만도 하죠. 그로서는 가장 사랑하는, 단 하나 뿐인 인생의 반려자를 하루아침에 잃은 셈이니까요. 본인은 사고와 관련해 매스컴의 주목을 받는 장면에서도 애써 냉철하게, 담담하게 처신했지만 그 가슴속이 다른 유족과 달랐을 리 없죠. 공인의 입장인 만큼 근근이 감정을 억제하는 그 모습을 보고 제가 더 가슴이 메었습니다. 본인은 견딜 수가 없으니 텔레비전이나 이벤트 등의 노출을 일체 삼가고 싶다고 했습니다. 저 역시 무리하는 건 좋지 않겠다 싶어 한동안, 적어도 사모님 일이 정리될 때까지는 본인의 의사를 존중하자 하고 그런 조치를 취해왔던 것입니다.

본인도 평소에 작가라는 직업상 인생 경험을 여러 작품의 소재로 삼고 있다는 말은 했지만, 지난 몇 달 동안 그를 지켜보는 가운데 이번 일은 그 벽이 너무 높다고 저 역시 느끼게 되었습니다. 그런 시기에 이번 기획의 의뢰를 받았던 터라, 여러 사람의 의사에 따라 프로그램에 참가함으로써 사모님의 죽음이라는 현실과 직면해보는 건 어떻겠느냐고 본인에게 제안했는데, 처음에는 아내의 불행을 팔아먹는 행위는 하고 싶지 않다고 완강하게 거절했습니다. 그러나 이런 프로그램이 사고의 기억을 환기하고 희생자를 추모하는 계기도 될 수 있다는 저 자신의 생각도 절실했기 때문에, 여러 번에 걸쳐 끈질기게 설득한 결과, 쓰무라 씨 본인 또한 자신의 경험으로 사랑하는 가족을 갑작스럽게 잃은 분들과 공감할 수 있다면, 하면서 점차 이해를 표하게 된 것입니다.

네, 따라서 촬영이 시작될 무렵에는 다소 자연스럽지 못한 부분도 있으리라 생각합니다. 자신의 껍질을 깨지 못해 여러분이 품고 있는 친근한 이미지와는 다를지도 모르겠습니다. 의외로 까다롭다고 말이죠. 의외로 소심하고, 대하기 어렵고 유약하다고 말이죠. 그러나 힘겨운 경험을 한 탓에 그런 면이 원래보다 30퍼센트 정도 강해졌다고 이해해주시기 바랍니다. 적응이 되면 달라질 거라 생각합니다. 그렇죠, 카메라가 그 점부터 포착해서 어떻게 변화하는지를, 네, 그렇습니다, 리얼리티죠. 자연스럽게, 그 변화하는 모습을, 자연스럽게. 네, 네, 네, 네네, 그렇습니다.

*

'뉴스 XX 특집 기획: 기도, 유키야나기 호 버스 추락 사고의 기억—작가 쓰무라 케이, 사랑하는 사람의 죽음을 넘어서(가제)'.

제목을 보자마자 쓰무라는 뭐야 이건, 하고는 기획서를 테이블에 내던졌다. 뚱한 표정이다. 그렇게 있는 말 없는 말 다 해가면서 겨우 기획을 추진하고 있는데 정작 주역인 당사자는 내가 얼마나 고생했는지 생각조차 않으려 한다.

"뭐야 이건, 이 아니라 선생님. 밤부 크리에이트라는 제작회사의 PD 도이 씨가 방송국에도 다 얘기를 했단 말입니다."

"그게 누군데? 나는 처음 듣는 이름이야."

"그러니까 설명을 드리려고 하잖아요. 이건 말이죠, 선생님, 정말 현대적인 테마라고요. 지구가 변하고 있잖아요. 사고가 아니라 재해와 이상 기후로 인한 천재지변 때문에도 많은 사람들이 하루아침에 친근한 사람을 잃어 마음의 병을 앓고 있단 말입니다."

"갖다 붙이기는 잘도 갖다 붙이는군. 나는 천재지변 때문에 피해를 본 사람과는 다르다고. 그리고 이건 또 뭐야, 이 제목. 이겨낸다는 걸 전제하고 있잖아."

"그러니까 가제라고 쓰여 있잖아요. 이건 기획서라고요. 고(Go) 사인을 받기 위해서 알기 쉽게 쓴 거란 말입니다."

"애당초 이런 건 말없는 사람들의 목소리를 다뤄야 하는 거 아닌가. 이류도 못 되는 삼류지만, 그래도 난 표현할 때를 아는 사람이라고. 자네 눈에는 나대기 좋아하는 글쟁이로 비칠지 모르겠지만, 나는 자신의 체험이 다 소화되면 내가 알아서 쓸 거야."

"그 말은 다른 사람에게 공훈을 넘기고 싶지 않다?"

"'공훈'이라는 말은 참아주지. 아무튼 이런 걸 제작하는 건 자네 마음이지만, 다른 사람들을 취재하는 게 훨씬 좋을 거야."

"그것도 좋은 방법이기는 한데요."

"결국 숫자의 문제로군."

"그렇게 단정하면 천박하지만, 역시 아는 사람이 나오는 편이 시청자들도 더 관심을 갖지 않겠습니까. 액션 영화도 그렇잖아요, 도망치는 군중 속에 브래드 피트와 이름 없는 백인이 있다면 선생님은 어느 쪽에 더 눈이 가겠습니까. 브래드 피트겠죠? 그런 겁니다. 아, 조니 뎁으로 예를 들걸 그랬나 봅니다."

"시끄러워."

"그럼 솔직하게 말씀드리죠. 저도 이런 프로그램이 세상을 바꿀 수 있다고는 생각지 않습니다. 어디에서든 참혹한 사고는 계속 일어나고, 시청자는 처음에야 눈물을 찔끔거리지만 인터넷에 감상을 적당히 올리고 나면 끝, 그런 겁니다. 그런데도 제가 이런 기획을 추진하려는 건 시시껄렁하든 판단을 잘못했든, 바깥세상과 관계하면서 조금이라도 선생님 마음이 밖을 향했으면 해서입니다. 선생님 하시는 일이란 게 그냥 내버려두면 한없이 자기 내면으로 파고드는 일이잖아요. 전 이대로 가다가 선생님이 자기 내면에 틀어박힌 채 나오지 않는 게 아닐까 싶어서."

"고맙군. 그 배려에는 감사하지. 나도 자네와 이 기획사에 돈을 벌어줘야 한다는 초조함은 있어. 이렇게 소속되어 있기만 할 뿐 아무런 활동을 하지 않아서야 사장이 자네에게 압박을 주는 것도 무리는 아니지. 하지만 내게도 페이스라는 게 있고, 그게 반드시 내면으로 파고드는 것만은 아니야. 내 나름대로 새로운 바깥 세계를 만들고 있다고 생각하고 있어. 지금까지 내가 관계한 바깥 세계와는 종류가 아주 다르지만."

아하, 그렇군. 예의 아빠 놀이 말씀이시군, 하고 이해가 갔다.

내가 쓰무라의 행동이 이상하다고 느낀 건 한 달 전쯤의 일이다. 그런데 그 묘한 생활에 발을 들이민 건 그보다 훨씬 전인 듯했다. 전화를 걸면 자택과는 확실히 다른 잡음이 들리고, 어떻게든 빨리 끊으려 하고, 당황한 목소리로 나중에 자기가 걸겠노라고 하는 일이 잦아지고, 때로는 어린애의 자지러지는 목소리까지 들리곤 해서, 나는 그만 혹 딸린 애인이라도 생겼나 했다.

요즘 왠지 바쁘신 것 같은데요, 취재가 필요한 작품이라도 시작하신 건가요, 하고 슬쩍 찔러봤더니, 아니 뭐, 하고 시치미를 떼기에 그럼 여자겠군, 하고 예상했는데, 그게 말이지, 하면서 예의 가족과의 관계에 대해서 제 입으로 주절주절 늘어놓기 시작한 것이었다.

이게 그 오빠가 준 수학여행 선물, 이라면서 쓰무라는 이탈리아제 가죽 가방 손잡이에 매달린, 닛코 도쇼 신사의 잠자는 고양이 키홀더를 보여주었다. 만져보라고 해서 만져봤더니, 고양이의 몸이 방울인지 딸랑딸랑 소리가 났다. 쓰무라는 그 소리 하나에도 껄껄 소리 내어 웃었다. 제정신 맞나, 하고 나는 그의 정신 상태를 의심했다.

모름지기 부성이란 것과는 인연이 먼 인종이라고 생각했다. 자기애의 정도는 끔찍하게 심한데 건전한 자신감은 부족하고, 인생관이 염세적이며 자기보다 힘없는 존재를 위해 시간을 할애한다거나 귀찮은 일은 절대 짊어질 수 없는 인종이라고. 하기야 뭐 남자라는 존재가 전반적으로 그런지도 모르지만, 그런 인간에게 자식이 생기면 대개 행복해하고 부끄러워하는 한편 운명이란 것의 헤아리기 어려운 성격에 제압당한 듯한 특유의 패배감을 풍기기 마련이다. 마치 소중한 장난감을 깜박 잊고 어디 두고 온 것처럼 어쩔 줄 몰라하는 새내기 아빠의 팔에 안겨 기운차게 울어대는 갓난아기를 보면 아빠야 얼이 빠지겠지만, 정자가 죽어라 벽을 뚫고 앞으로 달려갔겠군, 하는 생각에 그저 우스울 뿐이다. 어쩌면 부성이라는 건 내 마음 같지 않은 세상사를 깨닫는 일이 아닐까, 하는 생각도 들고.

그렇다면 쓰무라에게 부성이 싹튼 것인가, 그건 좀 아닌 듯하다.

"채소 볶음을 만들 때, 당근을 둥글게 썰어서 넣으면 싫어하는데 가늘고 길쭉하게, 거 뭐라고 하지? 채 썰기인가. 그렇게 썰어서 볶아주면 먹는다니까."

"반찬도 만들어요, 선생님이?"

"나도 배가 고프니 어쩌겠어. 가게에서 파는 건 뭐가 들어 있는지 알 수가 있어야지."

"아이들이 있는 곳에서 일이 잘되십니까?"

"되기도 하고 안 되기도 하고 그렇지 뭐. 그래도 밑에 동생은 요즘 글자를 읽기 시작해서, 혼자서도 책을 읽고 내 흉내를 내면서 일기 같은 깃도 쓰고 그래. 어린애들의 흡수력은 참 대단하지. 글을 읽어주면 한자도 금방 기억하더라니까."

"읽어주기까지!"

"재워놓고 집에 가는 일도 있는걸."

"귀엽습니까?"

"귀엽다고 할까, 그게 말이야 아무튼 있어주지 않으면, 뭐 생활이 안 될 뿐이지만."

쓰무라는 처음 여자에게 고백을 받은 중학생이 친구들에게 그 사실을 털어놓는 것처럼 얼굴을 붉혔다. 이거 대체 뭐지? 돌발적으로 나타난 보호 본능과 사명감과 그리고 이 충족감은. 부성을 넘어 모성의 발현인가.

"여러 가지로 깨닫는 바가 있었는데, 육아의 고달픔에 비하면 일 따위는 별거 아니라는 생각이 들더군. 아무튼 그들은 살아 있어."

그래봐야 냉방이 빵빵하게 들어오는 방의 책상에서가 아니면 일하지 않을 작자가 할 법한 말이다. 최소한 '일'이라는 말 앞에 '나의'를 붙여야 할 것이다. 우리가 앉아 있는 호텔 라운지의 창문 아래로, 아지랑이가 아롱아롱 피어오르는 아스팔트에 몸 하나 간신히 들어갈 만한 구멍이 뚫려 있고, 그 구멍에서 흙 범벅이 된 채 부삽으로 흙을 퍼내는 하수관 공사 인부가 보였다. 저 아저씨에게 지금 그 말을 한번 해보시지.

사실 쓰무라가 그런 일을 이해하게 되었음을 나는 평가해야 마땅할 것이다. 실제로 우리 집 맏딸은 신경이 예민해서 마누라는 수도 없이 애를 먹었다. 손찌검을 한 적도 있고, 방에 가

두고 쥐어박고, 아무리 심하게 부부 싸움을 할 때에도 내게는 한 번도 한 적 없는 끔찍한 말을 늘어놓으며 세 살짜리 딸을 훈계한 적도 있었다. 신문 기사를 읽고서 우리 딸은 틀림없이 아스퍼거 증후군일 거라고 고집을 부리는 바람에 병원에도 데리고 갔는데, 엄마인 당신이 걱정입니다, 하는 말을 듣고는 발을 동동 구르며 운 적도 있었다. 우리 아이가 아스퍼거 증후군이 아니라서 안도하기보다 자신의 생각이 빗나간 게 분했던 것이다. 왜 이 아이가 아니라 나더러 이상하다고 하느냐고. 내 생각도 그렇다. 우리 마누라는 딱히 이상하지 않다. 착하고 영리하고 눈치도 빠르고 청소도 잘하는 번듯한 여자라고 생각한다. 그러나 그런 것은 통용되지 않는다. 아이는 엄마의 정체성과 순조로웠던 인생, 존재의 정당성 따위는 허리케인처럼 싹 쓸어가버린다. 아이가 있는 생활에 품었던 희망 찬 꿈과 함께. 이유 없는 짜증을 백 가지는 부려 애정을 시험하고, 어린애를 상대로 팻대를 세우고 화를 내는 '저질 엄마'로 만들고, 고립시키고, 그리고 의사에게는 이런 말을 하게 한다.

"잘못은 어머니에게 있습니다."

친정 식구들에게 의논해봐야 "젖은 제대로 먹이고 있니?" 하든지 "어느 쪽을 닮아 그런지 모르겠구나." 하면서 범인이나 찾으려 들 뿐 아무런 도움이 되지 않는다. 부모가 어설프든, 젖을 먹든 먹지 않든 얌전하고 품이 들지 않는 아이는 태어날 때부터 품이 들지 않고, 그렇지 않은 아이는 그렇지 않은 것이다.

실제로 두 살 아래인 둘째 딸은 전혀 애를 먹이지 않았다. 쓰무라가 보살피고 있는 아이들도 좋은 예다. 아버지가 버스 사고 설명회장에서 상해죄 직전까지 갈 만큼 행패를 부리는 위험분자라도 그 자식은 쓰무라처럼 미숙한 어른도 다룰 수 있을 만큼 편한 아이들이기도 하다.

당신이 하는 일보다 이쪽이 억 배는 힘들다고. 언젠가 우리 마누라도 그렇게 악을 썼다. 결혼하기 전에는 "일과 나 중에서 어느 쪽이 더 중요해? 하고 묻는 여자, 정말 무심하다고 생각해."라던 그녀였는데. 그런 마누라에게 지금 쓰무라가 한 말을 들려주면 백 번 옳다고 갈채를 보낼 것인가. 아니다, 가운데 손가락을 치켜세우고 침을 뱉으면서 이렇게 말할 것이다. "이런 사이비가 있나." 옳은 말씀이다.

기저귀 차는 어린애도 아니고, 일주일에 한두 번 같이 집을 보는 정도 가지고 무슨 큰일이라도 하는 양 떵떵거리기는. 이런 직종에 있는 사람들은 얕은 바닷물에서 참방참방 물놀이를 한 것 가지고 이내 바다를 얘기한다. 충족감과 이상한 흥분감에 넘치는 쓰무라의 표정이 딱해서 봐줄 수가 없다. 당신에게 그 가족은 대체 뭐요. 가족을 잃은 비슷한 처지에 있는 사람들끼리 같이 살면서 서로의 마음에 뚫린 구멍을 메우며 재기를 시작했다, 뭐 그런 얘기인가. 정말이야, 그거. 내게는 아무래도 일방적으로 보이는데.

지금이니까 하는 말인데, 부인이 죽었을 때 쓰무라의 반응은 참 이상했다.

　부부 사이가 돌이키기 힘들 만큼 식었다는 건 상상할 수 있었지만, 그래도 그렇지 쓰무라의 태도가 너무 담담해 속으로 얼마나 놀랐는지 모른다. 갑작스러운 사태로 인한 충격 탓인지, 정말 아무렇지도 않게 생각하는 건지는 알 수 없었지만, 아무튼 사건을 알게 된 직후부터 쓰무라는 그 사실을 깨끗이 잊고 싶어하는 것처럼 굴었다. 내게는 그렇게 보였다. 마치 부인과 함께 보낸 반생을 고스란히 땅에 묻어버리려는 것처럼. 사람들이 조문의 말을 건네면 그 자체를 귀찮아했다. 좀 더 친한 사람들은 괜히 말했다가 슬픔을 되새길 수도 있으니 조심스러워 일부러 그 화제를 피하는 눈치였지만, 그런 주위의 배려와 본인의 태도가 영 맞지 않는 것처럼 느껴져 견딜 수가 없었다.

　솔직히 말해서 내가 쓰무라에게 1퍼센트도 공감하지 않은 것은 아니다. 죽은 사람을 나쁘게 말하자니 좀 그렇지만, 쓰무라의 부인은 나로서는 좀 껄끄러운 타입이었다. 미인에다 소통 능력도 뛰어나서 쓰무라 본인보다 얘기하기는 편했지만, 원래가 감이 좋은 데다 산전수전 다 겪어 터득한 것인지 깨달음의 경지랄까, 해탈이랄까, 번뇌에서 벗어났다고 할까, 아무튼 살아 있는 여자로서는 지나치게 완벽했다. 무슨 일이 닥쳐도 침착하게 대처할 듯한 분위기는 인간으로서야 매력적이지만, 동시에 나를 위축시키기에 충분한 무엇이었다. 돈이나 체면, 물욕, 애정 결핍증에 수시로 휘둘리는 여자가 성가시기는 해도 오히려 들이댈 구석이 있다. 나는 부인과 둘이 쓰무라를 놓고 "쪼잔하다니까." 하면서 웃은 적도 있지만, 그런 나도 부인이 보기에는 쪼잔한 남자가 아니고 뭐였겠는가. 하지만 어쩔 수 없다. 쪼잔한 번뇌로 가득한 세상이 아닌가. 중학교 때 한 대 친 여선생이 떠오른다. 다른 선생과는 다르게, 나는 너희들을 이해할 수 있어, 하는 표정으로 다가와서는 우리의 무의미한 우행에 대해 왜? 왜 그랬냐고 다그쳐 물었다. 때린다고 알 수 있는 게 아니잖아. 말을 해야지. 그래서 한 대 더 때렸다. 입가를 파르르 떨면서 억지로 웃으려 하는 모습이 불쾌했다. 그 여자도 예뻤다. 싫었던 건 아니다. 다만 그 무결함이 우리를 궁지로 내몬다. 그런 여자 앞에 서면, 자신이 그저 어리석고 유치하고 무분별하고, 이 세상에 살 아무 가치도 없는 쓰레기인 것만 같아 참을 수가 없다.

부인과 얘기하다 보면 나는 본의 아니게 쓰무라 편을 들게 되곤 했다. 그렇다고 어떤 배신을 해도 좋다는 건 아니지만, 부인의 인간적인 크기 때문에 오히려 눈을 돌리고 싶어지는 그 기분은 이해한다. 내가 쓰무라였어도 그랬을 것 같다. 우리 마누라는 야무진 여자지만 크지는 않다. 울고 악을 쓰고 균형을 잃으면 본인은 괴롭겠지만, 그렇기에 '쪼잔한' 나는 아무리 형편없을지라도 아직은 집안에 자신이 있을 곳이 있다고 느낀다. 마누라의 부족함, 아이들의 부족함, 그리고 나의 부족함. 우리 집은 타이어가 구멍 난 전세 버스를 다 같이 밀고 가는 꼴이다. 이쪽을 고치면 저쪽이 펑! 그 연속이다. 버스는 조금도 상태가 좋아지지 않고, 목적지가 어디였는지, 아니면 버스를 미는 것 자체가 목적인지 그것도 이제는 모르겠지만, 승객은 고장 난 버스를 앞으로 밀고 가려면 어떻게 힘을 모아야 하는지 그것만은 확실하게 알고 있다.

내가 생각하기에 쓰무라는 그 위험 분자 아버지의 집에서 자신이 있을 곳을 발견한 게 아닌가 싶다. 그 아이들에게 애정 비슷한 걸 느끼기 시작한 것도 사실이겠지만, 그래서 가장 위로받는 사람은 엄마 잃은 그 아이들도, 위험 분자 아버지도 아닌 쓰무라 본인이 아닐까 싶다. 아이들을 사랑함으로써 지금까지 자신이 저질러온 양심에 찔리는 온갖 일들을 꿈처럼 잊을 수 있으니까. 이는 남자들이 아버지가 되어야 비로소 얻을 수 있는 큰 포상이다. 엄마를 잃어 슬픔에 젖은 아이들을 돕는다는 최상의 대의명분하에 모든 성가신 일을 실로 기분 좋게 등지고 지낼 수 있게 된 쓰무라는 지금 무척이나 쾌적할 것이다.

사모님, 당신, 아주 보기 좋게 잊혔습니다. 나는 지금에야 기누가사 나쓰코라는 여자가 딱하게 되었다고 생각한다.

"선생님, 그 프로그램 정말 거절해도 되는 겁니까?"

"왜 그런 식으로 말하지? 거절하지 않을 이유가 없잖아."

"주제넘지만 저는 왠지 선생님이 지금 이대로는 안 되겠다는 생각이 들어서요."

"지금 이대로가 무슨 이대로라는 거지? 말은 그렇게 하면서 실은 이 분야에서도 일할 수 있는 연줄이 생기면 좋겠다는 게 자네 계산이잖아."

"선생님도 참."

"거 봐, 내 말이 맞지."

"참 나."

이대로가 무슨 이대로일까. 그건 나도 잘 모른다. 하지만 말이죠, 쓰무라 선생님. 나는 정말, 선생님이 이대로 가면 안 될 것 같은 기분이 들어 죽겠다고요.

기누가사 사치오는 불안했다. 그날을 위해 큰맘 먹고 엷은 회색 마 양복을 샀지만, 결과적으로 아카리의 생일 선물로 산 밀짚모자와 속담 카드보다 몇 십 배는 돈이 들고 말아 그저 웃지 않을 수 없었다.

기시모토와 헤어진 뒤 시부야에서 전철을 타고 S역 한 정거장 전에 내렸다. 역사에서 나오자 네거리 한 모퉁이에 서 있는 요이치의 경차 안에서 손을 흔드는 세 사람이 보였다. 차에 오르자 사진관까지는 2분도 걸리지 않았다. 하얀 꽃을 소복하게 피운 백일홍 나무가 있는 고풍스러운 사진관 앞에 손바닥만 한 주차장이 있어, 타이어에서 찌지직 찌지직 소리가 날 만큼 핸들을 좌우로 꺾어가면서 간신히 차를 밀어 넣자, 사진관 안에서 얼굴이 동그란 부인이 나와 우리 넷을 맞아주었다.

부인은 오미야 유키의 선배로 옛날에 시립 병원에서 간호부

장까지 했던 사람인데, 유키가 아카리를 낳기 조금 전에 사진관을 하는 사람과 결혼하는 바람에 간호사 일을 그만두었다. 마침 시기가 그래서, 아카리를 낳고 첫 기념사진을 이 사진관에서 찍었고, 또 무슨 일이 있어 왔다가 오미야 가의 첫 가족사진을 찍었다. 그 후로는 아카리의 생일날이면 다 같이 몰려가 '지인 특가'로 가족사진을 찍었다. 아카리는 세 살이 되면서부터 프릴이 치렁치렁한 드레스에 맛을 들여, 그날 역시 부인과 조수 아줌마의 도움으로 혼자서 외계 공주 같은 차림을 하고는 만족스러워했다. 이전의 기누가사 사치오라면 이런 꼴을 한 아이를 보면 취향이 천박하다느니 부모가 '딸 바보'라느니 하면서 콧방귀를 뀌었을 텐데, 콧방귀는커녕 벽에 걸린 다른 아이들의 치장한 모습과 일일이 비교하면서 아카리가 훨씬 더 귀엽네, 아카리가 훨씬 더 귀여워, 하고 곱씹듯이 중얼거려, 그 모습을 보고 신페이도 요이치도 웃을 수밖에 없었다.

사치오와 아카리는 힘을 잔뜩 준 데 반해, 요이치는 택배 배달원 같은 줄무늬 폴로셔츠, 신페이는 눈이 번쩍 뜨이는 형광색 트레이너 차림이라 네 사람의 복장이 모두 제각각이었다. 스튜디오의 피사체 위치에 줄지어 서는 순간 긴장했지만, 주인이 렌즈를 들여다보고 있는 아름다운 마호가니색 수동식 카메라 옆에서 부인이 목에 방울이 달린 강아지 인형을 경련이라도 일으킨 것처럼 흔들어대, 일가는 쉽게 파안대소할 수 있었다. 주인은 솜씨가 어지간히 좋아서인지 아니면 '지인 특가'여서인지 셔터를 두 번밖에 누르지 않았다.

밤에는 오이먀의 집에서 불고기 파티를 했다. 아카리는 케이크에 꽂은 촛불 다섯 개를 후 불어 껐다. 식사가 끝난 뒤에도 아빠에게 받은 만화영화 캐릭터 가방을 등에 메고서 사치오가 선물한 꽃 리본 밀짚모자도 벗지 않았다. 그런 채로 넷이서 속담 카드 놀이를 했다. 서점과 장난감 가게를 네다섯 군데나 돌아다니면서 사치오가 꼼꼼하게 고른, 글자도 크고 그림의 색감도 아름다운 카드다. 속담 카드 같은 고리타분한 것을, 하고 사치오는 미심쩍어했지만 아카리 본인이 원한 선물이었다. 올해 초에 유키가 아카리를 데리고 친구 집에 갔을 때 그 집 아이들과 속담 카드 놀이를 하더니 다음 생일 선물은 속담 카드로 정했다고 했단다.

사치오가 글자 카드를 읽으면 나머지 셋이 앞다투어 그림 카드를 찾는데, 신페이는 학년이 높아서인지 속담도 많이 알고 있어 "짚신도" 하거나 "백문이" 하면 바로 "여기요." 하고 기세등등하게 소리 지르고는 자랑스럽게 그림 카드를 집어내 저 혼자만 계속 이겼다. 점점 뿌루퉁해진 아카리를 위해 그림 카드를 전부 아카리 앞에 늘어놓았다. 아빠와 오빠는 옆에서 혹은 반대 방향에서 그림을 찾아야 해서 불리했지만 그래도 아카리는 적수가 못 되었다. 원수를 갚겠다면서 사치오는 아카리와 짝을 지어 신페이에게 대항했지만, 요이치가 카드를 읽으니 억양과 띄어 읽어야 하는 부분이 영 이상해 결국은 참패하고 말왔다. 아카리는 카드를 발로 차고 손에 쥔 카드를 장지문에 내던지면서 앙앙 울었다. 그러자 요이치가 벌떡 일어나 고함을 질렀다.

"그렇게 떼쓸 거면 가방 이리 내. 모자도 돌려주고."

사치오는 자기 등에 들러붙어 훌쩍거리는 아카리의 몸을 쓰다듬으면서 요이치를 열심히 달랬다. 화가 나서 뚱해진 신페이까지 어르면서 마음속으로는 은밀하게, 자기 생일 때까지 통틀어 이렇게 신나는 생일은 처음 경험한다고 생각하면서 가슴이 뜨거워졌다.

사치오는 그날 밤 오미야의 집에서 묵었다. 요이치는 쌓이고 쌓인 피로를 이기지 못해 일찌감치 잠자리에 들었는데, 신페이의 공부방 문틈에서는 12시가 넘어도 불빛이 새어 나오기에 살며시 문을 두드리자 안에서 "네." 하고 대답이 들려왔다.

사치오가 이 집에 드나들기 시작하면서, 한때 미끄럼을 타던 성적이 서서히 제자리를 찾았고, 지금은 현에서 최고라 손꼽히는 사립 중학교에도 너끈히 들어갈 수 있는 등수까지 넘보게 되었다. 그러나 신페이 본인은 어떻게든 도쿄에 있는 학교에 가겠다고 고집을 부리고 있다.

2년 전, 여름이 끝나갈 무렵에 유키가 계획해 신슈로 가족 여행을 간 적이 있다. 그러나 철 지난 캠핑이긴 해도 조용한 곳에서 느긋하게 자연을 즐기겠다는 유키의 기대는 빗나가고 말았다. 같은 장소에 천체관측을 위해 합숙하러 온 중학교 남학생들이 진을 치고 있었던 것이다. 취사장이건 화장실이건 저수지건, 한창 변성기인 남자아이들로 사방이 와글거리는 가운데, 저녁 준비도 거들지 않은 채 게임에 빠져 있다가 요이치의 불호령을 들은 신페이가 혼자 삐져 있자니 중학생 몇 명이 말을 건넸다. 으슥한 숲으로 끌려가 나쁜 짓이라도 당하는 게 아닐까 했는데, 그들은 천체망원경으로 산등성에 뜬 샛별을 보여주었다. 천체에 관심이 있는 건 아니었지만, 어렸을 때부터 형이란 존재를 동경했던 신페이는 그들의 박식한 설명에 그만 홀딱 빠지고 말았다. 신페이를 찾으러 온 유키에게도 중학생들은 기죽은 기색 하나 없이, 며칠 지내면서 보면 더 많이 볼 수 있으니 가족끼리 또 오시라고 어른스럽게 말했다.

그 후 요이치는 별이 총총한 하늘 아래에서 중학생 한 명 한 명과 레슬링을 했다. 마지막에는 헉헉거리면서 인솔 선생님과도 맞붙고는 "뭘 모른다니까, 녀석들 아무것도 몰라." 하고 투덜거렸지만, 그 이후 신페이는 언젠가 반드시 그 형들이 있는 중학교에 가서 천체관측 합숙에 참가하겠노라고 결심했다.

그 소년다운 동경은 기누가사 사치오의 내밀한 순정을 자극했다. 그 일화를 들은 후로 사치오는 제 자식 일인 양 신페이의 진학을 응원하게 되었다. 과학에는 전혀 자신이 없으니 "소설가의 긍지를 걸겠다." 하면서 문학 해독에 대해 조언을 하고 나섰지만, 한자음이나 접속사를 선택하는 문제라면 몰라도 문장 해석 문제에서는 툭하면 정답이 아닌 번호에 동그라미를 쳤다.

이날 밤 신페이가 복습하던 시험지의 지문이 어쩌다 사치오와 면식이 있는 작가의 단편소설이었다. 그런데도 사지선다형 문제에서 보기 좋게 틀렸다. 이제 됐다면서 신페이가 귀찮아하자 약이 오른 사치오는 작가에게 직접 전화를 걸어 상대가 잠자리에 든 참이라 황당해하는데도 보기를 읽어댔다.

"⋯⋯거 참, 난감하군. 어느 것이나 어째 좀 그렇다 싶은데⋯⋯."

"그런 말은 됐고. 정답이 뭐야?"

사치오는 다그쳤다.

"굳이 넷 중에서 고르라면, 3번이 아닐까 싶은데."

"3번, 맞아요?"

"아니, 1번일 수도 있겠어. 2번과 4번이 아니라는 건 알겠는데."

"1번입니까, 3번입니까?"

"음⋯⋯ 3번!"

"아싸! 땡─, 정답은 1번입니다."

"정말?"

"그렇다니까요."

작가 본인도 자신과 똑같은 실수를 했다는 데 만족한 사치오는 무슨 큰 공이라도 세운 것처럼 우쭐해했지만, 정작 신페이의 표정은 찌뿌듯했다. 그리고 작가의 진의가 모범 답안과 다르다는 것은 알게 되었는데, 그렇다면 사치오도 작가 본인조

차도 부정한 그 1번을 정답으로 고르려면 어떻게 해야 하느냐고 질문했다. 자신은 아니라고 생각하지만 대세가 옳다고 하는 것을 고르기 위한 기술이 과연 있을까.

"그건 아니지. 그런 기술을 터득하려 하다니 그건 잘못된 거야. 거부해야지. 그런 걸 정답이라고 하는 곳에 살 필요는 없어. 네가 정답이라고 확신하는 게 정답이야. 대세가 전부는 아니라고."

사치오는 그렇게 열변을 토했지만, 신페이는 한숨을 쉬고는 그렇게 하지 않고는 자신이 원하는 미래를 거머쥘 방법이 없다고 한다.

"아저씨 말대로 하면, 나는 내가 옳다고 생각하는 번호에 동그라미를 치고, 결국 입시에는 실패할 거야."

"과학에 주력하는 거야! 백 점 맞을 생각으로."

어이가 없다는 듯이 입을 다문 신페이를 보니 갑자기 애처로워져, 사치오는 자신의 극단론을 사과했다.

"미안하다. 내 가치관을 너무 강요했나보다. 세상 사람들이 입을 모아 좋다고 하는 걸 그다지 좋아하지 않는 게 내 지병이거든. 그래서 그런 데 익숙하다 못해 마비돼버렸어. 모두가 좋다는 걸 외면하고, 모두가 웃는데 나는 재미없어하고, 내겐 그런 면이 있어. 사실은 나 자신도 넌더리가 나. 무슨 일이든 시원하게 동조하지 못하고, 모든 걸 삐딱하게 보는 내가 말이야."

"반골?"

"그래, 잘 아네."

"엄마에게 그런 소리 많이 들었거든요."

"그러니? 넌 말귀도 잘 알아듣고 삐딱하지도 않은데 왜? 오히려 아카리가 그렇지 않나."

"아카리와 아빠는 멋대로 굴긴 해도 솔직하잖아요. 나는 엄마를 닮았대요. 싫다는 말은 안 하지만 속으로는 반대하는 거."

"그렇구나. 신페이가 엄마를 닮았구나."

"운동신경 빼고."

그러고는 입을 다물었다. 신페이가 엄마 얘기를 하기는 정말 오랜만이었다. 얘기를 하지 않아도 견딜 수 있는 건지, 애써 얘기를 하지 않으려는 건지. 분주한 일상 속에서는 좀처럼 진득하게 물어볼 수 없었다. 사치오는 말이 나온 김에 물어보았다.

"엄마 얘기를 잘 안 하던데, 엄마, 보고 싶지 않아?"

"엄마는, 툭하면 내가 엄마를 닮아서 화가 난다고 했어요."

신페이의 목소리가 전에 없이 딱딱하고 힘이 들어가 있었다.

"무슨 소리야. 그런 말은……."

"내가 만사를 삐딱하게 보고, 사람을 깔보는 구석이 있다고. 사람을 깔보는 인간은 공부를 잘해서 선생님에게 칭찬받을 수는 있겠지만, 사람들은 절대 좋아하지 않는다고. 남들은 몰라도 엄마는 다 안다고요. 여행 떠나기 전날에도 그런 말을 했어요."

"아니야, 그건. 엄마도 그런 뜻으로 한 말이 아니었겠지."

"그런데 그런 말만 떠올라요. 왜 마지막까지 그런 말만 했냐고 따지고 싶은데 그럴 수가 없잖아요. 아빠는 불단 앞에 가면 언제든 엄마랑 얘기할 수 있다고 하지만, 나는 두 손 마주 잡고 머리를 숙여도 엄마 목소리가 안 들린다고요. 한 번도 들린 적이 없단 말이에요."

그렇게 말하는 신페이의 얼굴이 점차 일그러졌다.

"자기 멋대로 없어지고, 화가 나 죽겠어요."

"……그래. 정말 나빴지."

사치오는 말을 이을 수 없었다. 신페이는 무언가를 꿀꺽 삼키는 듯한 소리를 내더니 의자를 획 돌렸다. 아직 영글지 않은 등이 파도쳤다. 꽉 쥔 왼 주먹 등으로 미간을 누르고 있었지만, 책상에 펼쳐놓은 노트 위로 물방울이 뚝뚝, 하얀 종이를 적셨다.

"아빠한테는 말하지 마요."

사치오를 등진 채 신페이는 목소리를 쥐어짰다.

"무슨 말을. 안 해."

"울었다는 말, 하지 말라고요."

"괜찮아. 넌 아직 운다고 해서 무슨 소리 들을 나이가 아니야."

"……난 장례식 때 안 울었어요. 왜 그런지, 눈물이 안 나왔어요."

사치오는 목을 졸린 것처럼 말을 잃었다.

"그랬더니, 넌 아무렇지도 않느냐고."

"……아빠가 그랬어?"

사치오가 그렇게 묻자 신페이는 가느다란 신음 소리를 내질렀다.

"신페이, 나쁜 뜻은 없었어. 아빠도 너무 슬퍼서, 그래서 너에게 괜히 화를 낸 거야. 알지?"

"어떻게 아무렇지 않을 수가 있어요."

"그래. 안다, 알아."

사치오는 신페이의 머리에 손을 올리고 말없이 쓰다듬었다. 소년의 머리는 고양이 털처럼 보드랍고, 관자놀이에는 땀이 엷게 배어 있었다. 울어도 괜찮아, 하고 몇 번이나 말해주었지만 신페이는 여전히 새어 나오는 오열을 억누르려 애썼다.

나도 울지 않았지. 나쓰코의 장례식에서.

모두가 잠들어 조용해진 뒤 사치오는 거실에 깐 얇은 매트리스 위에서 캄캄한 천장을 올려다보며 혼자 중얼거렸다. 신페이가 울 때 자신도 그렇게 털어놓을 수 있었다면 좋았을지도 모른다. 그러나 그러지 못했다. 신페이라는 어린아이가 지금의 자신에게, 지금까지 만난 어떤 인간과도 다른 존재가 되어가고 있다는 걸 알면서도 그러지 못한 건 아직은 자신이 그의 보호자라는 우위를 잃고 싶지 않아서였을까. 누군가에게 자신이 '꼭 필요한 사람'이라고 여겨지는 것, 또 자신이 '지켜주지 않으면 속수무책'이라고 생각하는 것은 이 얼마나 감미로운 일인가.

타인에게 그런 식으로 실감해본 적이 없었다. 특히 나쓰코에 대해서는. 나쓰코는 사치오의 비호 따위는 원하지 않았고, 그리고 사치오가 나쓰코는 자신이 옆에 있지 않으면 안 된다는 생각을 한 적이 없다는 것도 잘 알고 있었을 것이다. 그러나 그런 사치오를 나쓰코는 과연 어떻게 생각했을까.

4, 5년 전 겨울, 감기에 걸려 이틀이나 열이 떨어지지 않아 일어나지도 못하는데 병원에는 가지 않겠다고 고집을 부려 말다툼을 한 적이 있었다. 숨을 쉬는 것도 힘들어 말다툼을 하는 것조차 짜증스러웠다.

"내가 언제 죽든, 내 인생이야."

그렇게 큰소리치자, 빨래를 하다 말고 돌아본 나쓰코는 "당신이란 사람은." 하고 말을 꺼냈다가 다음 말을 잇지 않았다. 그리고 수돗물도 잠그지 않은 채 앞치마만 벗어 던지고 집을 나갔다. 아픈 사람을 집에 두고 잘도 나가는군. 사치오는 열에 시달리면서 그저 화밖에 내지 않았다.

다음 날 아침, 열이 40도를 넘었다. 어느 틈에 돌아온 나쓰코가 두말 않고 택시를 부르려 하자, 사치오는 "구급차를 불러야지." 하고 소리를 버럭 질렀다. 폐렴으로 진행되는 중이었다. 편집자들이 면회를 왔기에 "죽어도 괜찮다고 큰소리쳤는데, 결국은 구급차를 부르고 말았지." 하고 우스갯소리를 하자 다들 웃었지만, 침대의 발쪽에 있는 테이블에서 그들이 들고 온 멜론을 자르던 나쓰코의 도자기 같은 볼은 털끝만큼도 움직이지 않았다.

이 사람을 위해서, 제대로 잘 살아야 하는데.

나쓰코는 내가 그렇게 생각해주기를 바랐을까. 아니지, 하고 사치오는 생각했다.

내가 제대로 살지 않아도 살아갈 수 있으면서? 아니, 나쓰코는 죽었다. 나쓰코가 죽은 건 내가 그녀를 위해 제대로 잘 살려 하지 않았기 때문인가? 말이 안 되지. 사치오는 또 그렇게 생각한다. 만약 그녀가 살아 있는 동안 '나쓰코의 인생에서 나는 불가결한 인간'이라고 맹목적이든 어떻든 사치오 자신이 믿고 있었다면, 지금 아이들에게 느끼는 것과 똑같은 감미로운 충족감이 있었을까. 이제 그만 생각하자, 하고 사치오는 한숨과 함께 눈을 감았다. 그러다 낮에 찍은 기념사진을 한 장 더 인화해달라고 그 주인에게 부탁을 해야 하나, 하고 문득 고민이 되었다. 글을 써서 이름을 알리게 된 뒤로는 사진 찍힐 일도 많아졌지만, 사진관에서 사진을 찍은 일은 어렸을 때 신사 참배를 했을 때 말고는 없었다. 부모님도 형식적인 일에는 관심이 없었고, 결혼식 때에도 사진을 찍지 않은 사치오는 전문가가 찍은 가족사진이 한 장도 없다. 이참에 한 장쯤 갖고 있어도 좋겠다는 기분도 들지만, 진짜 가족에게는 대개 한 가정에 가족사진이 한 장밖에 없다. 멀리 떨어져 사는 가족이 어쩌다 집에 돌아와 펼쳐보면 그것으로 족한 것이다. 오미야의 집에 한 장이 있는데 우리 집에 한 장이 또 있다면, 결국 자신과 그들은

원래대로 따로 떨어져 살게 될 듯한 예감이 들었다. 그래, 그만
두자, 하고 결심하고서 잠이 들었다.

오미야 집의 아침은 보통 고양이 목을 비트는 것처럼 자지러
지는 어린이 프로그램 소리가 사치오 귀를 때리면서 시작된다.
차라리 아침형 인간으로 체질을 바꾸면 좋을 텐데, 이 집에 오
지 않는 날에는 글을 쓰거나 책을 읽지 않으면 이런저런 쓸데
없는 생각을 하느라 밤을 새우곤 하는 터라, 그 자지러지는 소
리가 뇌를 찌르는 것 같아 괴롭다.

그런데도 두 아이는 굳이 사치오를 깨우려 하지 않고, 제 손
으로 간단하게 아침을 차려 먹고 학교와 어린이집에 갈 준비를
한다. 간신히 몸을 반쯤 일으켜 아빠는? 하고 묻자, 동생의 통
신문에 도장을 찍어주면서 오빠가, 벌써 나갔어요, 하고 대답
한다. 날이 밝기도 전에 나간 모양이다. 요이치는 오늘부터 북
쪽으로 간다고 했다.

현관으로 나가 둘을 배웅한다. 다섯 살 어린이! 하고 말하자,
네! 하면서 아카리는 두 손을 높이 쳐들고 방긋거린다. 그리고
오누이는 이 새빨간 남인 중년 남자를 당연하다는 듯이 집에
혼자 남겨놓고 풀 냄새 가득한 여름으로 달려 나갔다. 둘을 보
내고 하품을 하면서 싱크대에서 물을 마시는 김에 접시와 컵
을 씻고 있는데, 갑자기 어디선가 요란한 멜로디가 흐르기 시
작했다. 수도꼭지를 비틀어 물을 잠그자, 그 소리가 요이치 휴

대전화의 착신음이란 게 기억났다.

요이치와 아이들이 자는 방에 가보니 햇볕에 그을린 다다미 위에서 전화기가 몸을 뒤틀며 빛나고 있었다. 타인의 전화기는 살짝 만지기만 해도 가슴이 술렁대는 느낌이다. 다른 집 금고의 다이얼에 손을 댄 것처럼. 여기저기 칠이 벗겨진 구식 폴더형 전화기를 열자, 화면에 '회사 휴대'라고 떠 있다. 혹시나 해서 조심스럽게 받아보니 역시나 상대는 요이치여서 피차 안도의 한숨을 내쉬었다.

요이치는 큰 소리로, 아침을 먹은 식당에 두고 왔나 싶어 안달했다고 말했다. 벌써 니가타 근처까지 갔다고 한다. 지금 통화하고 있는, 회사에서 지급해준 전화기가 있어 일에는 지장이 없단다. 사치오는 신페이가 오늘은 학원에 가지 않으니, 오늘 집에 갔다가 내일 오후에 다시 오겠노라고 전했다. 조심하고. 그쪽도. 너무 무리하지 말고. 그쪽도. 서로 그렇게 말하고 전화를 끊었는데, 하지 않아도 될 짓을 하고 말았다. 요이치의 휴대전화를 그야말로 '만진' 것이다.

처음에는 별거 없는 아들과의 대화, 오빠가 도와줘서 보냈을 법한 오자투성이 아카리의 문자메시지, 사치오는 눈을 찡그리고 그런 것을 보았다. 자신에게도 이런 문자메시지 보내주면 안 되나, 그런 생각으로 보다가 요이치에게 새로운 위안의 그림자가 벌써 생겼으려나, 아니려나 하는 천박한 억측이 고개를 쳐들기 시작해, 과거로 과거로 거슬러 올라가보았다. 어느

208

시점부터 수신함의 문자메시지에 조그만 열쇠가 찍혀 있었다. 자동 삭제 방지를 위해 잠궈놓은 것이다. 그러고는 줄줄이 오미야 유키가 보낸 무수한 문자메시지.

집에 주인이 없다는 빌미로 털끝만큼의 망설임도 없이 열어서는 읽고 또 열어서는 읽어 내려가는데, 금실 좋은 부부 사이에 오간 애정의 흔적을 볼 수 있을까 했더니 전혀 아니었다.

'돌아오는 길에 우유 사 와.'

'계란이 없어.' '케첩도.'

'일어났어? 이불 걷어줘.'

'2시 지나 택배가 올 거야.'

'위쪽에서 오는 거면 ○○휴게소에서 도미 어묵 플리즈.'

애정은커녕 온정도 없는 유키의 일방적인 지시로 넘쳐났다. 간혹 보이는 '신페이, 열 내렸어. 밥도 먹고 있어.' '춥다. 그쪽은 더 춥겠지. 감기 걸리지 마.' 하는 문자메시지가 빛나 보인다.

다소 맥이 빠져 전화기를 닫아 식탁 한가운데에 올려놓고 기누가사 사치오는 하품을 한 번 더 하고서 오미야의 집에서 나왔다.

아침에 일어났으니 곧장 집에 돌아가면 일이 잘될 텐데, 어찌 된 셈인지 발길이 집으로 향하지 않아 신주쿠에 영화를 보러 갔다. 지인의 소설을 영화화한 것이다.

작가 본인은 "지금까지의 영화에 비하면 그런대로 괜찮은 완성도."라면서 흡족해했는데, 사치오는 지금까지의 영화와 얼마나 다른지 알 수 없었다. 극장에서 나온 뒤 가방에 든 휴대전화의 전원을 켰지만, 아무것도 확인은 하지 않았다. 카페에서 신문을 읽으면서 늦은 점심을 먹고, 책방에 들러 읽을 만한 책을 물색한 뒤 집으로 가는 역에 내렸을 때는 이미 해가 서쪽으로 기울어 있었다. 점심을 먹을 때나 전철 안에서나 한 번도 휴대전화를 만지지 않았다. 집에 돌아오니 방 안은 여전히 먼지가 부옇고 공기는 텁텁했다. 환기를 시키려고 거실 창문을 열었다가 따가운 저녁 햇살을 견딜 수 없어 다시 닫고는 에어컨을 켰다. 에어컨이 뿜어내는 텁텁한 곰팡내에도 이제 코가 익숙해졌다. 땀에 젖어 주글주글해진 마 양복과 웃통을 벗어 던진 뒤 메일을 확인하고, 두세 군데 답장을 보낸 후에는 텔레비전을 켰다. 딱히 보고 싶은 프로그램이 없어 사 들고 온 책을 펼쳤다. 그러나 열 페이지도 채 읽지 못하고는 그만 더는 참을 수가 없어 휴대전화에서 충전기를 빼고 문자메시지 화면을 열고 말았다. 그러지 않는 게 좋았을 텐데.

아니나 다를까, 넉 달 이전의 문자메시지는 누가 보낸 것이든 전부 삭제되고 없었다. 나쓰코가 보낸 문자메시지가 삭제되지 않도록 해야겠다는 생각은 꿈에도 하지 못했다. 자신이 보낸 것도 받은 것도 무엇 하나 남아 있지 않았다. 불쑥 생각이 떠올라, 사치오는 침실로 뛰어가 경찰로부터 인수한 나쓰코의 유일한 물품인 숄더백 안에서 휴대전화를 꺼내 침대 옆에 놓인 충전기와 연결했다. 얼어붙은 물속에 몇 십 시간이나 가라앉아 있던 그것이 숨을 돌이킬 리 없다는 것을 알면서도 전원 버튼을 손가락으로 꾹꾹 누르면서 소생을 시도했지만, 액정 화면은 한밤중의 늪처럼 캄캄할 뿐이었다.

몸이 축 늘어지는 기분에 전화기를 내던지고 침대 위에 벌렁 누웠다. 나쓰코가 떠난 뒤로 한 번도 햇볕에 내다 널지 않은, 철 지난 두꺼운 오리털 이불이 습기를 머금어 싸늘하게 느껴진다. 여름에는 뭘 덮고 잤을까. 얇고 흐느적거리는 여름 이불이라고 하는 거였나, 그건 어디 들어 있을까. 아니, 여름이면 사치오는 잠옷으로 충분했다. 잘 때도 에어컨을 켜놓지 않으면 아침에 일어나 끈끈해서 견딜 수가 없는데, 몸이 찬 나쓰코는 그 이불을 고치처럼 목까지 둘둘 말고 잤다. 그 모습이 마치 이쪽에 대한 무언의 비난 또는 항의처럼 보이기도 했다. 그렇게 늘 일방적으로 피해를 보는 것처럼 굴었지만, 나 역시 참을 수 있는 데까지는 온도를 높여 배어 나오는 땀의 불쾌함을 견뎌냈다. 올해부터는 잔소리하는 사람이 없으니 에어컨을 빵빵하게 틀어놓고 자도 된다.

그때 발쪽에서 띠로링 때로링 하는 희미한 소리가 나면서 어떻게 된 일인지 나쓰코의 전화기가 살아났다. 사치오는 벌떡 일어나, 들쥐를 발견한 굶주린 호랑이처럼 전화기를 덥석 잡았다. 간신히 깨어난 전화기는 아직도 몽롱한 채 가냘픈 빛으로 액정 화면을 밝혔다가는 가물가물 어두워졌다. 그래도 손가락이 누르는 버튼에 따라 충실하게 메시지함을 열어주었다. 그리고 뜻밖에도 나쓰코가 마지막으로 문자메시지를 보낸 상대가 오미야 유키가 아니라 사치오라는 것을 알았다. 제목은 없고, 본문은 그저 '연락해줘요'.

나쓰코가 출발하기 전에 집에 돌아와 머리를 깎기로 약속했는데 연락도 하지 않은 채, 이 문자메시지가 도착했을 시간에 사치오는 와인 바의 카운터 자리에서 젊은 커플을 상대로 '처음 만난 남녀가 가까워지기 위한 스킨십 정도에 관해' 큰소리로 너스레를 떨고 있었다. 여자 쪽은 대학생이었다. 이마를 덮은 고른 앞머리가 반들반들 빛났다. 연인 쪽으로 고개를 돌릴 때마다 살랑살랑 흔들리는 그것을 만지고 싶어서, 어떻게든 만져볼 수 있을 때까지 버텨보자고 생각하고 있었다.

그게 마지막 문자메시지다. 사치오는 그 문자메시지에 답장을 보냈던가. 아니면 그런 문자메시지가 왔다는 걸 알았을 때는 이미 집에 돌아가는 길이어서 그냥 무시했나. 그런 기억조차 분명치 않다. 보냈는지 안 보냈는지, 보냈다면 뭐라고 보냈는지 확인하지 않고는 배길 수가 없어, 수신함을 열어 버튼을 꾹꾹 누르고 있는데, 갑자기 화면이 스르륵 꺼져버렸다. 어이! 야! 정신 차려! 죽어가는 사람의 볼을 인정사정없이 때리듯 전원 버튼이며 각종 버튼을 마구 눌러대자 다시 화면이 보얗게 살아났다. 아! 하는 순간 손이 미끄러지는 바람에, 쓰기만 하고 보내지 않아 임시저장함에 담겨 있던 문자메시지가 열렸다. 아무에게도 보내지 않았고, 받은 사람도 없는 그 무연고 무덤 같은 장소에 있던 딱 하나, 자신에게 보낸 문자메시지를 발견한 사치오는 그것을 열어보고는 뒤로 자빠졌다.

'이제 사랑하지 않아. 털끝만큼도.'

뭔 소리야, 이건.

그런 말이 나와? 아니, 대놓고 하는 거야? 아니지, 썼나? 써서 어쩌겠다는 건데. 아니지, 어쩌지 못했군. 그래도 이건 아니지. 너무 심하잖아. 그런 말이 하고 싶으면, 아니 쓰고 싶으면, 직접 말해야지. 왜 말 안 했어. 말하려고 했나. 그것도 모르겠다. 내 아내인데 믿을 수가 없다. 아니, 기분은 이해한다. 믿기 어려운 건, 이런 것을 남기는 감각이다. 자신의 눈을 의심하는 심정으로 다시 한 번 액정 화면을 본다. 이미 캄캄한 밤의 늪으로 변해 있었다. 그리고 더는 때리고 밟고 어떻게 해도 되살아나지 않았다. 그 끔찍한 말이 어느 해, 어느 달, 어느 날에 쓰였는지도 다시는 확인할 수 없게 되었다. 그러니까 그러지 않는 게 좋다고 했건만.

나
⋮

"가시라고 하면, 여기서부터 걸어가서 지금 우리 AD가 손을 흔들고 있는 지점에 꽃을 내려놓고, 그 자리에서 호수를 바라보는 그런 식으로 부탁드립니다. 사실 저 자리에서는 나무에 가려 호수가 잘 안 보이지만 보인다 생각하시고, 그다음에는 자유롭게……."

감독이라는 남자가 유난히 은근한 태도로 내게 설명했다.

"보인다 생각하고?"

"아, 그러니까 보이지 않지만 보이는 것처럼."

"호수를 보는 척하라는 말인가요?"

"아, 네, 그런 기분으로."

"호수가 보이는 위치로 내가 이동하면 안 되는 건가요?"

"아, 그게 카메라 위치 때문에."

"저기 서 있어야 멋진 그림이 나온다, 그런 얘깁니까?"

"아, 네, 그렇습니다."

사전에 보내준 질문 사항 중에, '사모님이 좋아하셨던 꽃은? (가능하면 여름에 준비할 수 있는 꽃으로 부탁드립니다)'에 대충 대답한 '도라지꽃' 꽃다발을 내 손으로 사 온 척하면서 지시받은 위치에 내려놓고, 나는 카메라 앞에서 오늘 들어 두 번째 묵도를 한다.

야외촬영용 승합차를 타고 버스 추락 사고 현장에 도착했을 때, 차에서 내려 처음 본 이 길 양옆의 벼랑에는 누가 그렇게 갖다 놓는지, 말라비틀어진 꽃다발과 아직 꽃잎을 싱그럽게 벌리고 있는 꽃다발이 두루 섞여 있었다. 저절로 발길이 그쪽으로 향한 나는 우선 머리를 숙이고 합장했다. 여행을 떠나온 사람들이 익숙하지 않은 버스 안에서 잠을 청하고 그 잠이 깊어졌을 즈음, 갑작스러운 충격과 함께 경사가 심한 이 벼랑으로 고꾸라져 떨어질 때 차 안이 과연 어땠을까, 하고 생각한다.

그러고 있는데, "어이, 중지. 잠깐 기다리시라고 해!" 하는 중년 남자의 목소리가 등 뒤에서 들리자, PD 같은 여자가 달려와 노인 다루듯 내 허리에 손을 대고 차로 데리고 갔다. 아직 카메라 세팅이 끝나지 않았는데 내가 멋대로 사고 현장으로 다가가 합장한 것이 못마땅했는지, 나를 방치했느니 어쩌니 하면서 벌건 얼굴에 투실투실 살이 찐 AD가 "너 바보냐!" 하고 혼나는 소리가 들렸다.

알록달록한 꽃다발들은 그 옛날 시골로 식모살이를 간 처자처럼 생긴 AD가 싹 거둬서 카메라에 담기지 않는 방향의 벼랑 기슭에 쌓아놓았다. 왜 치우느냐고 PD 같아 보이는 여자에게 물어보니, "있어도 괜찮은데, 없는 것도 괜찮을 것 같아서요." 하는 전혀 이해할 수 없는 설명을 했다. 즉 미리부터 수많은 꽃다발이 놓여 있으면, 애처가로 설정돼 있는 내가 뒤늦게 꽃다발을 바치는 것처럼 보여서 괜찮지 않다는 건가, 아니면 꽃다발 하나 없는 쓸쓸한 광경을 표현해 '비극의 기억이 풍화되고 있다'는 메시지를 담으려는 건가. 그렇게 애써 그림을 만들지 않아도 나는 충분히 뒤늦었고 세상의 기억은 충분히 풍화되었는데.

꽃을 바친 다음 보이지 않는 호수를 바라보는 눈길을 하고 두 손을 모은다. 빙글 몸을 돌리자, 컷, 조금 더 버텨달라고 한다. '버티라니' 뭘?

꽃을 바치고 보이지 않는 호수를 바라보는 눈길을 하고 두 손을 모은다. 나무아미 나무아미, 빙글, 컷. 합장을 한 뒤에 호수를 바라보라고 한다. 왜? 뭐 때문에?

PD의 지시를 듣고 있는 동안 식모살이 처자 AD는 내가 땅에 내려놓은 꽃다발을 얼른 들어, 다음 지시에 대비해 내 옆으로 가져왔다.

"뭐야, 이거. 완전히 조작이잖아."

"쉿! 조심스럽지 못하게 그런 말 하는 거 아니죠."

그 장면을 다섯 번이나 되풀이한 끝에 차 뒤에서 내가 꼬투리를 잡자 기시모토는 목소리를 낮췄다.

"아무 근거 없이 날조하는 게 조작이죠. 현실적으로 있었던 일을 약간 조정할 때는 그렇게 말하지 않습니다."

"나 참, 기시모토. 이거 다큐멘터리잖아. 왜 내가 일일이 지시를 받아야 하느냐 말이야."

"설마 다큐멘터리가 현실을 있는 그대로 찍는 거라고 생각하는 건 아니겠죠. 사소설에 쓰여 있는 걸 그대로 믿는 독자를 늘 바보 취급하던 사람이."

"불쾌하단 말이야. 몇 번이나 다시 하라고 하니. 나는 두 손을 모으고는 있지만 머릿속으로는 아무것도 기도하지 않는다고. 몇 번째인지 그 수나 세고 있지!"

"얌전히 협조하자고요. 이 사람들도 지금 그런 점에 예민해져 있으니까."

"왜 이 사람들을 신경 써야 하지. 이건 내 문제잖아."

"이미 선생님 혼자만의 문제가 아니란 말입니다."

호수 건너편으로 돌아가 울퉁불퉁한 돌이 많아 보통은 사람들이 내켜하지 않을 곳에 서서 인터뷰에 응하게 되었다. 카메라가 돌기 시작하자 남자 감독이 대뜸 물었다.

"쓰무라 씨에게 사모님은 어떤 존재였습니까?"

나는 직업이 글쟁이다. 말을 다루는 장사를 한다. 생업이 그런 이상 말을 할 때에는 사람들이 아하, 이렇게 말할 수도 있구나, 하고 수긍할 수 있는 재주, 또는 반대로 온갖 수식어를 생략하고 모두가 놓친 어떤 핵심을 드러내 보이는 재주가 없으면 안 된다고 진지하게 생각하고 있다. 설령 이류, 아니 삼류라 해도 그렇다. 아까부터 그런 생각에 정신이 팔려 말이 전혀 떠오르지 않는다. 아내가 어떤 존재였는지 생각할 여유가 없다. 카메라를 좀 멈춰주면 좋겠는데.

"그럼 사모님과 함께한 가장 좋은 추억은 뭐죠?"

감독은 메모를 미리 써왔는지 손에 든 메모지를 보면서 아주 쉽게 질문을 바꿨다.

나는 점점 더 목구멍이 막혀, 얼버무리는 말조차 하지 못한다. 그가 물은 건 가장 '좋은' 추억이다. 이 자리에서 할 수 있는 얘기가 전혀 떠오르지 않는다.

"어려운가요? 너무 많아서."

"아니, 그게 아니라…… 가장 좋은, 이라고 하니, 나머지는 그보다 덜하게 되는 것 같아서."

"아하, 그런 뜻이군요."

어느 해 어느 어느 날, 어디 어디서, 그날 날씨는 어땠는데 어떤 식으로 그 하루를 보냈다, 하는 것이 추억의 일반적인 형식이라면, 특히 마지막 5, 6년 동안에는 그런 '추억 만들기'가 될 만한 행동을 나는 의도적으로 회피한 것 같다. 여행을 떠나거나 맛있는 것을 먹으러 가거나, 그림이나 영화를 보러 가는 등의, 둘이 있는 시간을 곱씹으면서 충족된 기분을 공유하는 행동이 귀찮았다. 그런 행동으로 우리 집의 토대에 죽죽 간 금을 표면적으로 무마하는 허망함을 견딜 수 없었다. 그리고 그런 감각에서만은 부부가 완전히 일치했다. 가는 곳곳마다 내가 일으키는 문제를 뒤처리하고, 한심한 불평불만을 들어주는 일에도 지쳤으리라. 나쓰코 쪽에서도 젊은 시절처럼 내게 어떤 제안을 하는 일이 없어졌다. 오미야의 집 바비큐 파티에도 같이 가자는 말을 하지 않았다.

왜 같이 가자고 하지 않았어, 하고 나는 나쓰코에게 묻는다.

안 하기는. 했는데 당신이 잊어버린 거지. 나쓰코는 그렇게 답한다.

거짓말이다. 내가 깜박 잊은 걸로 치부하려는 것이다. 내가 다른 일도 깜박깜박 잊는다고 해서.

그럼 내가 뭔가 같이 하자고 했는데 싫다고 거절한 거 몇 가지 말해봐. 그래봐야 전부 잊었겠지만.

안 잊어버렸어. 음, 그게, 음, 뭐가 있었더라. 음.

"쓰무라 씨."

"아, 네."

"질문, 계속해도 되겠습니까?"

"……아, 네."

"사모님에게 지금 전하고 싶은 말은 뭐가 있을까요?"

"네?"

"마지막으로 사모님에게 전하고 싶은 메시지, 부탁드립니다."

"네."

"선생님! 카메라 봐주세요!"

내 눈앞에 녹화 중이라는 빨간 램프가 반짝거리는 카메라를 멘 아저씨가 엉거주춤 서 있다. 사모님에게 메시지. 사모님에게 메시지…… 사모님에게 메시지.

이제 사랑하지 않아. 털끝만큼도.

나는 고개를 한 차례 숙였다가 다시 들어, 카메라의 까만 렌즈 속을 들여다보았다. 어이 사모님, 듣고 있어?

"그럴 수 있다면, 내가 먼저 가고 싶었어. 왜 내가 아니라 당신이었을까, 하고 지금도 마음이 찢어지는 나날을 보내고 있어. 좀 더 충실하게 멋지게 인생을 마감해야 하는 사람이었는데."

카메라맨 아저씨 뒤에 서서, 음음, 하며 감탄스럽다는 듯이 고개를 끄덕거리는 감독과 PD 같은 여자가 보인다.

"당신이 그렇게 죽은 건, 정말 최악이야. 생각만 해도 머리가 아파."

나는 다시 한 번 숨을 깊이 들이쉬고 말을 이었다.

"그쪽 경치는 어떻지? 아마 이쪽보다는 훨씬 보기 좋겠지. 내가 고뇌하고 있는 거, 보이나, 당신? 당신, 정말 속이 후련할 거야. 당신이 이렇게 앞서 가서, 내 남은 반생이 시커먼 그림자에 뒤덮였으니. 어때? 드디어 해냈다고 기분 좋아하는 거 아니야?"

진행 요원들이 고개를 끄덕이다 말고 눈을 동그랗게 뜨고 있다. 그들 뒤에 서 있는 기시모토의 입술이 항문처럼 오그라드는 것도 보인다. 그래, 다들 엿 먹어라. 어떻게 되든 상관없다. 나는 악마에 빙의되었다.

"아마 난 살아 있는 한 당신의 인생에 아무 보탬도 되지 못했을 거야. 당신도 이미 내게 아무런 기대도 하지 않았을 거고. 그래서 당신이 내가 죽길 바랐을까. 설마. 그런 생각을 할 사람은 아니잖아. 왜냐고? 머리 좋은 당신은 알고 있었으니까. 죽음으로 고통받는 사람은 본인 이상으로 남아 있는 사람이라는 걸. 결혼 생활도 비참했는데 남편이 먼저 쓰러져 자리보전을 하는 바람에 오랜 세월 간병을 해야 하는 그런 바보 같은 짓이 어디 있겠어. 그러다 죽은 뒤에도 돌이킬 수 없는 인생의 공허함을 혼자 곱씹어야 한다는 거, 웃기는 일이잖아."

칠흑 같은 렌즈 속에는 내 모습이 비쳐 있다. 콧대에 Y자 주름이 지고 잇몸을 드러내고 있는 들개 같은 자신의 모습. 그 끔찍함에 나도 모르게 움찔하면서 잠시 입을 다물었지만, 놈은 가혹한 프롬프터처럼 날개를 펄럭거리면서 나를 부추기고 끝없이 말을 떠벌렸다.

"그러니까 당신은 언제부터인가 마음속으로 이런 결말을 원했을 거야. 어느 날 갑자기 최악의 타이밍에 최악의 방식으로 죽어 이 세상에서 싹 사라지는 걸. 당신이 의도한 대로 이렇게 죽어서, 남은 나는 속이 메슥거릴 정도로 뒷맛이 씁쓸해. 거기서 보니까 어때? 가엾은 내가 집안일에, 삼시 세끼에 난감해하는 모습이. 즐거운가? 행복한가? 피차 마찬가지지. 나는 당신이 생각하는 만큼 궁상을 떨고 있지는 않아. 당신이 생각하는 만큼 인간이 형편없는 것도 아니고. 내게도 기회는 있어. 사람을 우습게 보면 안 되지. 당신의 죽음은 폭력이야. 나는 폭력에 굴하지 않아. 징징 짜면서 구질구질하게 살 거라고 생각하면 큰 오산이라고!"

갑자기 수소의 뿔에 배를 찔린 듯한 충격을 느꼈다. 대학 시절에 미식축구를 했다는 기시모토의 강렬한 태클에 내 몸은 순식간에 카메라 앞에서 멀어졌다. 선생님, 괜찮습니까? 하고 묻는 말과는 정반대로 기시모토는 내 무릎을 꿇게 하고 페트병의 물을 억지로 입에 흘려 넣었다. 나는 기도로 흘러든 물을 기시모토의 얼굴에 뿜어내고 컥컥거리다가 그다음에는 기시모토의 품에 갓난아기처럼 안겨 남은 물을 꿀꺽꿀꺽 마셨다. 이미 사지에서 힘이란 힘은 모조리 휘발한 것처럼 빠져나가고 없었다. 문득 돌아보니, 뒤에 딱 붙어 있는 카메라맨 아저씨가 눈앞에 날고기가 놓인 짐승처럼 혀를 쭉 내밀고 우리에게 렌즈를 들이대고 있었다. 재밌나? 당신. 그래, 재미있겠지. 한편 감독과 PD 같은 여자와 식모살이 처자까지 저쪽에서 팔짱을 낀 채 씁쓸한 표정으로 이쪽을 보고 있었다. 나는 기시모토 쪽으로 몸을 틀어 그 얼굴을 올려다보면서 "어떡하지?" 하고 조용히 물었다. 기시모토는 "생각해보죠." 하고 근엄한 표정으로 고개를 끄덕거렸다. 호수의 수면을 훑고 지나가는 바람이 입에서 넘쳐흐른 물을 스쳐 두 볼이 스산하리만큼 싸늘해졌다.

나
:
식
모
살
이
처
자

   쓰무라 케이 씨의 본명이 기누가사 사치오라는 것을 알았을 때 다들 폭소를 터트렸어요. 나는 뭐가 그렇게 우스운지 몰라서 그냥 큰 접시에 있는 음식을 개인 접시에 나누고 있었죠. 그 이름이 내가 태어나기 전에 맹활약했던 어느 야구 선수와 똑같다는데, 나는 야구에 대해서는 잘 모르는 데다 다와라 감독님이 휴대전화로 검색해서 보여준 그 선수의 얼굴도 본 기억이 없어서 어리둥절해했더니, 너 대체 몇 년 생이야, 하고 물어서 1991년 생이에요, 했더니 다들 헉! 하면서 놀라더라고요. 그럼 움직이는 쇼와 텐노를 본 일도 없겠다고 해서, 없다고 대답하니까, 또 다들 우와! 하면서 몸을 뒤로 젖혔어요. 내가 상식이 부족한 건지도 모르겠지만, 어른들은 내가 태어나기 전의 일은 잘 모른다고 하면 정말 신기하다는 듯이 쳐다보더군요. 우리가 나이를 먹은 거지, 그래, 나이를 먹었지, 하면서 한탄하는 것처럼 보이는데, 〈시간입니다〉(1970년대에서 1990년대까지 방영된 홈 드라마)니, '타노킨 트리오'(1980년대에 활약한 그룹)니, 도톤보리와 카넬 샌더스의 저주(1985년 한신 타이거즈가 21년 만에 우승했을 때 광분한 팬이 도톤보리에 카넬 샌더스 상을 던져, 그 후로는 타이거즈의 성적이 부진하다는 도시 전설)니, 워크맨, 디스코, 그런 말들을 줄줄이 늘어놓으면서 내가 모른다는 걸 확인하고는 그럴 때마다 정말? 헉! 하고 기성을 지르면서 즐거워들 하는 거예요. 그러다 얘기가 처음 극장에 가서 본 영화가 뭐냐, 그렇게 흘러가서, 난 초등학교 3학년 때 서양 영화를 좋아하는 아빠를 따라가서 봤던 〈타워링〉이라고 대답했죠. 덜컹거리는 전철을 타고 시내로 나가 조그맣고 낡은 극장에서 리바이벌 상영하는 영화를 본 거였어요. 어린 마음에도 스티브 맥퀸이 너무 멋있고, 미니어처를 활용한 특수촬영 기술도 신기해서, 그 큰 건물이 정말 고스란히 타버린 게 아닐까 할 정도로 조마조마했다고 얘기했더니, 도이 PD가 "아, 재미있는 영화지." 하고 한마디 했을 뿐 다른 사람들은 아무 반응이 없었어요. 내가 태어나기 훨씬 전에, 그러니까 1976년이나 1975년에 만든 영화일 테니 그 영화 얘기를 하면 선배들도 알아주지 않을까 했는데, 그 자리 분위기가 싸늘해진 건 왜일까요.

다와라 감독님이 휴대전화로 보여준 기누가사 사치오라는 전 프로야구 선수는 아주 환하게 웃는 모습이었는데, 우리 친척 아저씨를 많이 닮았더라고요. 쓰무라 씨와는 분위기가 영

달라 보였어요. 쓰무라 씨는 섬세하고 온갖 것에 과민한 사람이라서 촬영하면서 나는 참 껄끄러운 사람이라고 몇 번이나 생각했어요. 매니저인 기시모토 씨 말로는, 쓰무라 씨가 지금까지는 이 이름을 전혀 공표하지 않았다고 하는데, 이번에 우리가 취재하게 된 오미야 씨 가족들도 본명으로 부르는 터라, 이 기회에 세상에 공표하기로 결심했다고 해요. 상당히 용기가 필요한 일이었다는데, 유키야나기 호숫가에서 쓰무라 씨가 공황 상태에 빠졌던 그 영상을 봉인하는 조건이 없었다면 절대 있을 수 없는 일이래요.

나는 기누가사 사치오나 쓰무라 케이나 다 좋은 이름이라고 생각해요. 내 이름은 지누시(地主) 아키코거든요. 우리 아빠는 평범한 회사원이었으니까 지주는커녕 평생 남의 집에 세 들어 살았는데, 이 터무니없는 이름 때문에 얼마나 주위 사람들에게 싫은 소리를 많이 들었는지 몰라요. 쓰무라 씨는 그나마 나은 편이라고 생각하지만, 지주도 아니면서 지주라고 해야 하는 것과(또는 실제로 지주라 해도) 전설적인 인물의 이름으로 자기소개를 해야 하는 한심한 처지는 어느 정도 비슷할지 모르겠다는 생각도 드네요.

촬영 당일, 다른 아이들의 얼굴은 모자이크 처리한다는 약속을 하고서야 간신히 촬영을 허가해준 어린이집에서 쓰무라 씨는 오가는 엄마들과 아빠들에게 쾌활하게 인사하고, 오미야 씨의 다섯 살 난 딸을 데리고 돌아갔어요. 보육 교사들과 친근하게 얘기하는 모습도 아주 자연스러워서, 카메라 앞이라고 지나치게 애쓰는 것처럼 보이지는 않았어요.

쓰무라 씨가 오미야 씨 딸의 머리에 빨간 헬멧을 툭 올려놓자 그녀도 그러는 게 당연하다는 표정으로 그다음에는 자기 손으로 헬멧을 꼭 눌러쓰고 자전거 뒤에 훌쩍 올라탔어요. 그러자 쓰무라 씨는 페달을 힘껏 밟고는 주택가 안에 있는 도로를 쏜살같은 속도로 달려, 뒤쫓아 가는 우리 밴은 몇 번이나 그들을 놓쳤죠. 가르쳐준 길대로 가는데도 그들의 모습이 보이지 않아, 결국에는 쓰무라 씨의 휴대전화로 전화를 거는 수밖에 없겠군 하고 모퉁이를 돌아 차를 세우는데, 저 앞에 긴 오르막길을 페달을 꾸욱 꾹 힘껏 밟으면서 끝까지 올라가는 쓰무라 씨가 보이는 거예요.

집에 도착하자 쓰무라 씨는 냉장고에서 식료품을 꺼내 아이들과 함께 저녁 준비를 시작했어요. 처음에는 우리가 있어서 그런지 딸이 무척 긴장한 기색이었는데, 점차 익숙해지더니 쓰무라 씨를 "사치오 아저씨"라고 부담 없이 부르고 조잘거리면서 저녁 준비를 거들더군요. 쓰무라 씨는 오래도록 그 이름 때문에 응어리를 품고 있던 사람 같지 않게 편안한 모습이어서, 유키야나기 호수에 갔을 때와는 전혀 다른 사람 같았어요. 우리가 어떤 부탁을 해도 네, 네, 하면서 기분 좋게 다 들어주었죠. 서툴지만 부엌에서 딸과 둘이 식칼을 쥐고 반찬을 만들고

있는데, 초등학교 6학년인 아들이 학원에서 돌아왔어요. 여름
방학 특강 동안에는 그 애가 저녁때 돌아오기 때문에, 쓰무라
씨는 밤늦게까지 있을 필요가 없는데도 이제 습관이 되어서
일주일에 두 번은 이렇게 오미야 씨 댁에서 지낸다고 해요. 밥
과 인스턴트 국, 낫토, 채소와 고기로 만든 반찬으로 차린 식탁
에 셋이 모여 앉았어요. 쓰무라 씨는 영양은 급식에서 챙기도
록, 이라고 겸손을 떨었지만, 따뜻한 김이 오르는 밥에 반찬은
기름기가 자르르하고, 소박하지만 정말 맛있어 보였어요.

저녁밥을 먹고 한숨 쉬고 난 뒤에 설거지를 하고 있는데, 창
밖 멀리에서 팡! 팡! 하고 뭐가 터지는 소리가 들렸어요. 딸이
커튼을 여니까 도쿄 쪽인지 창밖 저 먼 밤하늘에 알록달록한
불꽃이 조그만 호를 그리고 있는 거예요.

밤하늘에 소복하게 핀 꽃이 소리도 없이 져서 어둠 속에 녹
아들어 빛의 입자가 다 사라졌다 싶으면 또 그 열매가 터지는
듯한 소리가 울리면서 그다음 꽃이 차례차례 피는 게 너무 재
미있고 예뻐서, 셋은 베란다에 나란히 서서 그 광경을 바라보
았어요. 왜 소리가 늦게 들리는지, 불꽃놀이를 하는 장소와 이
단지가 어느 정도 떨어져 있는지를 자신 있게 설명하는 아들
의 목소리를 쓰무라 씨와 딸이 고개를 끄덕이며 듣고는, 불꽃
이 올라오고 소리가 들릴 때까지 셋이서 소리 내어 세는 모습
을 운노 씨의 카메라 옆에서 보자니 코끝이 찡해지더라고요.
이런 가족은 본 적이 없지만, 왠지 진짜 가족 같다고 생각했죠.

솔직히 말해서 유키야나기 호수에서 쓰무라 씨가 돌아가신 부인에게 욕설을 퍼부었을 때는, 이 사람 머리가 어떻게 된 게 틀림없다고, 아무리 일이라도 그렇지 이런 사람과는 일하고 싶지 않다는 기분이 들었어요. 부인이 그런 사고로 자신의 인생을 빼앗겨 얼마나 두렵고 얼마나 분했을지는 헤아리지 않고 자기 걱정만 하는 데다 자기만 피해를 입은 것처럼 말하잖아요. 죽음을 선택한 것도 아니고, 불행한 사고 때문에 피해자가 된 부인이 마치 사고 자체를 획책한 것처럼 비난하기까지 해서 난 정말 어이가 없었어요. 저게 정말 가족인가, 두 사람이 서로를 의지하며 살아온 부부인가. 저런 게 부부라면 나는 절대 결혼 같은 거 하고 싶지 않다, 그런 생각까지 들었죠.

그런데 아이들과 함께 있는 쓰무라 씨의 모습을 보니 그런 마음이 싹 사라지더라고요. 쓰무라 씨는 지금 재생의 길을 걷고 있는 중일 거예요. 난 책을 몇 권이나 낸 유명한 작가들은 인간적으로 나보다 훨씬 뛰어날 거라고 생각했는데, 쓰무라 씨 역시 한 인간이라는 생각이 들더군요. 사랑하는 부인의 죽음이라는 괴로운 현실을 미처 받아들이지 못해, 그 슬픔이 자신을 혼자 남겨둔 것에 대한 분노로 바뀌었다는 걸 겨우 이해하게 되었어요. 사랑하는 사람을 잃는 건 슬픈 일이지만, 그 일을 계기로 새로운 인연이 만들어져 이렇게 또 새로운 만남을 낳았고, 그 만남을 키워 비록 형태는 다르지만 쓰무라 씨는 새로운 가족을 얻은 거죠. 나는 쓰무라 씨 부인의 죽음이 헛되지 않았다고 생각하고 싶어요. 부인도 천국에서 웃는 얼굴로 지켜보고 있으리라 생각합니다.

"나는 그 둘과 만나기 전에는 아이는 그저 아이일 뿐이라고 생각했어요. 그런데 요즘은 그들을 아이가 아니라 '어린 사람'으로 생각하게 되었습니다. 완전한 인격을 지니고 있으며, 우리 인생에 큰 영향을 미치고 있죠."

불꽃놀이가 끝나고 아이들이 목욕을 하러 욕실에 들어가자, 넓지 않은 베란다에 혼자 납죽 앉은 쓰무라 씨는 주섬주섬 얘기하기 시작했어요. 운노 씨의 카메라는 아이들을 따라갔기 때문에 다와라 감독님의 소형 카메라를 돌렸죠.

"나처럼 틀어박혀서 일하는 인간은, 일상 속에서 자신이 '살아 있다'고 실감하는 순간이 그렇게 많지 않습니다. 호기심이나 감동은 해마다 줄어들고, 내면에 있는 뭔가가 착실하게 발전하고 있다는 실감도 없죠. 그런데 그들과 함께 있으면 시간이 움직이고 있다는 걸 알 수 있어요. 그들은 지난주까지 몰랐던 걸 이번 주에는 자신의 피와 살로 만들고 있죠. 우리는 그와 반비례하듯이 어느 부분은 쇠퇴하고 급기야 죽음에 가까워지고요. 그들 둘과 지내는 시간에는 똑같은 시간이 절대 없다는 것을, 나는 절감하게 되었습니다."

왜 내가 아니라 아내였나, 하고 계속 생각하게 된다는 말씀을 하셨는데요.

"네, 자신이 남겨진 의미는 무엇인가, 그런 걸 역시 생각하게 되는군요. 그녀가 잃어버린 시간을 나는 과연 어떻게 살아갈 것인가. 나는 아내의 인생에 대해 안타까움도 있지만, 그런 생각을, 지금 살아 있는 사람들의 인생에 얼마만큼 투사해서 좋은 시간을 만들어갈 수 있을까. 이 이별이 없었다면 얻지 못했을 행복을, 어떻게 하면 하나라도 더 만들어낼 수 있을까. 그리고 또 이 이별이 없었다면 나는 슬픔과 마주하는 일도 없었겠죠. 가까운 사람의 죽음이 괴롭고 받아들이기 힘들어서 나 자신마저 잃어버릴 것 같지만, 그래도 잊으려 애쓰고 싶지는 않아요. 나는 아내의 죽음과 함께하고 싶습니다. 앞으로도 계속 생각하고 싶어요. 생각하면서, 남겨진 나의 시간을 만들어가고 싶습니다."

얘기를 듣고서, 정말 그렇다고 생각했어요. 나는 역시 쓰무라 씨는 진지한 사람이다, 대단한 사람이다, 라고 생각을 바꿨습니다. 이 사람 내면의 갈등을 모르는 채 사람을 쉽게 잘못 본 나 자신이 부끄러워졌죠.

그런데 그때 갑자기 현관 옆에 있는 욕실 쪽이 시끌시끌해졌어요. 기자재에 무슨 문제가 생겼나, 아니면 아이들이 욕실에서 미끄러져 다치기라도 했나 싶어 베란다 창문 너머로 안을 들여다보니, 탈의실 입구에서 카메라를 두 손으로 껴안은 운노 씨가 그만해! 하고 비명을 지르면서 뒤로 후다닥 물러나는 모습이 보였어요.

그러자 그건 이쪽이 할 소리지, 하고 호통을 치는 남자의 굵은 목소리가 들리더군요.

그 순간 쓰무라 씨가, 요이치 씨, 하고 외치면서 마치 발사된 로켓처럼 벌떡 일어나 우리를 제치고 욕실 쪽으로 뛰어갔어요.

운노 씨는 뒤에서 엉덩이를 걷어차인 것 같더라고요. 탈의실 쪽에서 욕조에 들어간 오누이를 찍고 있는데, 그러다 딸이 욕조에서 나와 카메라를 향하고 다리를 쩍 벌린 채 몸을 씻기 시작해서, 운노 씨가 당황한 나머지 몸을 약간 돌려서 등이 보이게 하라느니 어쩌라느니 하고 있는 참에 마침 아이들 아버지가 돌아온 거였어요.

"사람들이 변태물로 오인할 기획이잖아."

오미야 씨는 거실 카펫에다 모락모락 김이 오를 듯한 양말을 벗어 던지고 양반 다리를 하고 앉아 발가락을 주무르면서 못마땅한 표정으로 입을 툭 내밀고 있었죠.

도이 PD와 다와라 감독님은 오미야 씨 앞에 무릎을 꿇었지만, 아까 그 호통 소리에 완전히 기가 죽어 있었어요. 엉덩이를 걷어차이는 바람에 운노 씨는 앞으로 고꾸라졌고, 카메라 렌즈 뚜껑은 욕실 문 모서리에 부딪쳐 완전히 찌그러지고 말았고요.

"우리 집에 들어와서 찍는 것까지는 그렇다 쳐도, 사치오 씨 얘기잖아요. 목욕하는 아이들 알몸까지 찍을 필요가 어디 있습니까."

"옳은 말씀입니다. 그러나 알몸을 찍으려고 한 건 아닙니다."

"미안해, 요이치 씨. 내 잘못이야. 아이들은 싫다는 말을 하지 못하니."

"신페이는 말할 수 있잖아, 신페이는! 텔레비전에 나온다고 괜히 신이 나서는, 이 자식."

"신난 거 아니야."

"아카리, 너도 남에게 보여서 부끄러운 곳 정도는 알 나이잖아, 이제 다섯 살이니까! 그렇게 둔한 여자, 아빠는 진짜 싫다."

"치."

쓰무라 씨와 아이들 둘이 있을 때의 평화롭고 여유로운 분위기가 완전히 망가져, 초긴장 상태가 되고 말았죠. 오미야 씨의 말이 맞기는 하지만, 너무 감정적이어서 말로는 해결이 안 되고, 아무튼 무섭고 난감한 사람이라고 생각했어요. 아이들이 쓰무라 씨를 잘 따르는 이유를 알 것 같기도 했고요.

대화가 잘 안 돼서 어쩔 수 없이 촬영을 끝내기로 했어요. 아이들은 아빠 말을 따라 안녕히 가세요, 하고 인사하고 각자 자기 방으로 들어가고, 우리 스태프들은 아직도 성이 풀리지 않은 오미야 씨에게 뭐라 말을 하기도 민망해서 말없이 철수 준비를 했어요. 그래도 앞으로의 진행 과정을 의논해야 하는 탓에 도이 PD가 쓰무라 씨를 현관 밖으로 데리고 나갔어요.

그런데 오미야 씨가 후 하고 한숨을 한 번 쉬고 나서 양반다리를 하고 있던 다리를 다다미 바닥에 대고 불단 앞으로 엉거주춤 다가가, 편의점 비닐 봉지에서 드링크제를 꺼내 부인의 영정 앞에 바치고는 조용히 합장을 하잖아요. 내가 다와라 감독님 쪽을 얼른 봤더니, 다와라 감독님도 정리하던 소형 카메라를 가방에서 얼른 꺼내 녹화 버튼을 누르고 있었어요. 다와라 감독님은 내 손에 카메라를 살며시 건네고는 오미야 씨 옆에서 무릎을 꿇고 그가 얼굴을 들 때까지 기다렸다가 조용히 말을 걸었죠. "저, 죄송하지만, 부인 얘기를 조금 들려주실 수 있을까요?"

좋습니다. 오미야 씨가 조금 전과 달리 아주 차분한 목소리로 그렇게 대답했어요.

녹화를 해도 될까요? 하고 묻자 오미야 씨가 이쪽을 힐금 올려다보더니 싱긋 웃으면서 브이 사인을 보내더군요. 의외로 귀여운 얼굴이었어요.

드링크제는 이렇게 일이 끝나 돌아올 때 부인 영정 앞에 바치고, 그다음에 나갈 때 자신이 마신다고 하더군요.

"저 녀석들은 엄마 사진 앞이 드링크제 놓는 곳이 되었을 뿐이라고 하지만요."

그렇게 말하면서 오미야 씨가 웃었어요. 오미야 씨의 부인은 간호사였는데, 독신 시절에는 야근도 많이 해서 이런 드링크제를 마시며 힘을 냈다고 합니다.

"뭐 아무튼, 일을 좋아하는 사람이었으니. 내년에 신페이가 중학교에 들어가고, 아카리도 초등학생이 되면 종합병원의 최

전선으로 다시 돌아갈 계획이었습니다."

그렇게 얘기를 시작하자, 오미야 씨는 마치 감자 넝쿨을 잡아당기듯이 술술 얘기 보따리를 풀어놓았죠. 도중에는 침실에 가서 부인의 옛날 졸업 앨범까지 꺼내 왔는데, 덩달아 따라 나온 딸을 무릎에 앉히고 끝없이 이어진 오미야 씨 얘기에는 부인만이 아니라 쓰무라 씨 부인도 등장했어요. 오미야 씨 부인의 처녀 시절 성은 다치바나, 쓰무라 씨 부인은 다나카였다고 하네요. 두 분은 출석 번호가 비슷해서 친해졌다고 합니다. 고등학교 앨범을 봐도 쓰무라 씨의 부인은 정말 단아하고 아름다운 분이더군요. 오미야 씨의 부인을 포함해서 다른 학생들은 그 당시 유행했던 머리 스타일—머리 위에 적란운이 생긴 듯한—을 하고 있는데, 긴 머리를 뒤로 단정하게 묶고 동그란 이마를 상큼하게 드러낸 모습이 정말 세련되어 보였어요. 대뜸 어느 쪽이 인기가 많았을 것 같습니까? 하고 물어서 우리가 우물쭈물하자, 오미야 씨는 그런 우리를 재미있어하면서 어느 모로 보나 나쓰코 씨죠? 하고는 누런 이를 드러내며 히죽 웃었어요.

"그런데 그 반대였다니까요. 우리 마누라는 중학교 2학년 때부터 고등학교를 졸업할 때까지 남자친구가 끊이지 않았어요. 나쓰코 씨는 반이 갈린 직후나 학교 가는 길, 다른 학교 문화제에 갔을 때는 와르르 몰려왔다가, 얘기 몇 마디 하고 나면 남자 애들이 싹 물러났답니다. 그래서 너무 한심한 나머지 우리 마누라가 어떻게 하면 남자를 사귈 수 있는지 나쓰코 씨에게 가르치기까지 했다더군요. 이 얼굴로. 하하하하."

아는지 모르는지 무릎에 앉은 딸까지 까르르 웃어댔어요. 부인에 얽힌 얘기를 하는 오미야 씨의 표정이 정말 즐거워 보이더군요. 부인보다 나이가 아홉 살이나 아래여서 그런지, 동심으로 돌아간 듯 천진난만하고, 아까 그 무서운 아저씨는 어디로 갔는지 어리둥절할 정도였어요. 그리고 쓰무라 씨의 부인에 대해서도 기억을 잘하고 있다 싶었어요. 돌아가신 우리 할머니는 내가 초등학교 시절에 친하게 지냈던 유리가 철봉에서 떨어져 쇄골이 부러졌을 때 눈물을 흘리며 우셨거든요. 그래서 왜 우시냐고 했더니, 아키코 친구니까 할미 손녀가 다친 것만큼 마음이 아파서, 하고 대답하셨어요. 오미야 씨는 정말 진심으로 부인을 사랑했나보다는 생각이 드는 동시에, 사고로 돌아가신 지 반년 가까이 지났지만 아직도 오미야 씨의 마음속에는 부인이 살아 있고, 어쩌면 그 상처가 전혀 치유되지 않은 게 아닐까 하는 생각도 들었어요. 아이들과 생활하면서 조금씩 재기해 앞을 향하고 있는 쓰무라 씨와는 아주 달랐어요. 하지만 한편 쓰무라 씨는 부인에 대해 한마디도 하지 않더군요. 생각해보면, 쓰무라 씨에게 직접 부인 얘기를 들은 적이 거의 없더라고요. 오미야 씨에게 들은 얘기가 처음이었던 것 같아요.

"외로우세요? 유키 씨가 안 계셔서."

카메라를 든 채 불쑥 오미야 씨에게 묻고 말았어요. 그럴 생각은 없었는데, 갑자기 내가 질문을 던지자 옆에 있는 다와라 감독님까지 놀라더군요. 나중에 또 혼이 날 줄 알면서도 나는 간절한 심정으로 카메라를 향했죠.

오미야 씨는 이쪽으로 고개를 천천히 돌리더니, 두 볼에 웃음기를 머금은 채 대답했어요.

"외롭죠. 견딜 수 없이."

부인께 전할 말씀이 있으시면 카메라를 향해 한마디해주시죠.

이 기회를 놓칠쏘냐 하고 다와라 감독님이 예의 그 질문을 오미야 씨에게 던졌어요. 오미야 씨는 생각하고 말고 할 것도 없이 바로 카메라를 향하고는 렌즈를 들여다보며 말했습니다.

"돌아와주었으면 좋겠어. 그뿐이야."

그러고는 입을 꾹 다물어버렸습니다.

우리도 그만 오미야 씨의 기분에 끌려 울컥하고 말았죠. 생각해보면 그래요. 그 이상 무슨 말을 하고 싶겠어요. 소중한 가족을 잃었는데, 어떻게 반년 만에 마음을 정리할 수 있겠어요. 크흥, 하고 뒤에서 코를 훌쩍거리는 소리가 들려서 카메라를 든 채 옆을 돌아보니, 어느 틈에 밖에서 들어왔는지 부엌 구석에 앉아 있던 도이 PD도 코가 벌게져 있더군요.

그리고 다시 한 번 카메라 파인더로 시선을 돌리려 했을 때 나는 보고 말았죠. 도이 PD 옆에서, 식기 선반에 기대어 우뚝

선 채 이쪽을 내려다보고 있는 쓰무라 씨의 표정을 말이에요. 유키야나기 호수나 오늘 하루 우리에게 보였던 표정과는 확연히 다른 눈빛을. 나는 얼른 못 본 척 파인더로 시선을 피했어요. 파인더 속에는 입을 다문 채 무릎에 앉은 딸의 몸을 좌우로 흔들고 있는 오미야 씨의 모습이 있었습니다. 아, 정말 측은하고 애틋한 좋은 그림이네, 하는 생각이 들더군요. 그런데 나는 아무리 억누르려고 해도 가슴속에서 묘한 불길이 타오르는 듯한 느낌을 떨쳐버릴 수가 없었어요. 아, 찍고 싶다. 찍고 싶다. 가능하면 아무도 모르게 지금의 쓰무라 씨 표정을 찍고 싶다. 쓰무라 씨의 누구와도 공유할 수 없는 저 납덩이같은, 빛이 없는 눈을.

안녕하세요. 오랜만에 인사드립니다.

펄펄 끓는 가마솥 같은 날씨지만, 어디선가 들려오는 애매미 울음소리가 시원하게 느껴지곤 합니다. 올해도 남은 더위가 만만치 않은데 그 후로 어떻게 지내시는지요.

며칠 전 텔레비전에서 쓰무라 선생님의 다큐멘터리를 보았습니다.

기시모토 매니저에게 요즘 새로운 생활이 조금씩 자리 잡아가고 있다는 얘기는 들었지만, 설마 그렇게 큰 변화가 있을 줄은 몰랐군요.

부인께서 불행한 일을 당하시고 한 달이 지나 만나 뵈었을 때와는 전혀 다르게, 몰라보리만큼 건강해지신 모습을 텔레비전으로나마 볼 수 있어 무척이나 기뻤습니다. 안도하기도 했고요. 하지만 이는 지금까지 선생님과 친분이 있었던 사이이기에 품을 수 있었던 개인적인 감회에 지나지 않습니다. 나는 이 편지에 선생님께는 가혹한 말씀을 드리려 합니다. 만약 기분이 좋지 않을 때 개봉하셨다면, 일단 덮었다가 상태가 좋을 때 다시 펼쳐보셔도 괜찮습니다. 아니, 그렇게 하시기를 강권합니다. 만약 이 편지 탓에 마음이 상하셔서 애써 되찾은 건강을 해치신다면, 그건 저의 본의가 아닙니다. 믿지 않으실지 모르나, 저역시 선생님이 건강하게 생활하시기를 바라는 한 사람입니다. 그럼에도 선생님의 작가 인생을 초기부터 오래도록 함께한 편집자로서 저의 본심을 숨기는 것은 오히려 불성실한 태도라 판단되어 감히 편지를 쓰게 되었습니다. 이 점, 이해해주시기 바랍니다.

이제 제 본심을 말씀드리죠. 만약 우리가 서로를 전혀 모르는 남이고 그 다큐멘터리가 일면식 없는 작가를 그린 것이었다면, 저는 거침없이 '지루하기 이를 데 없는 이십 몇 분'이라고 평했겠죠. 특히 프로그램이 끝날 무렵에 흐른 선생님의 눌변, 아이들은 어른 못지않은 인격을 지녔다느니, 아내가 아니라 자신이 남겨진 의미 운운하는 부분은 그야말로 텔레비전에 더없이 어울리는 평이하면서도 고매한 말씀이었죠. 그러나 제 귀에는 무례하게도, 어디선가 들어본 적 있는 남의 말 같은 공허하고 모범적인 답안으로밖에 들리지 않았다고 하면, 선생님은 뭐라 반론하시겠는지요.

매일 방영되는 뉴스 프로그램의 한 코너에 시청자들이 얼마나 큰 기대를 걸고 있는지는 모르겠으나, 불행한 사고로 아내를 잃은 쓰무라라는 작가가 그로부터 반년 뒤 한 점의 그늘도 없이 생기발랄하게 새로운 생활을 하고 있으며 삶의 본질을 깨닫고, 어떻게 보면 이전 생활보다 더 바람직하다 할 수 있는 충실함에 젖어 있는 모습을 보고 사람들이 과연 감동을 받았을까요. 만약 그렇게 생각하신다면, 선생님의 감각이 상당히 둔해졌다고밖에 할 수 없겠군요.

　인간은 원래가 타인의 고통을 즐기기 좋아하는 존재입니다. 듣기 좋은 말만 해서는 곤란한 것이죠. 아주 건강한 부모에게서 태어난 '모모타로'(일본 전설 속의 영웅)가 귀신 따위는 존재하지 않는 평화로운 세계에서 칼도 휘두르지 않고 경단으로 끼니를 때우지도 않고, 서로 돕는 정신으로 살면서 사회적인 성공을 거두고, 사랑하는 가족이 지켜보는 가운데 편히 숨을 거뒀으니 참으로 잘된 일이다, 그런 얘기는 세 살 난 어린애조차 뭐가 잘된 거냐고 생각할 거라는 것, 선생님이 가장 잘 아시지 않나요.

　이리저리 만지작거린 결과 핵심에 구멍이 뚫린 선생님의 다변에 비하면, 그 아이들의 아버지가 언뜻 보인 표정과 몇 마디 안 되는 말이 훨씬 더 진정성 있고, 현실과 싸우는 고통이 엿보여 가슴이 뭉클하지 않던가요. 무례한 말씀이나, 그 사람에게는 철학도 사색도 깨달음도 없겠지요. 이 비극으로 뭘 얻을 수 있는지, 그런 생각도 아마 없겠지요. 그저 '빼앗긴 자'의 가혹한 현실에 온몸으로 대치하고 있으니 말입니다. 그러나 그 점이 그 사람이 승리하고, 선생님이 패배한 이유입니다.

쓰무라 선생님. 지금의 선생님에게는 사람을 매료하는 갈등이 없어요. 저는 선생님의 행복을 시기하는 게 아닙니다. 행복하다는 건 좋은 일이죠. 하지만 글 쓰는 사람의 갈등이 아니면 인간의 해소되지 않는 고독과 절망이 기댈 수 있는 것은 없다고, 이 일에 종사하는 사람으로서 저는 그렇게 믿고 있습니다. 선생님이 지금 키워가고 있는 생활이 거짓이라고는 하지 않겠습니다. 아니, 지금까지 선생님이 선생님의 가정에서는 얻지 못했던 강력한 진리가 거기에 있는 것이겠죠. 그러나 어떤 진정성 있는 일에 봉사함으로써 과거의 슬픔과 실의를 깨끗하게 지울 수 있다고 생각하는 건 그저 생각에 지나지 않습니다. 그것은 없어지지 않고 그대로 존재합니다. 그런 곳이야말로 선생님의 갈등이 종횡무진 얽혀 있어야 할 본래의 장소가 아닐까요. 비극적인 체험을 돈벌이 도구로 삼는 건 평범한 사람들이나 하는 짓이라고 선생님은 웃으시겠지만, 그렇다면 선생님은 반드시 평범하지 않은 당신의 비극을 보여주어야 하지 않나요. 그리고 아무리 잘생기셨다고 해도 선생님의 무대는 카메라 앞이 아닙니다.

쓰십시오. 그리고 결국 이 말밖에 모르는 우리의 무능을 한껏 비웃어주십시오. 그러나 이 말밖에는 달리 할 말이 없습니다. 부디 글을 써주시기 바랍니다.

　언제든 기다리고 있겠습니다. 그런 건강히.

8월 25일

R사 문예부 구와나 고이치로 올림

　이 쓸쓸한 편지를 기누가사 사치오는 방바닥에 세 번 내던지고, 네가 써! 하고 세 번을 외쳤다.

아이들이 이리저리 뛰어다니는 과학관 내에 "아카리, 뛰지 마!" 하는 한층 높은 소리가 울렸다. 기누가사 사치오의 목소리였다.

여름 내내 오미야 요이치는 일본 전역을 오가는 나날을 보냈다. 사나흘 길을 떠났다가 돌아오면 그나마 나은 편이었다. 일주일 가까이 집에 오지 않는 일도 흔했다. 짐을 실어서 배달하고, 도착한 곳에서 또 연락을 받으면 다시 달리고. 그러다 보니 떠났을 때와는 반대 방향에서 돌아오는 일도 있었다. 며칠 만에 가까운 곳에서 아침에 짐을 내리고 점심 전에 집에 돌아오면 해가 질 때까지 죽은 듯이 잠을 자고는, 눈을 뜨고 밤중까지 아이들과 잠시 지내다가 또 다음 날 아침이면 모습이 사라지고 없는 나날이 계속되었다. 여름 휴가철에도 한 번도 제대로 쉬지 못한 채 정신을 차리고 보니 신페이의 신학기가 코앞에 다가와 있었다. 요이치가 여름 휴가철에 휴가를 받지 못하는 건 흔치 않은 일도 아니었지만, 게다가 올해는 신페이가 학원에 다니는 날까지 많아져 여름이 분주하게 지나갔다. 사치오는 어린이집에서 돌아오는 길, 알록달록한 유카타를 차려입은 또래 아이들이 부모나 언니 오빠의 손을 잡고 걸어가는 모습과 스칠 때마다 아카리의 옆얼굴이 마음에 걸렸다. 그렇다고 운전면허조차 없는 터라 어디라도 잠깐 데리고 갈 재주가 없으니, 근처라도 좋으니 반나절이라도 어떻게 해보라고 요이치를 설득해, 이렇게 넷이서 시내에 있는 과학관에 놀러 오게 된 것이다.

그런데 넷이 나란히 앉아 둥그런 천장을 올려다보는 가운데 장내의 불이 꺼지자, 머리 위에 별이 가득한 밤하늘이 펼쳐지는 것을 채 기다리지 못하고 요란하게 코를 고는 소리가 고요한 돔 안에 울려 퍼졌다. 옆에서 사치오가 아무리 꼬집고 흔들고 팔꿈치로 옆구리를 쳐도 깨지 않던 요이치가 30분간의 상영이 끝나고 밖으로 나와서는 개운한 표정을 보이자 나머지 셋은 다 아랫입술을 삐죽 내밀었다.

요이치는, 너희들에게는 미안하지만 난 여기저기 다니면서 그런 하늘을 늘 보니까, 하고 변명했다. 가까운 치치부에만 가도 그 정도 별은 충분히 볼 수 있다, 훨씬 엄청난 곳도 있다, 하고 자랑스럽게 말하는 요이치에게 사치오가 "그 치치부에도 데리고 가지 않잖나." 하고 말하자 아이들도 맞장구를 쳤다.

사람들이 잔뜩 모여 있는, 어린이 대상 과학 쇼도 구경했다. 하얀 옷을 입은 자그마한 여자가 아카리 또래의 남자아이들과 나란히 서서 투명한 물이 든 비커에 빨대로 숨을 부글부글 불어넣고 있었다. 네 사람도 걸음을 멈추고 보다 보니, 여자의 물만 조금씩 부예졌다. 여자가 빨대를 입에서 떼고 관객들에게 말했다.

"어머나, 어머나. 어떻게 된 일일까요? 선생님 비커의 물이 어떻게 된 거죠?"

하얘졌다, 부예졌다, 하고 아이들이 입을 모아 소리를 질렀다.

"그렇죠. 하얗게 탁해졌어요. 그런데 왜 선생님 물만 탁해졌을까요? 사실은 선생님 비커에는 그냥 물이 아니라 석회를 녹인 석회수가 들어 있었어요. 석회수는 어떤 물질과 섞이면 하얗게 변하는 특성이 있어요. 그렇다면 선생님 숨에는 뭐가 들어 있을까요?"

그렇게 질문을 던지고 여자가 장내를 빙 돌아보았다. 그 한쪽 눈이 다소 안쪽을 향하고 있었다.

"네, 저기 계시는 아버님, 아시겠어요? 초록색 티셔츠에 파란색 체크무늬 셔츠를 걸치신."

자신의 시선을 타인이 잘 알아차리지 못한다는 것을 아는지, 여자는 요이치의 얼굴을 향해 오른손을 똑바로 내밀고는 입고 있는 옷의 특징까지 설명했다. 요이치의 눈이 동그랗게 커졌다.

"자, 어떠세요. 제 숨에 포함되어 있는 어떤 물질이 재주를 피웠다고 생각하시나요?"

"네! 모릅니다."

여자 못지않게 낭랑한 목소리로 대답하자 장내에 있던 어른들이 피식피식 웃었다.

"분명히 아시는 분이 있을 거예요. 힌트는 '이' 자가 붙는 기체입니다."

"이…… 입 냄새."

이번에는 아이들이 까르륵 웃어댔다.

여자가 얼굴을 붉히고 "네, 물론 그것도 있겠죠……." 하고 말을 이으려 했지만, 아이들의 웃음소리가 꼬리에 꼬리를 물어 목소리가 거의 지워지고 말았다. 아카리도 까르르 웃었다. 신페이만 얼굴을 숙인 채 "이산화탄소잖아." 하고 내뱉듯이 중얼거렸다.

한심하다는 듯이 웃는 얼굴로 장내가 조용해지기를 기다리던 여자의 시선이 불현듯 한 곳에 멈추었다. 사치오는 그 한쪽 눈이 자신을 똑바로 보고 있는 듯한 기분이 들었다. 낯선 사람의 시선이 자신에게 고정되었을 때, 평소에는 이쪽이 그 시선을 회피하거나 시선 자체를 알아보지 못한 것처럼 가장하는데, 사치오는 그만 그 한쪽으로만 쏠린 눈을 똑바로 쳐다보고 말았다. 그러자 상대가 당황한 듯이 얼굴을 붉히며 돌리고는 결국 와글거리는 가운데 다시 쇼를 시작했다.

"그런 말을 왜 해?"

쇼가 끝나자마자 신페이가 당연히 요이치를 물고 늘어졌다.

광장이 내다보이는 카페테리아에서 칼피스 소다에 거품을 만들어 아카리에게 보여주던 요이치가 얼굴을 들었다.

"뭐가. 생각이 안 나니까 그랬지."

"생각이 안 나도 그렇지, 입 냄새가 뭐야!"

"그래. 그 선생에게는 미안하게 됐지."

"쪽팔렸다고."

"신페이, '창피하다고.'"

사치오가 마치 엄마처럼 끼어들었다.

"아 참, 말이 많네. 일일이."

"이놈아, 네가 말이 많은 거지, 일일이. 이산화탄소 모른다고 죽냐. 입 냄새일지도 모르니까 조심하자, 그렇게 생각하는 편이 세상에도 도움이 되잖아."

"내쉬는 숨에 이산화탄소가 있으니까 숲을 잘 가꾸자고 생각하는 게 중요하지!"

"무슨 말이냐, 그건?"

"아 씨. 됐어!"

그리고 신페이가 아이들이 모여 있는 광장 한가운데 분수로 뛰어가자, 아카리도 그 뒤를 쪼르르 따라갔다.

"뭐지, 저 녀석. 반항기인가."

요이치가 마주 앉은 사치오에게 슬쩍 말을 건넸다.

"유키가 있을 때는 내게 저러지 않았는데."

"그럴 나이잖아. 자연스러운 일이라고. 모든 게 다 마음에 들지 않을 텐데 뭐. 그리고 자네에게 화를 낸다는 건 그만큼 아빠에게 정신적으로 의지한다는 증거잖아."

"그래도 요즘 내가 유키 얘기를 하면 영 싫어한다니까."

"모두가 자네처럼 솔직한 건 아니야. 그에게도 나름의 응어리가 있어. 엄마와의 관계에서."

사치오는 지난밤 신페이가 울면서 털어놓은 말을 떠올렸다.

"사람은 복잡한 거야. 기억하고 싶은 추억만 남는 게 아니잖아."

"그래서 잊는다는 거야. 잊으려 한다는 거야. 하나뿐인 엄마인데."

"그런 말이 아니잖아. 그런 게 아니라고."

"나는 어렸을 때 엄마가 죽었는데, 엄마 얘기를 점차 안 하게 되는 게 슬퍼서 견딜 수가 없었어. 산 사람 사이에서는 마치 없었던 사람처럼 되어버렸다고."

요이치는 울먹거리면서 잔에 남은 칼피스 소다를 쪼르륵 마시고, 이어 콧물도 후루룩 목구멍으로 삼켰다.

"유키랑 얘기하고 싶다. 우리랑 같이 살았던 거, 어떻게 생각하는지 묻고 싶어. 즐거웠는지, 후회스럽지는 않은지 묻고 싶다고. 그렇게 죽은 것도 지금 어떻게 생각하는지."

"자네, 불단 앞에서 유키 씨와 늘 얘기하고 있다면서?"

"하고 있어. 여러 가지 보고도 하고 있고. 얘기하면 들어줄 것 같아서. 그런데 유키가 무슨 말이 하고 싶은지는, 그야 모르지, 솔직히. 모르니까 내 멋대로 생각할 뿐, 좋게도 생각하고, 나쁘게도 생각하고, 전혀 확증이 없잖아."

사치오는 속으로 이미 넌더리를 내고 있었다. 유키 얘기를 시작하면 요이치는 늘 이런 식이다. 계속해서 똑같은 말을 되풀이하고, 아무리 달래고 위로해도 소용이 없다. 멈추지 않는다. 그러나 요이치 쪽은 사치오가 이 세상에서 유일하게 같은 처지에 있다는 걸 빌미로 무슨 말을 해도 공감할 수 있는 사이라 믿어 의심하지 않는다.

"사치오 씨, 그래서 말인데 우리 사장님 부인이 아는 사람 중에 저세상에 간 사람의 말을 들을 수 있는 무녀가 있대. 그 아는 사람도 그 무녀 덕분에 죽은 아들과 얘기를 나눴다는데. 그랬더니 그 후로는 기분이 한결 가벼워져서……."

"그만 좀 해!"

끝내 사치오는 고함을 지르고 말았다. 고함 소리에 놀란 요이치도 이내 입을 닫았다.

"대체 어쩌자는 거야. 아이들 다 착하잖아, 엄마도 좋아하고. 그런 걸 하면 뭐가 어떻게 되는데. 들어서 어쩌자는 건데. 나, 유키야, 요이치 씨와 함께여서 행복했어. 아이들도 다 착하고 엄마도 좋아하고. 무녀가 그렇게 말해주면 만족하겠어? 유키 씨의 인생은 종지부를 찍었다고. 이제 아무것도 해줄 수 없

어. 우리는 아무것도 바꿀 수 없다고. 뭘 후회해도 이미 때는
늦었다고."

"그래도 사치오 씨는 궁금하지 않아?"

"아니!"

"만나서 얘기해보고 싶지 않아? 나는 그러고 싶은데."

"신페이의 반응, 당연한 거야. 요이치, 자네 언제까지 그러고
살 거야?"

"언제까지는, 아직 반년밖에 안 지났는데."

"반년 넘었어. 이제 곧 7개월이라고."

"거기서 거기잖아."

"요이치, 자네는 맨날 유키 씨 얘기만 하잖아. 아이들은 거들
떠보지도 않는 느낌이라고. 신페이가 이번 여름 전국 모의고사
에서 몇 등이나 했는지 기억하나? 여름방학 자유 과제로 뭘 조
사했는지 아느냐고? 아카리가 어린이집에서 요즘 누구랑 친하
게 지내는지 아나? 그런 일은 사소하게 여길지 모르겠지만, 아
이들이 아이들일 수 있는 건 지금 이 순간뿐이라고."

"……대단하네, 사치오 씨. 유키도 똑같은 말을 했는데."

"봐, 또 유키!"

"아."

"아이들이 겉으로는 태연해 보여도 사실 불안할 거라고. 당
연하잖아. 엄마를 어떻게 잊을 수 있겠어. 하지만 그걸 노골적
으로 드러내지 않는 건 밖에서 일하는 자네를 배려해서라고.

자네가 정말 직시해야 하는 건 죽은 유키 씨가 아니라 뒤에 남은 신페이와 아카리란 말이야. 괴로워도 어느 선에서는 과감하게 떨어내야지. 추억에만 잠겨서 아이들을 나 몰라라하는 걸 유키 씨가 바라겠어?"

음, 하고 웅얼거리면서 요이치는 입을 다물고 말았다. 사치오는 기세등등해졌다.

"내가 이렇게 와서 봐줄 수 있는 동안은 괜찮지만, 내년부터는 어쩔 거야?"

"응? 오면 되잖아. 내년에도."

요이치는 한 톨의 의심도 없는 눈길로 사치오를 보았다. 사치오는 그 눈길을 가볍게 외면하고는 코웃음을 흘렸다.

"뭐라고? 신페이가 중학교에 들어가서 학원에 다닐 필요가 없어지면 나도 올 필요가 없잖아."

"왜?"

"왜는 왜야! 올해는 여러 가지로 일이 많아서 스케줄이 엉망이 되었지만, 내년부터는 나도 지금처럼 유유자적하게 지낼 수 없다고. 일정을 미룬 연재도 있고."

"그럼 안 오는 거야?"

요이치가 주인에게 집을 지키라고 명령받은 강아지 같은 표정을 짓자, 사치오는 은근히 만족했다. 뱃가죽 안을 깃털로 살살 간질이는 듯한 쾌감이 있었다. 아, 이제야 좀 정신을 차리는군. 이제야. 입만 벌렸다 하면 유키, 유키, 유키 하면서 시끄럽게 애처가인 척하는 그 입을 틀어막았을 뿐만 아니라, 드디어 요이치를 깨우치게 했다. 지금 이 집의 생명선은 유키를 대신해서 사치오가 쥐고 있다는 것을. 유키가 살아 있을 때와 똑같이 요이치가 동분서주할 수 있는 것도, 궁상맞게 비탄에 젖어 있을 수 있는 것도 모두 사치오가 가정을 돌보면서 균형을 잡고 있기 때문이 아닌가. 이 사람이 어디 '가혹한 현실과 온몸으로 대치하고' 있기는 한가. 가혹한 현실을 뒷받침하고 있는 것은 바로 나다. 뭐가 "오면 되잖아."야. 되먹지 못하게.

완전히 시무룩해진 표정으로 그저 눈만 껌벅거리고 있는 요이치를 곁눈질하면서, 자, 이제 당근을 줄까, 채찍을 한 번 더 휘두를까, 공격의 방법을 생각하고 있는 그때, 말씀 중에 죄송한데요, 하는 여자 목소리가 등 뒤에서 들렸다. 요이치가 시선을 들었다. 사치오도 따라서 자기 옆을 올려다보았다. 하얀 가운을 입고 과학 쇼를 하던 여자가 서 있었다. 머리를 꾸벅 숙였다가 다시 들었지만, 그 요상한 시선만 봐서는 용건이 요이치에게 있는지 사치오에게 있는지 가늠할 수 없었다.

그녀가 무슨 말을 꺼내기 전에 사치오가 먼저, 선생님, 아까는 죄송했습니다, 하고 사과했다. 그녀는 얼굴 앞으로 올린 손을 살랑살랑 흔들면서 저야말로 협조해주셔서 감사합니다, 하고 몇 번이나 머리를 숙였다. 어째 '입 냄새' 발언 때문이 아닌 듯하다. 그렇다면 역시 쓰무라 케이 쪽에 용건이 있는 건가 하고서 사치오는 조그맣게 한숨을 쉬었다. 과연 그녀는 "죄, 죄,

죄송하지만." 하면서 이번에는 분명하게 사치오 쪽으로 몸을 돌렸다.

쓰무라 작품의 팬이라는 그녀는 이른 봄에 신주쿠의 한 카페에서 사치오에게 말을 걸어 조의를 표한 적이 있었다고 한다. 남편을 잃고 실의에 빠진 자기 여동생을 가까이에서 본 탓에 그만 감정이 북받쳐 말을 걸었는데, 그때를 떠올릴 때마다 힘든 시기였을 텐데 괜히 누를 끼쳤다고 후회했다고 한다.

"설마 이런 곳에 정말 선생님이 오신 걸까 했는데, 며칠 전 텔레비전에서 본 다큐멘터리가 기억나서, 그 아이들이랑 같이 오셨구나, 했어요."

그녀는 흥분한 표정으로 얘기했지만 사치오는 진저리가 났다. 신주쿠에서 만났다는 얘기도, 듣고 보니 이 삐딱한 눈길을 어디선가 본 것 같기도 하다는 정도이지 기억은 없었다. 아무튼 얘기를 끝내려고 하는 차에 갑자기 요이치가 "우와!" 하고 외쳤다. 그러고는 "어땠는데요, 어땠는데?" 하고 주위 사람들이 돌아볼 정도로 흥분해 프로그램을 본 감상을 물었다. 조금 전까지 풀이 팍 죽어 있었다는 게 거짓말 같다.

"네, 아, 정말 감동이었어요."

"정말요?"

"저 자신도 동생이 너무 오래 떨쳐버리지를 못해서 두고 보기가 안타까웠는데, 쓰무라 선생님이 하신 말씀을 듣고 정말 가슴이 후련해졌어요. '이 이별이 없었다면 나는 슬픔과 마주

하는 일도 없었을 거다. 가까운 사람의 죽음이 괴롭고, 받아들이기 힘들어서 나 자신마저 잃어버릴 것 같지만, 그래도 잊으려 애쓰고 싶지는 않다.'"

그녀는 사치오가 한 말을 거의 외우다시피 했다. 사치오는 요이치의 안색을 넌지시 살폈지만, 그는 입을 쩍 벌리고 그녀의 얘기에만 몰두하고 있었다. 조금 전 유키에 대한 추모는 이제 그만하라고 했던 사치오의 말을 벌써 잊어버린 걸까. 아니면 어리바리하고 있지만, 사실은 사치오의 말과 행동이 일치하지 않는다는 것을 꿰뚫어보고 있는 걸까. 사치오의 시선을 느꼈는지 이쪽을 똑바로 쳐다보는 요이치의 칠흑 같은 눈동자는 텅 빈 공간처럼 아무 말 없이 그저 사치오를 압박하고 있었다.

"'나는 아내의 죽음과 함께하고 싶습니다. 앞으로도 계속 생각하고 싶어요. 생각하면서, 남겨진 나의 시간을……'"

"그만하시죠. 놀랍군요. 기억도 잘하십니다. 나는 이미 끝난 일은 까맣게 잊어버리는데. 다 쓰고 난 원고는 싹 잊어버려야 다음 일을 할 수 있어서."

"아, 네."

'아, 네.'는 무슨 '아, 네.'야. 사치오는 이 여자의 우직함이 짜증스러웠다. 왜 이런 여자에게 자신이 붙들려 있어야 하는가. 왜 이런 인종은 자신이 좋다고 느끼는 건 타인도 좋다고 느낄 거라고 믿어 의심하지 않는가. 더욱이 그런 인종들이 나의 팬이라니!

"외람되지만, 현실과 창작은 다른 겁니다. 현실이 자신이 만들어낸 세계처럼 움직이지는 않으니까요. 자신의 실체는 그에 못 미쳐도, 작품 안에서는 멋지게 움직여주죠."

그런 말로 사치오는 자기 팬의 마음을 매끄럽게 다루는 묘기를 보여주었다.

"그리고 신주쿠에서의 일은 신경 쓰지 마십시오. 그런 말씀을 해주셔서 저도 고마웠다는 거 기억하고 있습니다. 그런데 보시다시피 전 지금 개인적인 시간을 갖고 있어서요. 그때도 그랬지만 지금도 그렇습니다. 그러니 그쪽의 생각이나 사정을 일방적으로 얘기하는 건 곤란하죠."

그녀의 표정이 정말 면구하다는 듯이 싹 바뀌더니, 무례를 범했습니다, 하고 머리를 숙였다.

"아빠, 이리 와봐."

아빠를 부르는 아카리의 짜랑짜랑한 목소리가 물놀이장 쪽에서 들려왔다. 신페이와 물장난을 쳐 물에 젖은 생쥐 꼴이다. 사치오가 그쪽을 향해 "갈게." 하고 외치며 일어나서는 그녀에게 다시 한 번 말했다.

"저를 응원해주시는 마음은 고맙지만, 가만히 내버려두셨으면 좋겠군요. 그럼 또 팬들이 좋아할 글을 써드릴 테니."

죄, 죄, 죄송합니다, 하고 그녀는 또 얼굴을 붉히고 몇 번이나 고개를 숙였다. 나이는 벌써 서른이 넘었을 텐데, 마치 발육이 좋지 않은 남자 중학생 같은 체격에 나이에 어울리는 우아함이 조금도 느껴지지 않는 여자였다. 이 여자, 남자를 알까, 하고 사치오는 괜한 것까지 생각했다. 요이치와 이 여자에게 공통되는, 나잇값 못하는 순진무구함에는 이제 슬슬 진력이 난다. 그저 악의가 없다는 걸 빌미로 타인의 영역이나 드러내고 싶지 않은 부분에 함부로 저벅저벅 들어와 마음을 어지럽힌다. 이쪽에서 반격의 칼을 휘두르면, 상대는 그 칼을 받아낼 준비가 안 되어 있기 때문에 크게 상처 입고는 피를 철철 흘린다. 왜 내가 이런 기분을 느껴야 하나. 사치오는 한시 빨리 이 자리를 떠나고 싶었다.

"아 참. 이 사람, 그 프로그램에 나왔던 아버지입니다."

화제를 돌리려 그런 말을 던지고, 사치오는 그 자리를 떠나 아이들이 있는 광장으로 뛰어갔다.

도중에 한 번 돌아보니, 테이블을 사이에 두고 어색하게 머리를 몇 번이나 꾸벅거리는 둘의 모습이 보였다. 눈치 없는 둔감한 과학 쇼 여자도, 아내 사랑에 죽은 사람에게 질질 끌려다니는 요이치도 치가 떨린다. 요이치가 번번이 되풀이하는 말은 이제 생각하기도 싫다. 그렇게 무의미한 비탄에 젖어 있느니, 차라리 저런 여자라도 상대하며 피차 주절주절 위로하는 게 좋겠지, 하고 사치오는 생각한다. 하하하. 어울리는 한 쌍이야, 한 쌍. 사치오는 다시 앞을 향하고, 오누이가 놀고 있는 물놀이장으로 뛰어갔다.

지면에서 뿜어 나오는 가느다란 물줄기 사이를 요리조리 뛰어다니며 좋아하는 아카리의 모습이 눈부시다. 여름방학인데도 공부만 하느라 다른 아이들보다 피부색이 하얀 신페이도 마치 몇 살이나 어려진 것처럼 하얀 이를 드러내며 좋아하고 있다. 누가 뭐라고 비난하든 지금 자신에게는 이 확고한 연대가 있다. 요이치에게 그런 것처럼, 이 어린 친구들에게도 자신이란 존재가 생명줄이라는 점이 사치오에게 무엇보다 큰 용기를 준다. 그것은 타인의 칭찬과 폄훼에만 신경 쓰고 살아온 지난 몇십 년 동안에는 얻을 수 없던 감각이었다. 지금 이대로 세상에서 잊혀도 상관없다는 생각마저 들었다. 자신의 소설을 아무리 열심히 읽던 자도 땅이 갈라지고 하늘이 무너지면 내던지고 도망친다. 그 여자 역시 내던진 책을 구둣발로 밟고 도망칠 것이다. 이전의 사치오 같으면 모두가 도망친 후에도 버려진 책더미를 멀거니 바라보기나 했을 것이다. 하지만 지금은 다르다. 펜을 던지고 컴퓨터를 밟고 넘어 찾으러 갈 생명이 있다. 사치오를 부르는 목소리가 있다. 가녀린 그 손을 꼭 잡고 함께 도망친다. 그들만 있으면 자신에게도 도망칠 권리가 생긴다. 살아 있어도 좋은 이유가 생긴다.

반년 전 유족 모임에서 본 오미야 요이치의 짐승 같은 포효는 당시의 사치오로서는 가장 피하고 싶은 것이었지만, 지금 아이들에게 무슨 일이 생기면 자신 역시 썩은 망고를 사람들에게 던지고 콧물을 줄줄 흘릴 것이다. 아니 어쩌면 더 대담한 짓까지 할지도 모른다. 이전의 자신이라면 웃을 테지만. 웃고 싶으면 웃으면 될 일이다. 사치오의 몸 안에서 전에 없이 뜨거운 피가 들끓었다. 지금까지 기누가사 사치오의 인생에서 딱 하나 껴 맞추지 못한 퍼즐 한 조각이 제자리를 찾은 듯한 기분이 들었다.

사랑을 얻은 거지.

그렇게 속으로 중얼거리면서 사치오는 구두를 벗어 던지고 양복 차림인 채 물속으로 뛰어 들어갔다. 갈아입을 옷도 없는데, 셋은 속옷까지 푹 젖도록 신나게 놀았다. 그때까지 아웅다웅하던 오누이는 사치오를 상대하게 되자 신기할 정도로 결속을 보였다. 둘이서 끼얹는 물방울을 온 얼굴로 맞았다. 손바닥으로 닦아낼 틈도 없어 신음하는 괴로움과 청량한 상쾌함 속에, 지저귀듯 까르륵대는 오누이의 웃음소리가 끝이 없는 테이프처럼 사치오의 귀에 울렸다. 여기가 천국? 아니면. 비틀거리면서 눈을 가늘게 간신히 뜨자, 먼 카페테리아에 혼자 덩그러니 남아 있는 요이치의 모습이 촉촉하게 보였다. 그 건너편 자리에는 아무도 앉아 있지 않다. 까르륵거리며 자지러지는 아카리의 목소리와 물 덩어리가 얼굴로 날아와, 사치오는 또 눈을 꾹 감았다. 여기는 천국.

기누가사 사치오는 사랑을 얻었다고 한다.

                                    *

  그리고 한참이 지난 토요일, 사흘 만에 여행에서 돌아온 오
미야 요이치는 회사에 트럭을 주차하고 자기 차로 바꿔 탄 뒤
시립 도서관에서 기다리는 아이들을 데리고 국도변에 있는 패
밀리 레스토랑으로 향했다. 기누가사 사치오가 일주일에 두 번
제 손으로 만든 음식을 아이들에게 먹이게 된 이후로 요이치는
부엌에 들어가는 일조차 없어졌다. 이렇게 가족 셋이 지내는
날은 대개 도시락 가게에서 사 온 반찬으로 밥을 먹거나 외식
으로 끝내곤 한다.
  여점원에게 안내받아 가게 안쪽의 4인석 테이블에 앉았을
때, 아카리가 아빠의 팔꿈치를 손가락으로 꾹꾹 눌렀다. 요이
치는 자신의 허리 높이에 있는 딸의 시선을 좇다가, 선생님! 하
고 큰소리를 질렀다.
  옆에 있는 2인석 자리에서 과학 잡지를 읽으며 우동을 먹고
있던 가부라기 유코가 면발을 늘어뜨린 채 얼굴을 들더니 눈
이 휘둥그레진다. 엷은 오렌지색 파카에 청바지 차림의 그녀는
하얀 가운을 걸치고 있을 때보다 한층 어려 보였다.
  안녕하세요, 하고 오빠가 인사를 하자 아카리도 조그만 소리
로 말했다.
  "아, 집이. 그렇지, 마루키 초라고 했지."
  "아, 아, 응. 지난번에는 정말 죄송했습니다."

입에 문 우동을 후루룩 삼킨 가부라기 유코는 엉거주춤 일어나 두 번, 세 번 머리를 숙였다.

"아닙니다. 저야말로 붙잡아서. 쇼 시간에 늦지 않았습니까?"

"네, 그건. 그런데 페트병 로켓 발사, 또 실패했어요."

"두 번 실패하는 거 봤어."

아카리가 신이 나서 말하자, "그래. 너희들 때는 두 번이었지." 하고 가부라기 유코는 민망한 듯이 대답했고, 요이치는 하하하 소리 내어 웃었다.

아이들은 먹고 싶은 것을 고르고, 아빠는 무알콜 맥주를 주문했다. 오미야 일가와 가부라기 유코는 서로 옆자리에 앉아 식사를 했다. 신페이가 펼친 학원의 수학 문제집을 바라보면서 그녀는 반가움을 곱씹듯이 몇 번이나 고개를 끄덕거렸다.

"간단한가요?"

신페이가 묻자 그녀는 "아니, 꽤 어려운데. 6학년 때 이렇게 어려운 문제를 풀었나 싶을 만큼." 하고 대답했다. 가부라기 유코는 이 부근에서 태어나고 자랐으며, 초등학교 시절에는 신페이와 같은 학원에 다녔다고 한다.

"우리 때에는 학원이 거기 한 군데밖에 없었거든. 건물이 낡아서 겨울에는 얼마나 추웠나 몰라. 그래도 문제집 색깔은 똑같네."

신페이는 가부라기 유코가 어느 중학교를 졸업했는지 묻더니 "우와, 진짜 대단하네요." 하고는 현 내에 있는 여자 중학교 중에서는 상위권의 사립이라고 아빠와 동생에게 설명해주었다. 그녀는 부끄러운 듯 어깨를 으쓱하더니, "신페이는 어느 중학교에 가고 싶은데?" 하고 되물었다. 신페이가 잠시 망설이다가 몸을 내밀어 테이블 너머로 살며시 귀엣말을 했다. 가부라기 유코는 "와, 진짜?" 하면서 방긋 웃었다. 그녀가 웃자 양 볼에 조그만 보조개가 생겼다.

아카리는 저녁을 먹는 자리에 예상치 못한 손님이 생겨 흥분했다. 신페이가 수학과 과학 문제집을 펼쳐 가부라기 유코에게 질문하는 동안에도 엉덩이가 근질근질한지 가만있지를 못해, 이 패밀리 레스토랑에 오면 늘 주문하는 카레 도리아가 줄어들지 않았다.

가부라기 유코가 화장실에 갔을 때 아카리는 돈가스를 우적거리며 먹고 있는 요이치의 팔을 잡아당겨 억지로 자기 쪽을 보게 하더니, 두 눈동자를 안쪽으로 모으고서 "그 사람." 하고 말했다.

아카리는 아빠의 커다란 웃음소리를 기다리고 있었다. 혼신을 다해 피운 재주였다. 과학관에서 처음 가부라기 유코를 봤을 때 참 이상한 눈이라고 생각하고는 그 후로 거울 앞에서 혼자 몰래 연습을 했던 것이다. 어린이집에서도 친구들 앞에서 해 보이자 다들 놀라면서 흉내를 냈다. 그런데 기다려도 아빠의 웃음소리는 들리지 않았다. 오빠도 아무 말이 없다. 왜? 눈에 힘을 풀고 눈동자를 제자리로 돌리자, 아빠는 안색이 싹 달라져 있었다.

"다시 한 번 해봐."

낮게 울리는 요이치의 목소리가 아카리의 부드러운 아랫배를 송곳처럼 찔렀다.

"다시 한 번 해보라잖아."

아빠의 그런 말투는 정말 싫었다. 왜 그러는지 이유도 말해주지 않고 윽박지르는 말투. 이렇게 재미있는 걸 하고 있는데 뭐가 잘못이라고. 뭐가 마음에 안 든다고. 이상한 건 아빠잖아. 아카리는 요이치의 얼굴을 새삼스레 쳐다보고는 두 눈을 안쪽으로 모았다.

돈가스가 담긴 짙은 초록색 쟁반 위에 검은 젓가락이 흩어지는 것을 아카리는 어질어질한 시야 한끝으로 보았다. 젓가락 한 짝은 테이블 모서리에 부딪치고 튕겨 바닥으로 떨어졌다. "아." 하고 소리를 지르는 순간 뭐가 터지는 소리와 함께 몸이 소파 등받이로 날아갔다. 건너 자리에서 오빠가 새파랗게 질린 얼굴로 자신을 보고 있다. 어느 틈에 화장실에서 돌아왔는지 가부라기 유코도 통로에 아연하게 서 있다. 그 얼굴색도 오빠와 똑같다.

왼 볼이 쥐어뜯는 것처럼 아파왔다. 아카리는 자신이 아빠에게 맞았다는 것을 겨우 이해했다. 그리고 그대로 테이블에 머리를 부딪듯이 퍽 엎드려 손에 닿는 접시와 잔을 닥치는 대로 밀쳐내고 쓰러뜨리면서 요란하게 울었다. 울면 울수록 왼쪽 볼이 저리는 듯 더 아팠다.

신페이는 한숨을 쉬었다. 바보. 내 동생은 바보다. 아빠의 안색이 바뀌었을 때 왜 그만두지 못했을까. 그대로 계속하면 비참한 결과가 뻔히 눈에 보이는데, 자신을 의심하지 않고 한번 결정하면 그대로 돌진해, 그 결과 자신과 주위에게 상처를 주는 점이 여동생이나 아빠나 비슷하다. 모처럼 분위기가 좋았는데, 오늘 이 자리는 이제 물거품이 되고 말았다. 그러나 사실 신페이가 아카리가 그러는 걸 본 건 오늘이 처음이 아니다. 사오일 전에 둘이서 목욕할 때 아카리가 갑자기 아까처럼 눈을 안으로 모았다. 신페이는 깔깔거리며 웃었다. 할 수 있어? 하고 묻기에 당연하지, 하면서 자기도 눈을 안쪽으로 모으자 아카리는 욕조 모서리에 머리가 부딪쳐라 깔깔거리며 좋아했다. 그게 과학관 선생님 흉내를 내는 것인 줄은 꿈에도 몰랐다. 알았다면 나도. 내게는 이 사태를 미연에 방지할 수 있는 어떤 방안도 없었다, 하고 여동생의 우는 소리를 들으면서 오빠는 자신의 무릎에 시선을 떨어뜨렸다.

"정말 몰랐던 거니?"

엄마의 목소리가 들린 기분이 들었다.

정말이야. 거짓말 아니라고. 정말 꿈에도.

엄마는, 아빠나 여동생의 세련되지 못한 이런 직설적인 행동보다 내 안에 있는 이런 비겁함을 싫어했다. 그렇게 생각하자 귓불이 타들어가는 것처럼 뜨거워졌다.

아카리의 분홍색 원피스가 무릎에 흐른 포도 주스 색으로 물들고 말았다. 가부라기 유코는 물수건으로 얼룩을 지우려 했지만 좀처럼 지워지지 않았다. 아카리는 계속 훌쩍거리는데 어떻게 달랠 길이 없었다. 아빠는 "괜찮습니다, 선생님. 그냥 내 버려두세요." 하는 말을 뱉고는 떨어진 젓가락을 주워 들고 남 은 밥을 먹을 뿐이고, 오빠 역시 고개 숙인 채 입을 열려 하지 않았다. 할 수 없이 "물로 한번 씻어볼까요." 하면서 아카리를 소파에서 일으켜 그 손을 잡고 여자 화장실로 데려갔다.

원피스를 벗겨 속옷 바람이 된 아카리를 화장실 안에서 기 다리게 하고, 가부라기 유코는 세면대에서 꼼꼼하게 원피스를 빨았다. 포도색은 금방 빠졌는데, 그 전에 흘린 카레 도리아 색 이 잘 빠지지 않았다. 액체 비누를 묻혀 손으로 몇 번이나 비 벼 빨고 있는데, 화장실 안에서 풀 죽은 목소리가 들렸다.

"거기 있는 거야?"

"응. 있어."

"나가도 돼?"

가부라기 유코는 자기 카디건을 벗어 아카리에게 걸쳐주었 다. 간신히 울음을 그친 아카리는 얼룩이 빠진 원피스를 보고, 이제 됐다는 식으로 고개를 끄덕였다. 둘이서 원피스 양쪽을 잡고 핸드 드라이어의 온풍으로 말리면서 끝말잇기를 했다. 아카리, 리어카, 카레, 레이스, 스타킹, 킹콩, 콩나물, 물건, 건더기, 기자, 자전거, 거미, 미용실, 실패, 패스, 스마일, 일기장, 장미, 미술, 술래, 내용, 용사, 사마귀, 귀신, 신발, 발차기, 기린, 가부라기 유코가 졌다. 아카리가 웃었다.

"근데 아빠가 왜 화낸 거야?"

가부라기 유코가 묻자 아카리는 잠시 우물쭈물하다가, 절대 화내지 않고 아빠에게도 말하면 안 된다는 약속을 받아내고는 두 눈을 안쪽으로 모으고 가부라기 유코를 보았다.

"어머나, 잘하네."

가부라기 유코는 환호했다. 아카리가 바로 머리 숙이고 "연습했어."라고 말하자, 가부라기 유코는 웃음을 터뜨렸다. 그러고는 "아빠가 내가 마음 상할까봐 화를 냈구나." 하고 감동스럽다는 듯이 말했다.

"왜?"

"내 눈이 재미있잖아? 그런데 그걸 재미있어하면 내가 마음이 상할지도 모른다고 걱정한 거지."

"마음 상했어?"

"아니. 내 눈이 그런데 뭐. 그래도, 글쎄. 아빠가 그런 아카리를 보고 웃었으면 마음이 상했을지도 모르겠네."

"내가 맞아서 좋았어?"

"아니, 그런 건 아니야."

"이제 안 할게."

"그래, 고마워. 나 때문에 아팠지?"

"이제 안 아파."

겨우 마른 원피스를 입히자 비누 냄새가 풍겼다. 등에 달려 있어 아카리 혼자 입을 때는 제대로 잠그지 못했을 조그만 단추까지 잠가주고 끌려 올라간 치맛자락을 반듯하게 내려주면서 가부라기 유코가 "아, 팬티에 구멍 났네." 하고 말했다.

자리로 돌아온 아카리가 치즈가 굳은 카레 도리아를 어떻게든 다 먹을 때까지, 셋은 꾹 참고 기다리기로 했다. 밖으로 나가자 투명한 밤하늘에 벌써 높이 떠오른 달을 가리키며 "보름달이네." 하고 아카리가 말했다. "응, 이틀 더 기다리면 둥그런 보름달이 뜰 거야." 하고 가부라기 유코가 대답해주었다. 그쪽 집 근처에 있는 유니클로에 들렀다 갈 건데, 가는 길에 데려다줄까요? 하고 요이치가 말을 건넸지만, 가부라기 유코는 주차 공간에 세워둔 하늘색 자전거를 가리켰다. 녹이 슬어 부끄럽다는 그 자전거는 가부라기 유코의 어머니 것이었다는데, 아닌 게 아니라 빈말이라도 예쁘다고는 할 수 없는 오래된 것이라 페달을 밟자 덜그럭덜그럭 하는 소리가 났다. 그 소리가 점차 멀어지자 국도를 달리는 자동차 소리가 커지면서 그녀의 모습은 끝내 사라졌다. 아카리가 끝없이 손을 흔드는 동안, 바람이

불 때마다 눅눅한 원피스 자락이 싸늘하게 피부에 닿았다.

차를 타고 유니클로에 도착했을 때는 거의 문 닫을 시간이 다 되어, 셋은 허둥지둥 키즈 코너로 달려갔다. 신페이는 양말을, 아카리는 허벅지 쪽이 이제 꽉 껴서 한 사이즈 큰 팬티를 사기로 했다.

나
:
:

　그날은 덧없이 찾아왔다.

　10월의 두 번째 일요일. 신페이의 학교 운동회 날. 나는 전날 와서 하룻밤을 자고 아침 일찍부터 요이치와 둘이 난생처음 도시락을 싸 들고 아카리를 데리고 학교로 향했다. 신페이는 도저히 이기지 못할 장애물 달리기에서, 그냥 봐도 날랜 선두 경쟁자 둘이 나란히 넘어지는 바람에 본의 아니게 일등으로 테이프를 끊었다. 우리 셋은 열광했지만, 바삭한 닭튀김도 설탕을 들이부은 계란말이도 그렇게 맛있지는 않았다. 5, 6학년생들의 합동 체조에서 아이들이 조금씩 높게 쌓여가는 것을 보면서 요이치가 또 유키를 떠올리고 울먹거리는 바람에 어쩔 줄 몰랐지만, 인간 탑 중간에서 친구들과 어깨동무를 하고 열심히 균형을 잡고 있는 신페이의 등을 보니 나 역시 가슴이 뜨끈해졌다.

그렇게 멋진 하루의 끝을 우리는 함께 저녁을 먹으며 마무리하기로 했다. 다 같이 시장을 봐서 다 같이 준비를 하고, 운동회 얘기를 하면서 해물탕을 끓여먹기로 약속했던 것이다. 나는 그러기 위해 추석 선물로 받은 소주 세트까지 들고 왔다. 그런데 그 자리에 어떻게 된 일인지 과학관 여자도 합세했다.

"가부라기 선생님이 온대."

집에 돌아와 한창 해물탕 끓일 준비를 하는데, 휴대전화 문자메시지를 확인한 신페이가 모두에게 들리도록 말했다.

누구야. 가부라기 선생님이.

어리둥절해진 나는 사태를 이해할 수 없는 이유를 신페이와 요이치의 설명 부족으로 돌렸다. 금요일 밤에 수학 공부를 하면서 질문할 게 있어서 그 사람에게 전화를 걸었는데, 오늘 운동회가 끝나고 해물탕 파티를 한다고 했다나. 왜 그런 말을 하는데? 그것보다 어떻게 그 사람의 전화번호를 아느냐고? 설명을 들었지만 나는 이해할 수 없었다.

"사치오 씨 팬이라니까 그쪽도 여러 가지로 궁금한 게 있지 않을까 해서."

요이치는 그녀에게 오라고 한 이유를 그렇게 설명했다. 아하. 그녀는 그럴지도 모른다. 하지만 내 쪽은 그녀에게 하고 싶은 말 따위 하나도 없다. 어째 나도 모르는 사이에 이 가족이 그녀와 가까워진 듯하다. 마음에 걸리는 것은, 지금까지 누구 하나 내게 그런 말을 하지 않았다는 점이다. 얘기할 것도 없는 일이라고 생각한 건가, 아니면 얘기하기가 좀 꺼려지는 감정이 있었던 건가.

해물탕이 끓기 전에 나는 소주병을 따서 빈속에 두세 잔을 거푸 들이켰다. 요이치는 내일 일찍부터 운전을 해야 한다면서 입도 대지 않았다. 솔직히 달갑지 않다. 그녀가 나타났을 때 나는 이미 꽤 취해 있었다. 그녀는 빨간 소 인형처럼 머리를 꾸벅거리고 인사하면서 자리에 끼었다. 여전히 촌스럽고 섹시함이라고는 눈곱만큼도 없는 여자라고 생각했다. 정말 짜증스럽다. 그런데도 나는 알게 모르게 기대감을 품고 있었다. 그녀가 이 집에 온 진짜 이유는 결국 나와 친해지는 게 목적이 아닐까 하는. 정말 골치 아픈 팬심이라고. 그런데 그녀는 자리에 앉아 어느 정도 분위기에 녹아들어서도 내 작품에 대한 얘기는 꺼낼 기미조차 보이지 않고, 오늘 하루 일에 흥분해 조잘거리는 아이들 얘기에 일일이 맞장구치면서 놀랄 뿐이었다. 재미없다.

나는 모든 게 다 마음에 들지 않는 상태였다. 해물탕도 맛이 허접했다. 채소는 대충 썰었고 가리비는 고무처럼 질기고, 대구 살에는 뼈가 너무 많았다. 소주도 병만 번지르르했지 맛은 형편없었다. 요이치는 천박하고, 아이들은 말이 많고, 여자도 못생겼다.

그런데 신페이는 그렇다 치고 그렇게 낯을 가리는 아카리까지 그녀 앞에서 경계하는 기색 하나 없이, 마치 숙모나 무슨 친척을 대하듯 거리낌이 없었다. 어떻게 된 거야. 대체 이 여자에게 뭘 얻어먹은 거야. 그러나 뭘 갖다 바칠 것 같지도 않은 그녀의 맹한 얼굴이 나를 더욱 암담하게 만들었다. 여자, 고작 여자라는 것 하나 때문에. 자신이 지금까지 다섯 달 동안 이 집에서 일궈온 관계가 한순간에 뒤집히는 것처럼 느껴졌다.

나는 새삼스럽게 생각한다. 아이들이란 정말 현실적이고 약삭빠르다. 또 그런 것을 감추려 하지도 않는다. 사람들은 그들을 사리사욕이 없는 순수한 존재라고 하지만, 이는 경제관념에 국한될 뿐이지 자신의 쾌락적 이득에 대해서는 어른 이상으로 탐욕스럽고 자제를 모른다. 자기 마음을 채우기 위해서는 상대의 마음을 무시하기도 하고, 아무 주저 없이 짓밟기도 한다. 인정사정없다. 특히 상대가 어른일 때는 정도를 모른다. 그런 것을 순수함이라고 한다면, 그렇다, 그들은 순수하다. 동물만큼이나. 그리고 동물이라 하면 그들의 아버지를 넘어설 자가 없다.

"가부라기 선생님이 좋은 걸 가르쳐줬어."

그는 주인의 사랑을 조금도 의심치 않는 강아지 같은 눈빛을 하고 말을 꺼냈다.

"가부라기 선생님의 부모님이 구청에서 주관하는 아이 돌보기? 뭐 그런 걸 하고 계신대."

"뭐라는 건지 도무지 모르겠군."

나는 요이치와 눈을 마주치지 않은 채 입에 남은 가리비를 질겅거리며 말했다.

"아, 아, 그게, 지자체에서 후원하고 있는 동네 아이들 지원 활동에 우리 부모님이 참가하고 계시거든요. 부모가 없는 동안 아이들을 일시적으로 봐주는 일을 집에서 하고 계세요. ……은퇴한 이후로 시간이 많으셔서요."

그녀가 설명을 덧붙였다. 여전히 초점이 맞지 않는 눈을 두리번거리는데, 평소 사람들에게 가르치는 일을 하고 있어서 그런지 일단 말을 시작했다 하면 발음이 좋고 내용도 조리 있다. 겉보기에는 이래도 내실은 아주 단단한지도 모른다.

"가부라기 선생님 집이 어린이집에서도 가까운 모양이야."

"그래서 뭐?"

"뭐라는 게 아니라……."

"그런 곳은 돈이 드니까 자네는 무리라고 하지 않았나. 그런 곳에 기댈 거까지 없다고 전에 분명히 말했던 것 같은데."

"그러니까 내년을 생각해서 그러는 거지. 사치오 씨도 바빠진다고 하니까, 그런 때가 오면 부탁드려볼까 하는 거야. 사고 보상금도 나온다고 하니까."

마치 나 때문에 궁지에 몰린 듯한 투가 아닌가. 내가 사정이 안 되니 그럼 다른 사람으로, 그런 건가. 사람 가리지 않고 아무에게나 부탁하고. 아무 맛이 없어진 가리비를 퉤, 접시에 뱉어내고 나는 그녀를 물고 늘어졌다.

"아카리를 데려가고 데려오는 건 어쩔 건가요? 이 사람, 애 데리러 못 갑니다. 수시로 집을 사나흘씩 비우는데."

"네, 그렇다고 들었어요. 우리 지자체에서는 원칙적으로 부모가 아이를 데려오고 데려가게 되어 있는 것 같아요. 그래서 우리 차로 데려다줘도 될지는 윗사람과 의논을 해봐야 알 것 같아요."

"네? 뭐요, 차로? 실례지만 부모님 연세가?"

"음, 아버지가 일흔네 살이시고……"

"아니, 잠깐! 일흔이 넘으신 분이 밤에 아이를 태우고 운전하는 게 어떻지! 어떻게 생각해, 요이치? 아카리는? 타고 싶어? 모르는 할아버지 차에?"

"저…… 여차하면 저도 운전은 할 수 있어요."

나는 할 말이 궁해졌다. 그러자 "자전거 둘이 타는 거, 몇 살 때부터 가능하지?" 하고 옆에서 신페이가 가세했다. 뭐야, 너까지. 자전거를 타고 이 사람 집까지 아카리를 데리러 가겠다는 거야. 요이치와 가부라기 선생은 자전거를 둘이 탈 수 있는 연령 제한에 대해 이렇다느니 저렇다느니 심각하게 논의하고 있다. 아, 좁아지고 있다. 내가 설 자리가 점점 좁아지고 있다. 나는 완전히 기운이 빠지고 말았다. 싸울 의지마저 꺾일 것 같다. 그런데 그런 내 옆에 또 하나, 이 화제에 심심해하던 천진난만한 폭탄이 터졌다.

"있지, 선생님 집에 아이 있어?"

"응. 가끔 와."

"선생님 아이야?"

"아니. 선생님 아이는 아니고 봐주는 아이."

"아이 없어?"

"나? 나는 없는데."

"왜?"

"음…… 결혼도 아직 안 했고."

"왜?"

순수함에서는 아카리 못지않은 가부라기 선생이지만, 이 말에는 당황스러운지 슬그머니 웃는다. 와, 엄청난 걸 묻는데, 하고 내가 웃자 아카리가 이번에는 나를 똑바로 쳐다보았다.

"뭐가 엄청난데? 사치오 아저씨는 왜 아이 없어?"

"이제 그만해, 아카리. 세상에는 네가 모르는 일이 아주 많아."

희한한 일도 다 있다. 요이치가 견제구를 던지다니. 그 말은 하지 않아야 할 금기라고 생각하는 것이다. 신경 쓰지 말게나. 나는 아무 상관 없으니.

"뭘 모르는데?"

"그건 아카리, 아이가 있다고 해서 좋은 일만 있는 건 아니기 때문이야."

식탁의 분위기가 바뀌는 게 느껴진다. 아이들에게도 내 말은 정확하게 전해진다.

"시간은 잡아먹지 돈도 들지. 희생해야 할 게 산더미처럼 많기든. 그렇지 않나, 요이치. 이기적이고 건방지고 무심하고. 애는 먹일 대로 먹이는데 생각대로 자라주지는 않고. 부모의 인

275

생을 너덜너덜하게 만드는 아이도 있거든. 아이가 없는 편이 이래저래 위험부담이 적을 수도 있어. 위험부담이라는 말 아니? 위험한 거. 손해 보는 거. 상처 입는 거."

"그만하지."

요이치가 말을 막는다. 무슨 상관이랴.

"게다가 아이는, 결혼했다고 해서 그냥 생기는 게 아니야, 아카리."

"무슨 소리를 하는 거야, 사치오 씨."

"안 생기는 경우도 있어. 만들지 않는 경우도 있고. 아저씨는, 내 의지로 만들지 않았어. 원하지 않았거든."

나는 말이 나온 김에 가부라기 선생에게도 물었다.

"당신, 아이, 좋아하나?"

"아, 아, 네. 좋아해요."

그녀는 다소 목소리를 떨면서도 분명하게 대답했다.

"호오, 어떤 아이든?"

"어떤 아이라는 게……."

"여러 아이들이 있잖아, 세상에는. 나는 도저히 모든 걸 받아들일 수 있는 그릇이 아니라서 말이지. 자기 피를 이어받은 자식이라고 해서 반드시 사랑할 수 있을 것 같지도 않고. 당신, 자기 아이를 만드는 일에 망설임은 없나? 자기 아이가 어떤 식으로 자랄까를 생각하면 두렵지 않아?"

"……나쓰코 씨는 뭐라고 했지?"

"뭐?"

"나쓰코 씨는 뭐라고 했느냐고. 사치오 씨의 아이, 그녀는 원했을 것 같은데."

이건 또 무슨, 무슨 소리야.

"원하기는. 그 사람도 아이는 싫어했어. 자기 입으로 모성이 부족하다고 했는데 뭐."

"정말 그렇게 생각하는 거야?"

"그럼, 정말이지."

"그 사람, 우리랑 있을 때도 하는 말의 십중팔구는 사치오 씨 얘기였어. 나는 직접 만나본 적도 없는 사람인데 말이야. 사치오 씨는 이런 걸 좋아한다, 사치오 씨는 이런 걸 싫어한다, 사치오 씨는 이렇게 말했다, 사치오 씨라면 이럴 거다……. 온통 그런 말이었다고. 그것도 아주 흐뭇한 표정으로."

"그래서 어쨌다는 건데?"

목소리가 떨려 나왔다. 더는 듣고 싶지 않다, 그런 얘기.

"그런 게 아이와 무슨 관계가 있는데? 그리고 그게 다 언제적 얘기냐고. 가령 그런 식으로 생각한 시기가 있다고 해도 관계는 바뀌는 거라고. 부모 자식도 그렇고, 부부도 그렇고, 친구도 어제와 오늘이 다르잖아. 아니야?"

이제 사랑하지 않아. 털끝만큼도. 이제 사랑하지 않아. 털끝만큼도. 이제 사랑하지 않아. 털끝만큼도. 누가? 내가 말인가? 당신을? 왜? 왜 그런 말을 하는 건데?

"여자니까 남편의 씨앗을 원하는 게 당연하다고 생각할 만큼 나는 상식적인 인간이 못 된다고. 아니면 그건가. 또 뒤에서 끼리끼리 말들을 한 거야? 사실은 아이를 갖고 싶다고. 그런 말을 한 거야?"

"사치오 씨, 내게 물으면 안 되지. 상대가 다르잖아. 당신 대체 몇 년을 같이 살았어. 몇 년을, 나쓰코 씨 얼굴을 봤냐고. 누가 남편이야? 우리가 아니라 사치오 씨 당신이잖아. 우리가 그런 걸 어떻게 알겠어."

"말끝마다 우리우리, 대체 뭐야, 당신들. 당신, 무슨 일 있었던 거야? 그 사람과, 어?"

아무 의미 없는 말. 내 입은 그런 말을 하고 있다.

요이치가 콰당, 소리 내며 일어섰다. 살의를 느낀 나는 얼른 어깨를 움츠리고 두 손으로 머리를 감쌌다. 하지만 요이치는 그런 나를 내려다보면서 "누구 앞에서 그런 소리를 하는 거야. 여기는 나와 유키의 집이라고." 하고 낮은 소리로 웅얼거렸다.

심하게 어색했다. 나는 자신의 얼굴과 머리를 감싼 손을 내리고 "그렇지, 사랑의 둥지지, 아직도." 하고 가부라기 선생에게 장난스럽게 눈짓했지만, 그녀는 어디를 보고 있는지 모를 눈을 한 채 목각 인형처럼 굳어 있었다.

지지지…… 하는 낮은 소리가 들리고, 땡, 땡, 땡띠로, 땡땡, 하는 오르골 소리와 함께 9시를 알리는 인형들이 튀어나왔다.

깊은 한숨과 함께 요이치가 다시 자리에 앉자, 조금 전까지 까불거리던 아카리는 나를 외면한 채 아빠 몸에 얼굴을 묻었다. 신페이는 고개를 숙이고 입에 남아 있는 뭔가를 계속 씹고 있다. 튀어나온 인형들이 시계 속으로 돌아가자, 국물이 준 해물탕이 자글자글 졸아드는 소리만 방 안을 기어 다녔다.

"……어째 분위기가 이상해졌군. 오늘은 그만 가봐야겠어. 술이 좀 과했던 것 같군."

나는 그렇게 말하고 자리에서 일어섰다.

술을 마신 탓이라고 말하지만.

누군가의 목소리가 머릿속에서 울렸다. 시끄러워. 그 입 좀 다물어. 머리가 아프잖아.

먹은 걸 치우지 못하고 가게 되어 미안하다고 입으로만 사과하고 비틀거리는 다리에 열심히 힘을 주면서 나는 현관 밖으로 나갔다. 복도를 걸어가는데, 뒤에서 요이치가 쫓아와 나를 반강제로 차에 태워 역까지 데려다주었다.

역 앞 로터리에 도착할 때까지 우리는 거의 말을 나누지 않았다. 하지만 요이치가 화가 난 김에 나를 쫓아온 건 아니라는 걸 알고 있었다. 사죄의 말을 기다리는 것도 아니다. 그저 내가 왜 그런 식으로 악마성을 드러냈는지 이해할 수 없어, 그 때문에 마음 아파하고 또 나를 걱정하는 눈치이기도 했다. 뭔지 몰라도 속이 뒤틀렸나보다고 생각해주었고, 그렇게 끝내려고 해주었다. 그걸 모를 만큼 나는 바보가 아니다.

그런데 그걸 알면서도 나는 그를 물고 늘어졌고, 그가 소중히 여기는 모든 걸 우롱하는 짓을 하고 말았다. 불쑥 다음 화요일에는 올 수 없다는 말을 해보았다. 오는 걸 당연하게 여기지 말라고 했다. 그 못생긴 여자에게나 부탁하라고. 자네와 유키의 집이라고, 그런 말이 어떻게 나와, 새 여자를 끌어들여놓고서, 라는 말도. 요이치와 가부라기 선생이 벌써 잤다고 단정했다. 요이치는 아니나 다를까, 눈앞에서 뻘건 천이 펄럭거려 광분한 수소처럼 화를 냈다. 단순하다. 정말 단순하다.

당신 같은 바보도 없다니까.

시끄러워. 안다고. 당신이 굳이 말하지 않아도 안단 말이야. 머리가 아프다. 토할 것 같다. 나는 차에서 뛰쳐나갔다. 요이치는 더 이상 쫓아오지 않았다.

토하고 싶은데 토할 수가 없다. 집에는 돌아가고 싶지 않다. 시부야에서 내려 택시를 잡아타고 전에 자주 가던 가게로 갔다.

얼굴을 잘 아는 사람들은 오랜만에 보는 나를 변함없이 반갑게 맞아주었다. 흔히들 떠벌리는 소문 얘기, 본 것과 들은 것에 대한 비평, 험담, 음담패설, 닥치는 대로 과격한 독설을 내뱉는다. 알기 쉽게 곱씹어 말하려는 노력은 하지 않고, 오히려 평소에는 사용하지 않을 어휘를 있는 대로 구사해서 상대를 압도하면 그만이다. 온갖 것들이 몰려온다. 뭘 아는 척하는 얼굴로. 뭔가를 원하듯. 여자도 남자도 다 기름 냄새가 풍긴다. 나는 자신의 기분이 해방되는 것을 느꼈다. 결국 내가 있을 곳은 이런 데밖에 없다고 생각했다. 오미야의 집에서 지낸 자신이 몹시 한심하게 여겨진다. 뒤집힐 듯한 속에 또 누런 술과 하얀 술을 들이붓고는 화장실에 가서 우웩우웩 시간을 들여 다 토해냈다. 목구멍 속에서 해물탕에 넣었던 노란 은행 알이 그대로 튀어나와 변기에 부딪쳤다가 오물이 호를 그리고 있는 변기 속으로 빨려 들어가 사라졌다. 위 속에 있던 것과 함께 온몸의 힘도 빠져나가 변기에 걸터앉아 있기도 힘겨웠다. 온갖 액체가 튄 바닥에 주저앉아 벽에 몸을 기댈 수밖에 없었다. 엉덩이에 닿은 휴대전화를 꺼내보니 착신이 두 건. 오미야 신페이. 나는 목구멍으로 시큼한 물이 올라오는 것을 느꼈다.

아, 신페이. 오늘은 도중에 나와서 미안했어. 나는 이제 너희 집에는 가지 않기로 했어. 아빠와 여러 가지로 의논한 결과, 이제 오지 않아도 된다고 하니까. 음, 아빠는 원래부터 나와는 성격이 잘 맞지 않는 타입이었으니까. 언젠가는 이런 날이 올 줄 알았어. 그래서 별로 놀랍지 않다. 입시 공부 힘들겠지만, 너무 부담 갖지 말고. 그럼 잘 있어. 또 만날 수 있는 때가 오면 만나자.

'이 메세지를 그대로 전송하시겠습니까? 1

이 메시지를 수정하시겠습니까? 2

다시 확인하려면 3을 누르세요.'

3을 누르고 녹음한 내용을 다시 듣는다. 다시 들어도 정말 한심하다, 나는 그대로 1을 누른다.

'메시지를 보냈습니다. 이용해주셔서 감사합니다.'

나야말로 감사하죠.

시간은 새벽 3시 반. 도저히 견딜 수가 없어, 그것만은 안 된다고 금해왔는데 나는 후쿠나가 치히로의 휴대전화로 전화를 세 번 걸었다. 세 번째 전화에서 다섯 번 벨이 울렸을 때 후쿠나가는 결국 전화를 받았다.

"내가 얼마나 자신을 책망하고 있는지, 선생님은 상상도 해보려 하지 않았잖아요."

그녀는 그렇게 말하고 울었다. 당신에게 사과하려고 이렇게 전화를 건 거잖아. 고통스러운 나머지 그렇게 거짓말을 했지만, "마음만으로도 충분해요. 그 말이 사실이라면." 하는 말을 남기고 전화를 끊었다. 솔직히 나는 안도했다. 모든 게 그녀의 말대로다. 그녀가 떠난 뒤로 나는 단 한 번도 그녀에 대해 생각하려 하지 않았다. 생각하기가 겁이 났다. 그녀의 고통을. 나와의 일로 그녀의 인생에 각인된 짙은 그림자를. 그녀는 나를 동료라 생각해서는 안 되고, 나를 용서해서도 안 된다.

화장실에서 나오자 가게 안에는 카운터에 남자 한 명이 남아 있을 뿐이었다. 마흔 정도 된 호리호리한 남자다. 가끔 이 가게에서 라이브 공연이 있을 때 오르간을 연주한다. 아주 오래 전에 몇 마디 말을 나눈 적이 있는데, 주위에서는 그를 게이라고 쑥덕거렸다. 물 한 잔 마시고 싶은데, 그러다 눌러앉게 될까 봐 나는 계산을 부탁했다. 그런데 이런 때 하필 가게 사람은 좀처럼 이쪽으로 오지 않는다. 기다리는 동안 오르간 주자가 말을 걸어왔다.

"쓰무라 선생님, 얼마 전에 텔레비전 봤습니다."

"아, 예."

"전 눈물이 나오더라고요. 뭐라고 해야 할지, 그 아이들이 너무 눈부셔서."

"하하, 그래요."

"아이들은 독입니다. 보다 보니까 슬퍼지더라고요."

나는 그때야 그 사람 쪽으로 얼굴을 돌렸다.

간신히 계산서를 들고 온 가게 사람에게 남자가 물을 부탁하고는 다시 말을 이었다.

"그렇게 눈부시고 훌륭한 것과 아무 관계 없이 살고 있다 싶으니, 내가 사는 의미가 없는 것 같아서 말이죠."

"그렇군요."

"비판이 아닙니다. 그저 내가 괜히 삐딱한 거죠. 도리에 어긋난 인간인지라."

남자인지 여자인지 모를, 야들야들한 오이 같은 그 얼굴을 보고 있자니 어떻게 된 일인지 속에서 뭐가 끓어올랐다. 목구멍이 뜨끈뜨끈하고 가려워 도저히 참을 수가 없었다.

"나, 아내가 죽었을 때 다른 여자와 섹스를 하고 있었더랬죠."

그런 말을 왜 불쑥 뱉어내고 싶어졌나. 그러나 이 사람밖에는 달리 말할 수 있는 사람이 없었다.

"심했죠. 너무 심했어요. 왜 우리는 소중한 것들에게 상처를 주는 건지. 눈에 보이는 신호를 무시하고, 잡았던 손도 놓아버리고. 언제나 기회를 날려버리죠. 왜 이렇게 맨날 헛발을 디디고 모든 걸 엉망으로 만들어버리는지. 정말 끔찍합니다. 책을 읽어도 돈을 벌어도 전혀 현명해지지를 않으니. 언제까지 이런 자신과 마주해야 하는 건지. 이제 넌더리가 납니다. 아주 넌더리가 나요. 정말이지 살아갈 기력이 남아 있지 않아요."

그 순간 숨이 차올랐다. 몸을 기역 자로 꺾고 유리 가루라도 삼킨 것처럼 컥컥거렸다. 그 사람은 뭐라 말을 거는 것도 아니고 등을 만져주는 것도 아니고, 그저 옆에서 기침이 잦아들기를 오래오래 기다려주었다. 간신히 기침이 멈춰 얼굴을 들자, 가게 사람이 언제 갖다 주었는지 물 잔을 내 쪽으로 똑바로 내밀고 말했다.

"발을 헛디딘 사람이 아니면 할 수 없는 말도 있잖습니까. 그런 말이 아니면 붙잡을 수 없는 곳에 서 있는 사람도 있습니다. 아슬아슬한 벼랑에서, 누가 어깨를 잡아줘서 겨우 걸음을 멈추는 때도 있는 겁니다. 아, 그러니 나 같은 사람도 그런대로 살아갈 수 있는 거죠."

하얗고 결이 고운, 여자에게서도 흔히 볼 수 없는 아름다운 손이었다.

"쓰무라 선생님."

"네."

"쓰세요. 쓰지 않으면 안 됩니다."

나는 그 물을 꿀꺽꿀꺽 들이켜고 가게에서 나왔다. 밖에는 언제부터인지 비가 내리고 있었다. 목덜미를 때리는 빗방울이 싸늘하다. 오늘 아침 일기예보에서 태풍이 온다고 하던 말이 떠올랐다. 아니지, 벌써 어제 아침이다. 24시간 전 지금쯤에는 그 집에 있었다. 요이치가 깨워서 닭고기를 조심조심 주물럭댔다. 슬플 정도로 벌써 멀어진 사건 같다. 다 토해낸 텅 빈 몸이 그래서 그런지 차갑고, 그래서 그런지 가볍다. 태풍이 온다.

참 대단한 하루였네.

그래. 대단한 하루였지.

이제 됐으니까, 그만 집에 가. 집이 있잖아, 당신.

그래. 슬슬 가봐야겠지.

기누가사 사치오는 아이들과의 생활을 버렸다.

　그럭저럭 집안일을 거들 수 있게 된 아카리는 사치오가 오미야 집안에서 사라진 뒤에도 의외로 당차게 혼자서도 괜찮다고 큰소리를 쳤다. 하지만 세 번째로 집이 빈 어느 밤, 욕조에 물을 받는 중에 꾸벅꾸벅 졸아 아래층으로 물이 새고 말았다. 아래층에 사는 사람이 바로 뛰어올라와 피해는 최소한에 그쳤지만, 다섯 살 난 아이가 밤중에 혼자 집을 지킨다는 사실이 자치회에서 문제가 되었다. 결국 화요일에는 신페이가 학원에 가지 않기로 하고, 목요일에는 요이치가 어떻게든 일을 빨리 끝내기로 했다. 그렇다고 매주 쉴 수도 없고 일을 빨리 끝낼 수도 없는 터라, 요이치는 어린이집이 끝나는 시간에 맞춰 다른 현에서 트럭을 몰고 돌아왔다가 그대로 아카리를 뒷자리에 태운 채 다시 출발해 밤새도록 달리는 일도 있었다. 그런 밤이면 신페이는 캄캄한 밤에 사람 하나 없는 집으로 돌아와야 한다. 도 저히 버틸 수 없는 건 아니지만, 그렇다고 오래 계속될 수 있는 상황도 아니었다. 지망하는 중학교의 입시 날이 석 달 뒤로 다 가왔을 때, 신페이는 시험이 있는 일요일 외에는 학원에 아예 가지 않기로 했다.

따라서 그들은 오미야 유키가 죽은 직후의 생활로 다시 돌 아간 셈이었다. 가정의 기둥을 잃었지만 한때는 아빠와 아이 둘이 서로를 의지하면서 어떻게든 자립해 살았다. 그때로 돌아 갈 뿐이다. 0 + 1 = 1, 1 - 1 = 0. 그러나 1이 더해지기 전과 후는 같은 0이라도 색감이 많이 다르다.

신페이는 아무리 힘든 일이 앞을 가로막아도 입시를 포기하 겠다는 생각은 하지 않았다. 그러나 그는 다른 입시생들이 부 모와 학원 강사에게 잔소리를 들어가며 책상에 들러붙어 공부 하는 막바지에, 동생을 돌보고 집안일까지 하면서 혼자 공부해 서 성적을 끌어올릴 수 있을 만큼 비상한 열한 살은 아니었다. 아니나 다를까, 신페이의 성적은 아주 매끄러운 하향 곡선을 그렸다.

엄마를 잃은 마음에 오직 하나, 조그만 보석 같던 어린 동생 도 지금은 그의 앞길을 방해하는 완전한 걸림돌이다. 한때는 오누이가 역할 분담을 하면서 협력해 꾸려가던 집안일도 지금 은 리듬이 흐트러져 예전 같지 않다. 오빠, 오빠, 하고 졸졸 따 라다니면서 말을 잘 듣던 동생이 시누이처럼 이것도 아니고 저

것도 아니라고 귀찮게 잔소리를 하면 화가 나서 소리를 지르는 일도 많아졌다.

신페이는 때로 생각한다. 그날 사치오는 진심에서 그런 말을 했을까. 아이는 '위험부담'. 위험한 거. 손해 보는 거. 상처 입히는 거. 나는 어린애가 아니다. 이제 어린애 축에 들지 않는다. 그렇게 생각하고 싶지만, 과연……. 그런 생각을 시작했다 하면 하던 공부도 뚝 끊기고 만다. 밤중에 혼자 공부하다 보면 온갖 벽에 부딪쳤다. 전에는 국어나 사회 과목이면 사치오 아저씨, 하고 거실에 있는 사람을 자기 방으로 불러들이는 게 즐거웠다. 사치오도 "또 불러." 하면서도 싫지 않은 기색으로 오지 않았던가. 사치오는 자기가 모르는 것도 절대 순순히 인정하지 않고 인터넷이든 사전이든 뒤져서 자신이 대답한 것으로 했다. 얘기가 옆길로 새고 잔가지가 붙고 잡담이 시작된다. 신페이는 사치오가 상대일 때는 어떤 강경한 반론도 두려워하지 않았다. 건방지게 말했다. 집안일이나 아카리를 돌보는 귀찮음에서 해방되는 편함보다 큰 어른이 자신을 이해해주고 있다는 안온함에 묻혀 있었던 것이다. 그 안온함은 피를 물려받은 부모가 주는 것과는 전혀 종류가 다른, 황홀한 자신감을 신페이에게 안겨주었다. 그 시간이 거짓말이었다면 이제 뭘 믿어야 좋을지 모르겠다. 자신들을 내팽개친 사치오가 밉다. 사치오를 잊어버리고 싶다. 공부하다 모르는 게 있을 때는 과학관에서 학예원으로 일하는 가부라기 유코에게 전화를 걸면 언제든 친절하게, 사치오보다 훨씬 정확하게 가르쳐준다는 건 알고 있었지만, 아빠는 사치오가 오미야 집안을 떠났다는 사실을 가부라기 유코에게 알리려 하지 않았다. 가부라기 유코에게는 반감이 없었지만, 신페이 자신도 이제 그녀에게 친근하게 응석을 부려서는 안 될 듯한 기분이 들었다. 신페이는 기누가사 사치오가 돌아와주지 않을까 하는 기대감을 희미하게나마 아직도 품고 있는 것일까.

세밑이 머지않은 금요일. 학교에서 돌아오는 길에 어린이집에 들러 아카리를 데리고 같이 슈퍼마켓에 갔다. 아직 5시도 안 됐는데 이미 해는 완전히 기울었다. 집에 돌아가자 거실의 전기장판 위에서 아빠가 속옷 바람으로 쿨쿨 자고 있었다. 손에는 발포주 캔을 쥔 채였다. 천지가 떠나갈 듯 요란한 소리의 리듬에 맞춰 신페이는 관자놀이 혈관이 뜨겁게 부풀어 오르는 것을 느꼈다.

사흘간의 여행을 끝내고 7시쯤에는 돌아온다고 했는데, 일이 조금 일찍 끝난 모양이다. 1년 전만 해도 그 몸에 매달리고 싶은 기분이 솟구쳤다. 밖은 캄캄해졌는데 집 안에 아빠의 커다란 몸이 있다는, 뭐라 표현할 수 없는 안도감. 어떻게든 치근덕대는 우리에게 엄마는, 부탁이니까 그냥 좀 자게 내버려둬, 하고 나무랐다. 아빠가 스스로 눈을 뜰 때까지 몇 시간을 억지로 참았다.

가혹한 육체노동 끝에 지칠 대로 지친 아빠의 모습을 봐도 지금은 그저 참 추악한 몸이라고 생각할 뿐이다. 일찍 끝났으면 대신 어린이집에나 들러주었으면 좋았을 텐데. 잠을 처잘 게 아니라, 원숭이. 하는 목소리가 자신의 귓속에서 울렸다.

*

그날 밤 늦게, 아니 이미 날짜가 바뀐 토요일 새벽, 이불 속에서 문득 눈을 뜬 오미야 요이치는 거실 장지문 너머로 희미한 전자음 소리를 들었다. 익숙한 멜로디. 게임 소리였다. 아이들이 벌써 일어났나, 설마 내가 잠을 그렇게 많이 잤나, 하고 얼른 자명종을 들어보니 맞춰둔 기상 시간보다 1시간이나 이른 시각이었다. 옆을 돌아보았다. 아카리가 어둠 속에서 새근새근 자고 있었다. 요이치는 거실을 향해 신페이의 이름을 불렀다. 대답이 없다. 이부자리에서 일어나 가보았다.

"너, 어떻게 된 거야?"

모니터 앞에 앉아 있는 아들의 등에 대고, 요이치는 눈이 부신 듯 껌벅거리면서 말했다. 신페이는 아빠 쪽을 돌아보지도 않고서 "뭐가." 하고 대답했다.

"게임이나 할 거면 빨리 자. 너, 맨날 이렇게 게임이나 했냐?"

"지금 쉬는 중이야. 이거 끝나면 다시 공부할 거라고."

"공부하라는 말이 아니잖아. 이제 그만 자라. 건강 해치겠다."

신페이는 그대로 앉은 채 몸을 돌려 요이치를 노려보았다.

"어쩌다 집에 와서 왜 갑자기 그런 말을 하는 거야. 나는 내 나름대로 공부하고 있다고. 낮에는 학교에 있지, 밤에는 아카리가 시끄럽게 굴지, 공부가 전혀 안 된다고."

"그렇다고 이런 시간에 깨 있는 아이가 어디 있어. 아이들은 자는 것도 일이라고 엄마가 그랬잖아. 지금부터 한다고 공부가 되겠어. 아빠도 졸린데도 운전을 하기는 하지만, 도저히 안 되겠다 싶을 때는 딱 그만두고 엎어져 잔다고. 그러면……."

"트럭 운전이랑 공부가 어떻게 같은데. 전혀 다르잖아."

신페이는 조그만 한숨과 함께 다시 모니터 앞으로 몸을 돌리고 작은 소리로 투덜거렸다. 아빠가 한번 해보라고.

아들의 건강을 걱정하는 아빠의 눈이 빙그르르 돌아 용의 눈이 되었다. 요이치는 신페이가 쥐고 있는 조종기를 낚아채더니 케이블째 잡아당겼다.

"네가 학원 다니면서 배우는 게 그런 말버릇이냐."

신페이는 얼굴이 창백해지면서도 재빨리 일어나 전투태세를 갖췄다.

"그렇잖아. 자고 싶을 때 자도 성적이 오른다면 아무도 고생 안 해. 풀어본 적 없는 문제는 풀 수 없고, 학원에 안 가면 그만큼 뒤처진다고. 누가 대신 점수를 따준다면 언제든 잘 거라고. 아무도 대신해주지 않잖아! 아무도!"

"왜 그런 일로 화를 내지? 아무도 대신해주지 않는 건 다 마찬가지인데. 너만 불리한 것처럼 말하는데, 중학교 입시는 네가 하고 싶어서 하는 거잖아. 그런 태도로 할 거면 그만둬도 괜찮아."

"그렇게 말할 줄 알았어. 결국 관심이 없는 거지. 떨어지든 붙든 아빠는 관계없잖아. 내가 어떻게 하고 싶은지, 아빠는 생각해본 적도 없잖아!"

그때 순간적으로 옆얼굴을 향해 휘두른 요이치의 주먹을 신페이는 의외로 민첩하게 피했다. 불발. 잇달아 반대쪽에서 주먹을 날렸지만, 순간적으로 얼굴을 막은 신페이의 팔꿈치에 맞고 턱 하는 소리가 났을 뿐. 이번에야말로, 하고서 요이치가 오른 주먹을 크게 휘둘렀을 때 신페이가 갑자기 두 팔을 내리고 맨얼굴을 요이치에게 쑥 내밀었다. 움찔 겁을 먹은 건 오히려 아빠 쪽이었다.

"때려봐야 아플 뿐이지! 아무것도 달라지지 않는다고! 사치오 아저씨도 돌아오지 않고."

그다음에는 그저 모양새만 뺨을 향해 뻗은 오른손에 원래의 위력은 없었다. 찰싹, 하는 맥 빠진 소리가 났다. 그때 봇물이 터진 듯 신페이의 눈에서 눈물이 뚝뚝 떨어졌다. 울 만큼 아픈 것도 아닌데.

"금방 화내고 때리고. 대화가 돼야 말이지."

신페이의 목소리는 짓누른 것처럼 차분하고 조금도 흔들림이 없었다.

"싫어. 이러는 거, 정말 싫다고. 나, 이렇게 되고 싶지 않아. 나는 아빠 같은 어른이 되고 싶지 않아."

"……그게, 네가 열심히 공부해서 좋은 학교에 가고 싶은 이유냐?"

"진짜 아무것도 모른다니까."

그러고는 둘 다 입이 뜯겨나간 것처럼 말이 없었다. 장지문 너머에서 아빠가 맞춰놓은 자명종이 요란하게 울리기 시작했다. 이제 곧 날이 밝는다. 아들은 자기 공부방으로 돌아가고, 아빠는 출근 시간보다 훨씬 일찍 집을 나섰다.

오미야 요이치가 야마나시 현 경찰에 체포된 것은 그로부터 일주일 뒤, 지금처럼 날이 밝기 전이었다.

나
⋮
피
해
자

• 진술서

　　주소: 야마나시 현 ××시 도가미 초 10번지

　　　　　화이트 샤토 마스부치 202호

　　직업: 성관련 매매업소 종업원

　　이름: 다노하라 야스코

　　생년월일: 1985년 5월 26일

　상기한 자는 201×년 12월 21일, 나루사와미나미 병원에서, 본 건에 대해 자신의 의사에 따라 다음과 같이 진술했다.

　1. 나는 지금 말한 거주지에 2011년부터 혼자 살고 있습니다. 현재 독신입니다. 야마나시 현 ××시 가와키타마치 3로 4-17 마루하 빌딩 508호실 딜리버리 헬스 헤븐스 도어라는 파견형

업소에서 접객업을 하는 종업원으로 일하고 있습니다. 나는 출장 나간 호텔에서 접대하던 손님 오미야 요이치라는 남성에게 복부를 발로 차여 두부 타박상을 입은 일로, 이렇게 진술하게 되었습니다.

2. 내가 그 남성을 만나게 된 경위부터 말씀드리겠습니다.

201×년 12월 21일 오전 0시 30분경, 사무실에서 대기하고 있는데, 점장으로부터 지명이 들어왔다는 연락이 와서 운전사가 운전하는 승합차를 타고 호텔 마틸다로 향했습니다. 오전 0시 55분이 되어 차에서 내린 뒤 점장이 알려준 대로 마틸다 호텔 117호실에 가 문을 두드렸더니, 안에서 남자가 문을 열어주었습니다. 보는 순간 체격이나 차림새로 미루어 트럭 운전사겠구나 하고 생각했습니다. 마틸다 옆에는 장거리 트럭 운전사들이 잠시 휴식을 취하는 트럭 스테이션이 있기 때문에 전에도 몇 번 마틸다에서 운전사를 상대한 일이 있었습니다.

아리스예요, 하고 가명을 대고 60분 코스라고 들었는데 틀림없느냐고 확인하자, 손님은 그렇다고 말했습니다. 옵션에 대해서도 설명했지만 옵션은 필요 없다고 해서 나는 가게에 연락해 확인한 내용을 전달했습니다.

샤워하기 전에 잠시 잡담을 나눴는데, 내용은 인상에 남아 있지 않습니다. 머리를 다친 탓인지도 모르겠지만, 그날 호텔에서 세 번째 업무였기 때문에 어느 손님이 어떤 말을 했는지 기억이 애매합니다. 집이 사이타마라고 한 건 분명히 기억합니다. 우리 사촌 언니가 사이타마에 살고 있는데, 옛날에 같이 나가 토로라는 곳에 배를 타러 간 적이 있다는 얘기를 했기 때문입니다. 이제 어디로 가느냐고 물었더니, 집으로 돌아가는 길이라고 했습니다. 뭔가 고뇌하는 표정이었는지는 잘 모르겠군요. 체격도 우람하고 생긴 것도 위압감이 있었지만, 얘기를 해보니 그냥 선한 인상이라 위험한 손님이라는 느낌은 없었습니다.

샤워를 한 뒤 평상시대로 서비스를 시작했는데, 상당히 긴장한 것 같아 오랜만이냐고 물었더니, 독신 시절 이후로는 처음이라고 해서 애처가인가 보네요, 했더니 그다음에는 아무 말이 없어서 나도 그 이상은 묻지 않았어요.

그리고 30분쯤 지나서 내가 위쪽에 있었는데, 손님이 갑자기 목을 졸라보라고 했습니다. 우리는 그런 건 안 하는데요, 하고 거절했는데, 그렇게 해주지 않으면 기분이 좋아지지 않는다면서 손님이 몇 번이나 부탁했습니다. 그런 건 해본 적이 없어서 좀 겁이 난다고 하자, 그럼 베개를 덮고 하면 된다고 하더군요. 손님에게는 그렇게 말했지만 사실 그런 적이 몇 번 있었어요. 남자가 행위 중에 내 목을 조른 적이 있어서, 목을 조르는 행위 자체에는 그다지 저항감이 없었습니다. 다만 목을 조르면 숨만 갑갑했지 뭐가 좋은지 모르겠는데, 목을 조르고 싶다는 게 아니라 졸라달라고 부탁하는 건 실제로 처음이었어요. 그렇다고 놀랄 일은 아니죠. 그냥 변태로군, 하고 생각했습니다. 하지만 나도 이런 일을 하는 이상 자신의 몸에 상처가 생기는 일이 아닌 한 가능하면 손님의 요구에 응하려고 노력하기 때문에, 분위기상 손님이 원하면 해주지 뭐, 하는 기분도 들었습니다. 가게에 보고할 생각은 없었어요.

너무 숨이 갑갑하면 꼭 말해요, 그렇게 말하면서 손님의 얼굴에 베개를 덮었어요. 목을 조르자니 거부감이 느껴졌지만, 그렇게 하면 표정이 보이지 않으니 뭘 하고 있는지 나 자신도 별다른 실감이 없었습니다. 처음에는 베개를 올려놓기만 했는데, 베개 밑에서 손님이, 좀 더 세게, 라고 하는 소리가 들려서 점차 베개에 몸무게를 싣게 되었는데, 도중에 손님이 밑에서 자기 손으로 베개를 누르고 있는 내 왼손을 꽉 누르면서 신음하는 소리 같은 게 들렸어요. 그게 기분이 좋다는 표시인가 싶어서 서비스한다는 맘으로 계속하고 있는데, 갑자기 픽, 하는 강한 충격을 받아 내 몸이 휙 날아갔습니다. 무슨 일이 생긴 건지 잘 몰라서, 아, 하고 생각했더니 천장이 보이고, 일어날 수가 없었습니다.

그다음 일은 기억이 흐릿하지만, 알몸으로 서 있는 손님이 보였어요. 몇 번이나 큰 소리로 이름을 부르는데, 그때 나도 모르게 본명이 입에서 나오고 말아, 구급차가 올 때까지 손님이 야스코, 야스코, 하고 이름을 불렀던 것 같습니다. 그리고 내 코 주변을 닦아낸 수건에 피가 묻어 있는 걸 봤던 것 같아요.

3. 손님을 상대하는 중에 손님이 어땠는지 말씀드리겠습니다.

대화를 할 때는 죽고 싶다거나 죽여달라는 말은 없었고, 비슷한 화제가 나오지도 않았습니다. 목을 졸라달라고 할 때나 베개를 덮으면 된다고 할 때도, 그렇게 하지 않으면 무슨 일을 당할지 모른다는 느낌이 들 만큼 위협적이지는 않았습니다. 베개를 꽉 누르고 있는 도중에 그만하라거나 숨이 갑갑하다는 말도 없었고, 나와 손님의 체격에 차이가 크니 그렇게 숨이 갑갑하지는 않은가보다고 생각했습니다. 설마 죽고 싶다고 생각하는 줄 알았다면 절대 그런 짓을 하지 않았을 거예요. 그리고 정작 섹스는 없었습니다. 손님이 요구하지 않았어요.

4. 머리를 부딪쳤지만 타박상에 그친 것은 불행 중 다행이라고 생각합니다. 부상으로 인해 가게로부터 사오일 쉬라는 말을 들은 탓에 일을 할 수 없게 된 건 맞지만, 오미야 씨라는 손님이 고의로 나를 다치게 했다고는 생각지 않습니다. 오히려 나를 걷어차지 않았다면 내가 오미야 씨를 죽였을지도 모른다는 생각에 소름이 끼칩니다. 아무튼 남에게 그런 일을 부탁하지 않았으면 좋겠어요. 여러 가지 사정이 있겠지만, 상대가 필요한 일이니 앞으로는 그런 일에 타인을 끌어들이지 말고, 자신의 목숨을 소중히 아끼면서 강한 마음으로 살아갔으면 합니다.

나는 사정이 있어 이런 일을 하고 있지만, 부모님에게는 알리지 않았고 미래의 꿈도 있습니다. 그러니까 가능한 한 일이 커지지 않기를 바랍니다. 아무튼 앞으로는 누가 그런 일을 부탁하더라도 절대 하지 말아야겠다고 생각합니다.

다노하라 야스코

이상의 내용을 녹취해서 들려준 바, 이상이 없다고 해서 서명 날인했다.

야마나시 현 나루사와 서
사법 경찰원 경부보 오기 아키라

일요일 밤도 어느덧 끝나가고 있었다. 직장에 다니는 사람이 아니더라도 우울한 주말 분위기가 불안감을 부추긴다.

"향기로운 보리의 자부심. 진정한 어른에게만 허락되는 풍요로운 한때"라는 내레이션과 함께 가극단 출신의 중견 여배우와 마주 앉아 발포주를 마시면서 고개를 깊이 끄덕이는 쓰무라 케이의 모습이 흐르는 텔레비전 바로 앞에서, 기누가사 사치오는 김이 모락모락 오르는 컵 야키소바에 마요네즈를 쭉쭉 짜고 있었다. 이 광고를 찍은 것도 벌써 1년 가까이 전의 일이다. 피부에는 윤기가 흐르고 수염도 머리 스타일도 단정하다. 이제는 낯선 타인 같다. 쓰레기 수거장처럼 온갖 것이 나뒹굴고, 먼지가 뒤엉켜 있는 털이 긴 러그 위에서 휴대전화가 진동했다. 모르는 번호라서 그냥 내버려두었는데 저녁때부터 벌써 세 번째이다 보니 좀 께름칙하다.

오이먀 요이치에게 요청을 받은 담당 변호사 기타지마 쓰네히코는 퉁명스럽게 전화를 받은 사치오에게 정중하게 이름을 말하고, 사건의 경위를 순서에 따라 설명했다.

"……2킬로미터 앞에 있는 쇼핑몰에서 아이들에게 줄 크리스마스 선물을 산 다음의 일입니다."

"판단력이 흐려졌다는 건가요."

"한창 서비스를 받던 중에 '사라지고 싶은' 충동이 덮쳤다는군요."

"아니 그건 또 무슨 소리죠."

"숨이 좀 갑갑해지니까, 그럼 그런 기분이 사라지지 않을까 하고. 그런데 더는 못 견디겠다 싶을 때 문득 자신이 든 생명보험의 금액이 뇌리를 스쳤답니다. 그래서 좀 더 힘을 낸 것이 그만."

"바보가 따로 없군요."

"그 점에 관해서는 검찰에 말하지 않도록 단단히 못을 박았습니다만."

그리고 기누가사 사치오에게 전화를 건 용건을 꺼냈다.

"기누가사 씨가 아이들에게 아빠가 무사하다는 것을 알려주었으면 한다는 부탁을 드리려고 이렇게 전화 드렸습니다. 생판 남인 제가 갑자기 그런 얘기를 전하면, 아이들이 받아들이기가 쉽지 않을 터라."

"……그런데 어디까지 얘기를 해야 할까요?"

"그게 문제입니다."

"변호사님, 당신이라면 어떻게 하겠습니까?"

"글쎄요. 여러 가지로 사정이 복잡하기는 하지만, 일시적인 충동이었기는 하나 '죽으려 했다' 하는 말은 아무튼 하지 않겠죠. 그건 아이들에게…… 하물며 엄마를 잃은 지 아직……."

"네, 그렇죠."

"어떻게 얘기를 만들어 전할지는 당신 쪽이 오히려."

"뭐 그다지 꿈이 있는 스토리를 쓰는 편이 아니라서."

"꿈은 없어도 빠져나갈 구멍만 있으면 되죠."

사치오는 오미야 요이치의 신병 인수인 역을 맡기로 하고 기타지마 쓰네히코의 전화를 끊었다. 그리고 숨을 크게 들이쉬고 떨리는 손가락으로 거의 두 달 만에 신페이의 휴대전화 번호를 눌렀다. 지난 두 달 동안 볼일이 있어 도심의 역을 이용할 때마다 오미야의 집 쪽으로 가는 전철에 올라타고 싶은 충동에 시달렸다. 자신이 그 세 식구의 생활을 버렸다고 괴로워하면서도, 신페이는 학원에 잘 다니고 있는지, 아카리는 어떻게 집을 지키고 있는지, 요이치는 혼자서 또. 상상하면 불안해서 우왕좌왕했다. 조금 더 시간을 두고 기다리면 다시 그곳에 가도 괜찮겠다 싶은 기분이 들지 않을까 했지만, 시간이 지나면 지날수록 그들에게 자신은 그저 타인이었을 뿐이라는 기분이 납으로 된 사슬처럼 발목에 휘감겨, 마른바람과 함께 달려가는 전철을 바라보면서 몇 번이나 얼굴을 찡그렸던가.

잠시 조용하다가 벨이 울리는 소리가 들리기 시작했다. 벨소리만 들어도 신페이가 이 세상에서 아무튼 생활을 계속하고 있다는 실감이 들어 가슴이 뜨거워진다. 한 번, 두 번, 세 번. 벌써 잠이 든 걸까. 벨 소리의 간격이 몹시 짧게 느껴진다. 서둘지 마. 상대는 어린아이라고. 천천히 받을 수도 있잖아. 네 번, 다섯 번, 여섯 번. 받아. 부탁이다. 끊지 말고. 다시 한 번 내게 기회를. 부탁이다, 받아.

"신페이, 사치오 아저씨야. 오랜만이지. 나, 너에게 꼭 사과를 해야 하는데……."

"사치오 아저씨, 아빠가 안 돌아와요."

신페이의 목소리는 이미 절박했다. 그런 목소리만 들어도 사치오는 가슴이 터질 것 같다.

"어제 돌아왔어야 하는데 전화도 안 받아요. 이런 일, 지금까지 한 번도 없었는데."

"그래서 말인데, 신페이. 아빠는 무사해. 괜찮아. 걱정 안 해도 돼."

마지막 전철을 탈 수 있다. 바닥에 너저분하게 깔려 있는 신문과 책들을 걷어차고 벗어 던진 바지에 다리를 밀어 넣고 밖으로 뛰쳐나갔다.

기누가사 사치오는 한밤중의 거리를 뛰었다. 그 아이들에게 반드시 아빠를 데려다줘야 한다. 아니, 그 아빠에게 아들을 돌려주기로 결심했다. 신페이는 통화를 하면서 훌쩍거렸다.

"내가 아빠에게 못된 말을 했어요. 아빠에게 상처를 줬어요."

못된 말? 그런 거야 내가 전문이지. 어디 들어보자고. 무슨 말이 되었든. 그런 실언 하나로 그 아이의 인생이 조금씩 엉망이 되고 만다면, 자기 같은 사람은 어째서 이리도 오래 살고 있단 말인가. 느슨하게 살아온 인생을 걸고 그를 아빠에게 데리고 가리라고 사치오는 생각했다. 다행히 아버지는 펄펄하게 살아 있다고 하지 않는가. 살아 있으면 어떻게든 할 수 있다. 죽음이 갈라놓을 때까지, 인간끼리 어떻게든 살 수 있다. 그렇지, 나쓰코.

다리가 꼬이고 숨이 차오르고, 앞으로 고꾸라지고, 도저히 뛰고 있다고 할 수 없는 꼴. 그러나 폐가 찢어지고 심장이 터지는 한이 있어도. 기누가사 사치오는 밤을 질러 뛰었다.

*

"가부라기 선생님이세요. 나, 기누가사입니다. 소설가 쓰무라 케이. 지난번에는 정말 큰 실례를 범했습니다."

"아, 아, 아, 아, 안녕하세요."

가부라기 유코에게는 다음 날 아침 기누가사 사치오가 제 손으로 전화를 걸었다. 아카리를 하룻밤 맡아줄 수 있는지 의사를 타진하기 위해서였다.

"실은 요이치 씨가 일을 하는 중에 사고를 일으켰습니다. 그래서 심하지는 않지만 아무튼 사람이 부상을 입은 터라."

"아, 에, 에, 네, 그래요?"

가부라기 유코는 두말 않고 기꺼이 맡아주겠노라 했다. 자세한 상황을 묻지도 않았고, 부모와 의논해보겠다는 말도 하지 않았다. 둔한 건지, 맹한 건지. 아니면 이런 게 아량이라는 건가. 아무튼 자신은 이 사람에게 질 수밖에 없겠다고 사치오는 생각했다.

아이들에게 어떻게 말해야 하나, 하는 숙제에 대해 쓰무라 케이는 기타지마 변호사가 기대한 만큼의 작화 능력은 발휘하지 못했다. 가부라기 유코에게 한 것과 똑같이 말했다. 신페이는 순순히 들어주었다. 신페이는 영리한 아이이니 사실 그대로 말하는 편이 좋을까 하고 망설였지만 결국 용기가 나지 않았다. 진실이 백일하에 드러나 만족스러운 기분에 젖는 것은 왕왕 진실을 밝힌 당사자뿐이다. 한번 밝혀지면 다시 뒤집을 수 없는 것이 '진실'이다. 거짓말쟁이라 여겨지든 어떻든, 나중에 뒤집을 가능성을 남겨두는 편이 그나마 미래가 있지 않겠는가.

그런데 가부라기 유코에게 아카리를 맡긴 뒤 사치오와 둘이 전철을 갈아타고 야마나시 변방으로 향하는 덜컹거리는 열차 안에 마주 앉았을 때 신페이가 천천히 입을 열었다.

"사치오 아저씨."

"응."

"나, 버스 사고가 났을 때 왜 아빠가 아니라 엄마냐고, 그렇게 생각한 적 있어요."

그렇게 말해놓고 신페이는 창밖으로 흐르는 골짜기 풍경으로 시선을 돌렸다. 기누가사 사치오는 결심했다. 지금이야말로 진실을 말할 때라고.

"그건 그 누구보다 아빠가 했던 생각이야. 네가 그렇게 생각할 것도 없었지. 처음부터 너보다 백 배, 아니 천 배는 그렇게 생각했어. 어차피 죽는 거 왜 자신이 아니었냐고. 혼자서 줄곧 그렇게 생각했지만 그래도 온 힘을 다해서 핸들을 잡고, 또 힘을 내온 거야. 알지?"

눈도 깜박거리지 않은 채 먼 곳을 바라보던 신페이의 한쪽 눈에서 한 줄기 투명한 눈물이 소리 없이 흘러내렸다.

"그런데 인간의 마음이란 게 그렇잖아. 강하기도 하지만 약할 때도 있어. 뚝 부러질 때도 있고. 어른이 되었든 부모가 되었든. 너희들이 꼭 껴안아줘도 모자랄 만큼 소중해도. 이해하지?"

신페이는 희미하게 고개를 끄덕였다. 그 바람에 다른 쪽 눈에서도 눈물이 주르륵 흘렀다. 사치오는 환승역 매점에서 산 냉동 귤을 하나 꺼내 손가락으로 조금씩 껍질을 벗겨냈다. 차 안의 온기에 껍질을 싸고 있는 얇은 얼음 막이 녹아내렸다.

"괜찮아, 신페이. 살아 있으니까 여러 가지로 생각이 많은 거야. 허접한 생각, 입에 담을 수 없는 한심한 생각도. 그러나 생각했다고 해서 그게 다 현실이 되는 건 아니야. 우리는 말이지,

우리가 생각하는 것처럼 세상을 그렇게 마음대로 움직일 수는 없어. 그러니까 자책하지 않아도 돼. 그래도 자신을 아끼는 사람을 쉽게 포기해서는 안 되지. 깔보거나 비난해서는 안 되는 거야. 안 그러면 나처럼 돼. 나처럼 사랑할 사람이 하나도 없는 인생이 되는 거라고. 쉽게 헤어질 수 없다고 생각하지만, 헤어지는 건 순간이야. 그렇지?"

껍질 벗긴 주홍색 열매 위로 시선을 지그시 떨어뜨린 채 사치오는 말했다.

"지금은 나도 알겠어. 그러니까 소중한 것은 꽉 잡는 거야. 너희들은. 꽉."

신페이가 손바닥을 내밀었다. 사치오는 귤을 절반 갈라 그 손에 올려놓았다. 둘이서 입을 크게 벌리고 한입에 넣었다. 머릿속 심지에 꽂히는 것처럼 차갑고, 달콤하고, 말도 할 수 없었다. 그리고 그다음에는 둘 다 아무 말 없이, 승객이 아무도 없는 열차의 흔들림에 몸을 맡겼다. 창밖 풍경은 깊은 산속, 헐벗은 겨울 숲이 시선을 훑듯이 지나갔다.

정오가 지나 만나기로 한 찻집에 나타난 기타지마 변호사는 이미 피해자와 합의를 보고 오는 길이었다.

"착실한 분이던데요. 아주 온화하고."

통화를 하면서 들은 그의 목소리는 시를 낭독하는 노련한 배우 같았는데, 실물은 웃으면 주름이 자글자글해지는 호인형이었다. 사치오가 선물로 들고 온 큼지막한 찹쌀떡을 찻집 안에서 몰래 두 손으로 들고 애지중지 먹는 모습이 천진한 새끼 원숭이를 방불케 했다. 사치오는 어젯밤에 그가 지시한 대로 오미야 요이치를 집으로 돌려보내야 하는 필요성에 대해 새벽까지 탄원서를 썼다. 조그만 노안경을 코에 걸치고 미끄러지듯 빠른 속도로 글을 죽 읽은 기타지마 변호사는 좋습니다, 한마디만 하더니 코를 훌쩍거리고는 홀연히 일어나 지금 검찰청에 다녀오겠습니다, 하고는 사라졌다.

해가 산기슭으로 기울 무렵 사치오의 휴대전화가 울렸다. 검찰이 구류 청구를 하지 않기로 했습니다, 불기소 처분을 받아 바로 나올 겁니다, 시를 낭독하는 듯한 목소리가 그렇게 말했다.

"나는 오늘 중으로는 힘들지 않을까 했습니다. 운이 좋았군요, 요이치 씨가. 기타지마 선생님을 만나서."

"늘 이렇게 잘 풀리는 건 아닙니다. 지금이니까 말씀드리는데, 뉴스에서 오미야 씨를 본 기억이 있어요. 버스 사고를 당한 유족들의 모임 광경 말입니다. 나, 충격이 아주 컸어요."

"아, 그때는, 그러셨겠죠."

"아니, 그런 의미가 아니라. 실은 오래전에 규모는 더 작지만 비슷한 사고를 맡은 적이 있었습니다. 가해자 쪽의 변호였지만요. 그때 상대 쪽이, 그러니까 피해자 유족 중 한 명이 스스로 목숨을 끊었어요. 사죄도, 보상에 대해서도 합의가 전부 끝난 후에 말이죠. 내 일은 끝난 상태였습니다. 사고의 책임자 쪽도 할 수 있는 건 전부 한 다음이었죠. 그런데 그 결과가 이런 건가 하고. 물론 내 탓은 아니었지만, 그 일이 줄곧 내 마음속에 응어리져 있었어요. 결국 그들은 우리 노력으로는 도저히 메울 수 없는 구멍을 계속해서 내려다보고 있다고 생각하니, 자신이 하는 일이 허망해서 말이죠. 그래서 이번 일을 의뢰받았을 때, 이건 틀림없이 무슨 인연이다, 그런다고 해서 과거가 바뀌는 건 아니지만 지금 살아 있는 사람을 살리는 것밖에 할 수 없잖아요. 나 자신을 포함해서 말이죠. 그래서 생각했습니다. 살아서 끈질기게 기다리다 보면 기회는 온다고 말이죠. 아, 그리고 딸이 쓰무라 씨 팬입니다. 여러모로 시원찮아서 시집도 못 가는 딸이지만, 탄원서를 읽었을 때 내 딸이 옳다는 생각이 들더군요. 쓴 본인 앞에서 코가 쩡해져서."

"설마요. 아무 감동도 없는 듯이 보였는데요. 그래도 일단은 밤을 새워 고민해 쓴 글이었거든요. 그래서 아, 난 역시 삼류다, 하고 속으로 타격을 받았습니다."

"그 이상 무슨 말을 하면 눈물이 나올 것 같았어요. 그럼 불안하잖아요? 출전을 앞둔 변호사가 훌쩍거리면."

경찰서 밖은 이미 짙은 어둠에 싸여 있었다. 이 지방의 추위는 그냥 서 있는데도 뼈가 오그라들 듯이 혹독했다. 사치오도 신페이도 발의 감각이 거의 없어졌을 때에야 불빛이 휘황한 건물 안에서 어깨가 떡 벌어진 남자의 그림자 두 개가 나왔다. 사치오의 눈에는 신참을 데리고 외근하러 나가는 강력반 형사처럼 보였는데, 신페이는 주저 없이 두세 걸음 앞으로 나아갔다. 그야말로 자유의 몸이 된 그의 아빠가 틀림없었기 때문이다.

사치오는 신페이 뒤를 따라가지 않았다. 신참으로 보인 젊은 담당 형사에게 머리 숙여 인사하고 밖으로 나온 오미야 요이치는 아들의 모습을 보자 그 자리에 우뚝 서더니, 멀리 떨어져 있는 사치오 쪽을 보았다. 사치오는 턱을 위아래로 움직여 요이치를 채근했다.

두 남자는 조금씩 조금씩 거리를 좁혀갔다. 마치 미야모토 무사시와 사사키 고지로의 간류 섬 결투처럼 긴박감이 넘친다. 사치오는 갑자기 웃음이 끓어올라 몸을 돌려 두 사람을 등지고 머리 위에 뜬 가느다란 달을 올려다보았다.

셋은 그 길로 시내에 들어가, 신페이는 찻집에서 기다리게 하고 헤븐스 도어 사무실을 찾았다. 머리에 멜론을 싸는 망 같은 붕대를 감은 아리스 씨 앞에서 사치오와 요이치는 무릎이 꺾일 만큼 머리를 숙였다. 머리를 들려는 요이치의 뒷머리를 사치오가 꾹 눌러 다시 한 번 숙였다. 아직 젊은데 쭈그렁 바가지 같은 점장은 빨리 물러가줬으면 하는 표정이었다. 돌아서 나오는 길에 아리스는 "다음에 혹시 이 부근에 오실 일이 있으면." 하면서 사치오와 요이치의 손에 명함을 한 장씩 쥐어주었다. 내려가는 엘리베이터에 올라타 단둘이 되었을 때 사치오는 명함을 쥔 오른손을 주먹 쥐고 요이치를 향해 갑자기 날렸다. 그러나 요이치가 순간적으로 몸을 비켜 주먹이 벽에 쾅 부딪쳤다. 다시 한 번 휘둘렀다. 이번에는 요이치가 몸을 피하려 하지 않았지만, 사치오의 주먹은 그의 관자놀이를 스르륵 맥없이 스쳤을 뿐이었다. 겨우 그런 동작 하나에 벌써 숨이 찼다. 요이치에게 껴안긴 꼴로 사치오는 한마디했다. "그러면 안 되지." 요이치는 미안하다고 사과했다. 정말 형편없는 펀치였지만, 기누가사 사치오는 처음으로 인간을 때렸다.

요이치가 운송 회사에 전화를 걸자, 사장은 가차 없이 화를 냈지만 거기 간 김에 고후에서 짐을 싣고 아침까지 사이타마로 돌아오라고 지시했다.

국도 옆 트럭 스테이션의 넓은 주차장에는 오미야 요이치의 트럭이 아무 일도 없었던 것처럼 멀쩡하게 서 있었다. 셋이서 탈 수 있어요, 하면서 신페이가 거듭 같이 가자고 했지만, 여기서 그리 멀지 않은 곳에 쓰무라 케이의 팬이라는 미인이 운영하는 온천 여관이 있어서 사흘쯤 푹 쉬고 가겠다고 하고 거절했다.

경적 소리를 빵! 한 번 울리고서 요이치의 트럭은 그 큰 차체를 꿈틀거리며 움직이기 시작했다. 국도변 보도에 서서 부자에게 손을 흔들고 나자 사치오는 발길을 돌려 정반대 방향으로 걷기 시작했다.

조수석에 앉은 신페이는 차가운 바람을 맞으면서 순식간에 작아진 그 뒷모습을 한없이 바라보았다. 한 번 더 돌아보지 않을까 싶어서, 한없이.

　신페이가 아빠의 트럭을 탄 건 지금이 처음은 아니지만, 그래도 그게 언제였는지 기억을 더듬기가 어려울 만큼 옛날 일이었다. 도중에 식품 공장 창고에 들러, 거기서 일하는 어른들과 짐칸에 몇 천 개의 상자를 싣는 아빠 모습을 보고 있자니, 이런 장소에 따라왔던 오래전 기억이 희미하게 되살아났다. 그때보다는 신페이도 꽤 많이 컸을 텐데, 왜 지금 어른들 몸이나 아빠 몸이 훨씬 더 크게 느껴지는지 이상했다.

　짐을 실어 무거워진 트럭이 교통량이 눈에 띄게 줄어든 캄캄한 시골길을 굉음을 울리며 달린다. 아빠가 늘 듣는 라디오 프로그램 사회자의 웃음소리. 아빠 냄새로 가득한 차 안. 아빠가 좋아하는 캔 커피의 맛.

　"어때, 승차감이?"

　"가끔은 좋아."

　"언제 또 탈 수 있을지 모르니까 지금 즐겨. 아빠는 정말 이 일을 그만두려고 했어. 이렇게 오래는 못 가겠다 싶어서."

　"그만두고 뭐 할 건데?"

　"편의점 점장이나 뭐. 회사 가는 길에 있는 로손에서 사람 구하더라."

　"아빠가 그런 일을 어떻게 해."

"너도 역시 그렇게 생각하냐?"

"그럼, 무리지. 전혀 어울리지가 않아. 절대 못해."

혼자 있는 걸 싫어하는 체질은 아니라서 이 일을 시작하고 줄곧 혼자서 달려왔지만, 그래도 얘기 상대가 있는 편이 좋다고 아빠는 말했다. 아니, 말은 안 해도 그냥 누가 옆에 있는 게 좋아, 하고 말했다. 바깥 온도는 빙점에 가까울 텐데 차 안은 따뜻하다. 신페이는 눈꺼풀이 점차 무거워지고 의식이 가물가물해졌다. 어젯밤에 사치오가 그렇게 달래주었고, 또 그런 말을 믿는 척하기는 했지만, 아빠가 형무소에 갇히는 상상을 밤새 떨쳐버릴 수가 없었다. 눈 좀 붙여, 하는 아빠의 차분한 목소리에 오히려 눈이 반짝 뜨여서, 자세를 바로 하고 불빛이 비치는 저 먼 어둠 속의 길 끝을 가만히 쳐다보았다.

*

기누가사 사치오는 역사 안에 있는 식당에서 채소가 듬뿍 든 칼국수 한 그릇으로 몸을 녹인 뒤 도쿄로 돌아가는 열차에 올랐다. 그를 흠모하는 미인이 운영하는 온천 여관 따위는 존재하지 않는다. 혼자 돌아가는 밤의 열차는 그저 조용하고 썰렁했다. 가방에서 소설책을 꺼내 읽다가 잠이 쏟아져 눈을 감았더니, 종착역에서 차장이 흔들어 깨울 때까지 자고 말았다. 덕분에 갈아탈 급행 차표가 휴지 조각이 되었다. 할 수 없이 덜컹거리는 보통열차를 타고 가면서 소설 한 권을 다 읽었다. 휴대전화를 꺼내 멀거니 들여다보아도 새로운 연락은 없고, 점차 승객이 늘어나서 취객이 몸을 기대고, 축제 날처럼 차 안이 소란스러워지고, 그러다 바로 앞에 선 노인네에게 자리를 양보하고 일어나자, 다시 도심이 눈앞에 다가왔다.

지금쯤 그 부자는 어디를 달리고 있을까.

오미야 일가에게는 안된 일이지만, 오랫만에 아카리와 신페이, 그리고 요이치와 해후한 지난 이틀이 사치오에게는 돌아보기가 두려울 정도로 달콤한 한때였다. 그러나 달콤한 시간의 과잉 섭취는 인생을 좀먹는다. 먹지 말 걸 그랬다고 후회하게 된다. 사치오에게는 이미, 그 정도로 해두는 게 좋다고 옆에서 훈계해주는 어른이 없다. 치통 때문에 울고 있는 경우가 아니다. 주머니에 든 달달한 것을 일단 선반에 올려놓는 기술을 터득해야만 한다.

그 기술이 술. 그 기술이 여자. 그런 바보 같은 짓이 있나, 생각하면서도 발길은 똑바로 술집을 향했다. 줄곧 이 모양이었다. 늘 이 꼴이다. 집으로 곧장 돌아가면 좋을 것을. 마음 어느 한 구석이 그렇게 속삭이는 날이면 더욱이, 술집에 모인 사람들은 즐겁고, 여자는 친절하고, 술은 술술 넘어간다. 지금까지 본 척도 하지 않던 가게 최고의 미인이 이런 날 또 이렇게 말한다. 가게 끝나면 쓰무라 선생님이 추천하는 라면집에 가고 싶은데. 라면 따위나 먹고 있을쏘냐. 팔짱을 끼고 사치오의 집으로 직행. 팔뚝에서 몽글거리는 따스하고 부드러운 여자의 젖가슴. 징글벨. 징글벨. 오호호호. 후회 없는 내 인생, 홀가분한 몸. 만세. 만세. 만만세. 둘이서 춤추듯 장난하며 아파트 입구에 도착해 자동문에 열쇠를 꽂는 순간 문득, 어라 내가 정말 혼자였나, 하는 불안이 스친다.

혼자죠. 의심할 여지 없는, 혼자입니다.

"……사쨩. 미안한데."

"왜요?"

"나, 써야겠어."

"네에?"

"써야겠어. 역시 쓸까봐."

"쓰다니 뭘?"

"음, 그게, 그러니까, 나와 아내 이야기."

"난 또 뭐라고."

"데려다줄게."

"됐네요."

"그럼 키스만 하자."

"안 해요."

아파트 입구 앞에서 손을 흔들며 배웅하는 기누가사 사치오에게 사쨩은 잇몸을 드러내고 목을 가르는 시늉을 해 보이고는 등을 돌려 걸어갔다.

　한밤중의 주택가, 산타클로스와 순록 인형으로 장식한 집들에서 반짝거리는 알전구가 혼자 걸어가는 사짱의 귀로를 밝혀주고 있다. 징글벨. 징글벨. 종소리 울려. 오늘은 즐거운. 모퉁이를 돌기 직전에 문득 걸음을 멈추고 다시 한 번 돌아보았다. 기누가사 사치오는 입구로 들어가려 하고 있었다. 사짱은 어라, 하고 자신의 눈을 의심했다. 쓰무라 선생님이 저런 사람이었나. 멀리서 보는데도 되돌아가 다시 한 번 매달리고 싶어지는, 당당하고 쓸쓸한 뒷모습이었다.

　놓친 등이 사라지는 모습을 바라보는 건 여자 체면이 서지 않는 일이다. 참 내, 하면서 사짱은 모퉁이를 돌았다. 메리 크리스마스.

잘 지내나요? 그쪽은 춥지 않나요? 이쪽은 아주 춥습니다. 작년에도 충분히 추웠는데, 올해는 좀 더 춥군요.

신페이는 내가 그 사건을 일으킨 뒤로 힘을 내서 공부했어요. 연말연시 때도 책상에 매달려 있었고, 일요일에는 일찌감치 학원에 가서 시험을 보기 전에 선생님에게 모르는 것을 물어 확인했고, 집안일도, 아카리를 어린이집에 데려가고 데려오는 일도 끝까지 잘해냈습니다. 성적이 한때 떨어지기는 했지만, 겨울방학에 들어간 뒤 모의고사에서는 점차 제자리를 찾는 것 같았어요. 1월 말에 학원에서 면담이 있었는데 선생님이 정말 감탄하더군요. 평일에 다니는 학생들에게, 신페이도 열심히 하고 있으니 너희들도 잘하라고 격려했다는군요. 흐뭇한 일이죠.

그러나 입시 결과는 불합격이었습니다. 자신은 있는 것 같아 보였는데, 그렇게 바라던 ○○중학교에는 붙지 못했어요. 열심히 해서 여기까지 왔으니 다른 중학교 시험도 한번 보라고, 마지막에는 내가 욕심이 났지만, 신페이는 현 내에 있는 사립 어디에도 원서를 내지 않았습니다. 역시 당신을 닮아 고집이 엄청 셉니다.

합격 발표는 혼자 가서 보겠다고 하기에, 그렇게 하도록 했습니다. 그러나 나는 혼자 가만히 기다릴 수가 없어서 사치오 씨를 불러내 둘이 조금 거리를 두고 따라갔어요. 학교에서 가장 가까운 역 앞의 로터리에서 기다리고 있다가 돌아오는 신페이에게 결과를 들었습니다.

돌아오는 길, 어쩌면 신페이가 타고 다녔을 버스를 셋이 탔는데, 창문으로 보이는 해질녘의 도쿄 거리가 참 아름답더군요. 저 멀리로 빨간 후지 산도 조그맣게 보였어요. 아직 추위가 물러가려면 멀었지만 조금씩 해가 길어지고 있습니다.

신페이는 실망이 무척 컸지만 야무지게 굴더군요. 신페이 대신 사치오 씨가 울었습니다. 버스에서 내려 돌아오는 길 한가운데에서 엉엉 울었어요. 사치오 씨는 나쓰코 씨가 죽은 뒤로한 번도 운 적이 없다고 합니다. "믿을 수 있겠어?" 하고 사치오 씨가 내게 그러더군요. 그러고는 또 울었어요. 아무에게도 이런 말을 할 수 없었다면서. 나는 나쓰코 씨가 우리에게 말했던 것처럼 사치오 씨와 우리가 궁합이 맞지 않는다고는 생각지 않아요. 셋이서 어린이집에 아카리를 데리러 갔더니 원장 선생님이 "오늘은 다 같이 왔네요." 하고 무척 기뻐했어요. 그날 아카리는 철봉에서 거꾸로 매달리기에 성공했대요. 슬픈 일도 있지만, 그때 세계의 어딘가에는 기쁜 일도 있다는 생각이 들더군요. 오랜만에 넷이 나란히 집에 돌아왔습니다.

신페이는 정말 잘하고 있어요. 나는 그 아이의 아빠여서 참 좋다고 생각합니다. 앞으로도 계속 칭찬해주세요.

2월 7일
요이치

당
신
에
게
:

　잘 지내고 있나요? 그쪽은 시원합니까? 이쪽은 아직 무더위
가 계속되고 있는데. 짜증스럽군. 지난주에 에어컨이 고장 났는
데, 이제 추분도 머지않았으니 좀 참으면 되겠지 했더니, 믿기
지 않을 정도로 무더운 밤이 계속되고 있어. 귀찮지만 AS 신청
을 해야겠지.

　당신과 나를 그린 소설이 지방 신문사가 주최하는 문학상을
받았어. 조그만 상이야. 당신은 아마 이름도 들어본 적 없을걸.
심사원인 F씨는 원래부터 내가 별로 좋아하지 않는 작가였는
데, 어찌나 칭찬을 하던지, 그래서 얘기를 좀 해봤는데 평범하
고 친절한 아저씨더라고. 그렇다고 그 사람 작품을 좋아하게
되는 일은 없겠지만. 그렇게 되기는 어렵잖아. 그래도 근처에 살
고 있는 것 같아. 전에 내가 다녔던 이비인후과 그 부근에. 한
번 놀러오라고 하더군. 가볼까 싶기도 해.

받은 상금으로 레스토랑을 빌려 조촐하게 파티를 했어. 출판사 사람들은 대박이 나기를 기대한 눈치지만, 지금 분위기로 봐서 그러기는 힘들 거야. 하지만 편집자 구와나 씨는 "앞으로는 지방 시대이니, 큰 것보다는 작은 것을 믿을 수 있는 세상이 될 겁니다." 하면서 만족스러워했어. 과연 그 말이 맞을까.

물론 오미야 씨 가족도 와주었지. 신페이는 공립 중학교 교복을 입고, 머리를 싹 밀었더라고. 핸드볼부에 들었대. 읽고 싶은 만화를 빌려준 어느 선배가 권했다는군. 천문부에 들어가지 않았느냐고 물었더니, 그건 ○○중학교 천문부가 아니면 의미가 없다고 엉뚱한 소리를 하고. 아카리는 파란색 귀여운 원피스를 입고 왔어. 작년에는 줄곧 머리가 짧았는데, 그날은 앙증맞게 땋았더군. 아주 몰라보게 컸어. 게다가 미인이야. 정말 누구를 닮은 건지. "속담 카드 놀이 요즘도 하니?" 하고 물었더니, 어린애 취급한다는 식으로 얼굴을 찡그리더라고. 올해 초에 갔을 때는 득의양양하게 "원숭이도 나무에서 떨어진다.", "아니 땐 굴뚝에 연기 나랴." 하고 큰 소리로 외치던 주제에.

요이치 씨는 가부라기 선생님도 데리고 왔어. 나는 요이치 씨 사건 이후로 처음인데, 긴장하고 있는 것 같기도 하고 안 하는 것 같기도 한, 그러니까 전에 만났을 때와 똑같이 주춤거리고 빨간 소처럼 몇 번이나 머리를 숙이면서, "작품, 훌륭했어요."라고 하더군. 또 그 작품 소리.

아직 이른 생각이겠지만, 가부라기 선생님과 오미야 사람들은 언젠가 좋은 가족이 되지 않을까 싶어. 당신은 가부라기 선생을 어떻게 생각하지? 나는 유키 씨에 대해 잘 모르지만 들은 얘기로 미루어보면 유키 씨와 상통하는 점이 있는 것 같아. 소심하고 내향적으로 보이지만, 그건 그렇게 보이는 것일 뿐 가부라기 선생은 속이 아주 알찬 사람이야. 그리고 그들을 올곧게 사랑해줄 것 같아. 걱정 마. 나도 할 수 있었는걸. 걱정스러운 건, 내 작품의 팬이라는 거지.

신페이는 연습을 하고 왔는지 아주 다부지게 감동적인 축사를 해줬어. 정말 기쁘더군. 출판사 언니들은 화장한 얼굴이 안 쓰러워질 만큼 눈물을 줄줄 흘렸어. 아마 내 소설보다 감동적이었을 거야. 그 축사를 CD에 담아 부록으로 붙이면 세 배는 더 팔리지 않겠느냐고 기시모토와 얘기하며 웃었지.

축사는 신페이만 했어. 잘난 소리만 하는 어른들 축사는 의미 없잖아. 그리고 멋진 음악, 맛있는 음식, 즐거운 대화. 그걸로 끝. 괜히 거드름 피우지 않아도 되는 세련된 파티로 하고 싶었어. 그런데 요이치 씨가 다음 날 쉬기로 했다면서 술을 들이붓듯이 마시고 이상한 춤을 추는 바람에 전혀 세련미가 없어지고 말았지. 다들 배꼽 잡고 웃으면서 봤는데, 그러다 레스토랑 아가씨들이랑 편집자들까지 끌려 나가고 말았지. 마지막에는 교복 차림의 신페이와 아빠가 마주 보고 미꾸라지 잡는 춤 비슷한 스텝을 선보여서 파티장이 한껏 달아올랐어. 뭐야, 이 시골 잔치 같은 분위기는. 애써 준비한 나의 세련된 파티가. 이

다음이 있을지 없을지 모르는데. 아무튼 만사가 내 마음대로 되지 않는군.

이렇게 될 줄은 당신도 예상하지 못했겠지.

아주 잠깐 엿본 당신의 그 문자메시지를, 지금도 종종 떠올려.

이제 사랑하지 않아. 털끝만큼도.

그건 나도 마찬가지였는지도 모르겠지만.

그런 상황을 어떻게 하면 좋았는지, 어떻게 하면 조금이라도 나아질 수 있었는지, 당신과 헤어지는 편이 좋았을지도 모르고, 다른 방법이 있었을지도 모르지만, 아무튼 살아 있는 동안에는 노력이 중요하겠지. 시간에는 한계가 있다는 걸, 사람은 후회하는 생물이라는 걸 충분히 알고 있었을 텐데, 가장 가까운 사람에게 최선을 다하지 못하는 건 어째서일까.

사랑해야 할 날들에 사랑하기를 게을리 한 대가가 작지 않군. 대신 다른 사람을 사랑해서 되는 일도 아니고. 다양한 사람들과의 만남과 공존은 상실을 치유하고, 할 일을 늘려주고, 새로운 희망과 재생의 힘을 선물해주지. 그러나 상실의 극복은 바쁜 일이나 웃음으로는 절대 성취되지 않아. 앞으로도 내 인생은 당신에 대한 회한과 배덕의 자책감으로 지배되겠지. 마음속으로 사과한다 한들 용서해주는 당신의 목소리는 들리지 않아. 그쪽에서 당신이 나를 얼마나 욕하고 동정하든, 그 목소리 역시 내게는 들리지 않고. 인간은 죽으면 그뿐이지. 우리는 둘 다 살아 있는 시간을 너무 우습게 봤어.

나도 몇 번이나 그쪽으로 갈까 생각했지. 그쪽이라고 하면 당신 옆인 듯 들리겠지만, 그런 게 아니야. 아무튼, 무슨 일이 있을 때마다 '나'라는 조악한 가면을 벗어버리고 싶은 기분이 들곤 했어. 하지만 이쪽 사람들에게 전혀 누를 끼치지 않고 죽기란 어려운 일이지. 죽는다는 거, 남은 사람들에게는 누가 되는 일이야. 물리적으로도 그렇지만 사람의 마음에 누가 되지. 당신들 두 사람의 예가 가장 대표적이잖아. 당신처럼 사고로 죽은 경우조차 그래. 정말 이만저만 누가 아니었어.

그렇게 누가 될 수도 있다는 걸 돌아보지 않고, 독창적인 방법으로 그쪽 세계로 돌입을 시도했던 요이치 씨에게 그 후 농담 삼아 의견을 들어보았지. 자기가 한 짓은 제쳐놓고 "죽고 싶다니, 절대 안 돼." 하고 엄포를 놓더군. 다들 자신에게는 관대하고 타인에게는 가혹하게 굴지. 우리도 살고 있으니까 사치오 씨도 살아, 라더군.

지금 와서 이런 말 하기 뭐하지만, 감기 걸렸을 때 당신에게 했던 말, 후회하고 있어. 병원에 가라고 시끄럽게 굴던 당신에게 내가 관계없잖아, 라고 했던 말, 기억하지? 내가 언제 죽든 내 마음이라고, 정말 늘 그렇게 생각했었어. 후회하고 있어. 나는 대체 뭘 위해서 당신과 함께 있었던 걸까. 그 후 당신은 집을 나가서 밤늦게까지 거리를 돌아다니면서 무슨 생각을 했을까. 그때만인 줄 알아? 당신은 그렇게 말하겠지. 그래, 그럴 거야. 모든 게 두서없고 끝나지 않을 변명처럼 들리겠지만, 앞으로도 나는, 아마 죽을 때까지 당신에게 했던 이런저런 말, 당신을 대한 나의 이런저런 태도를 하나둘 떠올리고 등에 식은땀을 흘리면서 살아가겠지.

죽음은 남은 사람들의 인생에 그림자를 드리우지. 그 죽음이 어떤 죽음이었는지, 안타까우면 안타까울수록 사람들은 깊게 상처 입고, 스스로를 자책하고, 삶의 의욕을 빼앗기고, 그 고통은 또 다른 죽음을 부르기도 하지. 나 같은 인간이 인생을 포기하는 바람에 신페이나 아카리가 이 이상 한순간이라도 그런 기분에 젖게 하고 싶지 않았어. 그 아이들은 이미 충분히 잃었고, 그리고 싸우고 있어. 나의 죽음을 완전히 무시하기에는 그들과 관계가 너무 깊어지고 말았지.

'살고 있으니까, 살아라.'

그렇게 간단한 일일까 하고 생각하지만, 의외로 그런 건지도 모르지. 그 사람이 있으니 포기하면 안 된다고 생각할 수 있는 '그 사람'이 누구에게든 필요해. 살아가기 위해, 마음에 두고두고 생각할 수 있는 존재가. 그런 생각이 절실하게 드는군. 타자가 없는 곳에는 인생도 존재하지 않는다고. 인생은 타자라고. 죽은 당신이 내게 '그 사람'이 되어가고 있는 듯한 기분도 드는군. 이미 늦었나.

슬슬 다른 소설을 쓰려고 해. 새 아이디어가 떠올랐거든. 당신이 절대 읽을 일 없는 두 번째 작품이 되겠지. 불안하기도 하고, 해방된 것 같기도 하고, 드디어 당신을 신경 쓰지 않고 보다 과격한 걸 쓸 수 있게 되지 않았나 하는 생각도 들지만, 새 아이디어란 게 청춘 소설이야. 과연 내가 쓸 수 있을까. 뭐, 아무튼 힘내볼게. 그쪽도 편안하기를.

사치오

문이 열리는 순간 미용실 안 분위기가 딱딱하게 얼어붙었다.

'사치오다.'

'사치오가 왔잖아.'

과거에 기누가사 나쓰코 밑에 있던 종업원들이 목소리가 아니라 눈짓으로 서로에게 말했다.

"쓰무라 선생님, 잘 지내셨어요?"

점장인 구리타 고토에가 나와 화사한 표정으로 맞이하자, 기누가사 사치오는 그답지 않게 주춤거리면서 그날 미용실을 찾은 이유를 설명하기 시작했다.

구리타 고토에와 종업원들은 각자 휴대전화를 꺼내고, 디지털카메라를 갖고 있는 사람들은 들고 나와, 자신이 갖고 있는 기누가사 나쓰코의 온갖 사진을 사치오에게 보여주었다. 신년회와 송년회 자리에서 기름기 흐르는 얼굴로 마이크를 잡은 모습, 사원 여행 때 묵었던 온천 여관에서 유카타를 입고 드러누워 있는 모습, 인테리어를 새로 하고 다시 오픈했을 때 가게 앞에서 전원이 손가락으로 브이를 그리고 있는 모습. 전부 영화의 한 장면에서 떼어온 것 같았던 그 멋들어진 영정 사진과는 거리가 먼 형편없는 사진들뿐이었지만, 사치오는 그 사진들을 자신에게도 보내달라고 부탁했다.

구리타 고토에는 나쓰코가 늘 손질해주었던 머리 스타일과 조금도 다르지 않게 기누가사 사치오의 머리를 단정하게 정리해주었다.

"마스트로야니 같아요."

그렇게 놀리자 사치오는 마치 어린 소년처럼 얼굴을 붉혔다.

기누가사 집안의 정리가 어언 막바지에 접어들었다. 나쓰코가 남긴 옷과 화장품, 잡화 전부를 사치오는 혼자 처분했다. 사람들에게 물려주기도 하고, 더러는 재활용품으로 내놓았다. 여자는 물건이 많다. 집 안이 휑해져 활짝 연 창문으로 불어드는 바람도 전보다 훨씬 잘 통하는 기분이었다. 마냥 방치해두었던 그 커다란 영정도 치우고, 대신 미용실 종업원들에게 받은 사진 중에서 고른 한 장을 사진관에 가서 인화해 조그만 액자에 담았다. 이렇다 할 것 없는 사진이다. 유쾌하게 웃고는 있지만, 남이 보면 하필 이런 사진을, 이라고 말하리라. 하지만 남이 말하는 만큼 나쓰코가 미인인 것도 아니고, 빈틈없는 여자도 아니었다. 어찌 되었든 그 사진에는 사치오가 잘 아는 아내 얼굴이 찍혀 있었다.

거실 책꽂이의 중간 칸, 가장 잘 보이는 곳에는 사치오의 인생에서 아마도 처음이자 마지막일 가족사진이 놓여 있다. 몇 번을 생각하고, 한참이나 시기가 지나서야 그 백일홍 사진관 주인에게 부탁해 한 장을 더 인화했다. 그 옆에 나쓰코의 사진 액자를 세워놓자, 불어오는 바람을 타고 어디선가 피아노 소리가 들려왔다. 똑같은 곡을, 나쓰코가 떠난 그 화창한 겨울날에도 여기서 들은 듯한 기분이 들었다. 치고 있는 사람은 어린애 같기도 하고 어른 같기도 한데, 아무튼 그때보다 훨씬 매끄럽게 치는 것 같다.

당신, 옛날에 피아노 쳤었지 아마. 이거 무슨 곡이야?

그렇게 물어보았지만, 그 귀에 아내의 목소리가 되돌아오는 일은 없고, 그저 바람을 타고 흘러오는 제목도 모를 곡만이 가볍게 동네를 감싸고 있었다. 그리고 기누가사 사치오는 처음으로 다른 누구를 위해서가 아니라, 또 회한 때문이 아니라 그저 아내를 생각하고, 울었다.

"그리고 기누가사 사치오는 처음으로 다른 누구를 위해서가
아니라, 또 회한 때문이 아니라 그저 아내를 생각하고, 울었다."

남자는 언제 울까?

한마디로 아내의 불의의 죽음 앞에서도 눈물을 흘리지 않았
던 한 남자가 아주 긴 변명 끝에 우는 장면으로 끝나는 소설
이다.

아내는 성공한 유명 소설가로서의 삶으로도 구겨진 자존심
과 자격지심과 열등감을 해소하지 못한 남자에게 자신을 비춰
내는 거울 같은 존재였다.

구겨진 자존심과 자격지심은 세상에 이름을 내밀지 못한
10년이란 긴긴 시간에서 비롯된다. 아내는 그 기간 동안 미용

사로 일하면서 두말 않고 뒷바라지를 했고, 남편은 그런 아내에게 빌붙어 살다가 드디어 소설가로 데뷔했다. 그러나 소설가로 데뷔한 순간 역할이 뒤바뀌었나 하면 그렇지 않다. 아내는 여전히 경제적으로나 정신적으로나 독립한 존재로 미용사로서의 삶을 살아간다. 소설가 남편의 유명세를 등에 업지도 않고, 소설가라는 자신의 정체성을 '이류도 못 되는 삼류 소설가'라고 자조하는 남편의 태도를 비난하거나 또는 아니라고 하면서 추어올리는 일도 없이 약간 거리를 둔 자리에서 지켜만 본다. 의존을 허락하지 않는 것이다.

남편은 그런 아내의 한결같은 모습을 보면서 속이 뒤집혔을 것이다. 그래서 반대급부로 외도도 했고, 굳이 위악적인 말도 했고, 허세도 부렸을 것이다. 아내가 진정 바라는 것이 뭔지 모르는 채, 아내가 비쳐내는 자신의 유치함에만 발악했을 것이다. 이런 남편의 비굴함을 지켜보는 아내가 싸늘해지는 것은 어쩔 수 없는 당연한 결과다.

아내가 진정 바랐던 것은 자신이 남편을 소설가 쓰무라 케이로 키웠다는 자부심이 아니었으니까. 소설가로서의 인생이 기누가사 사치오라는 개인의 삶을 아우르기보다는 그 반대이기를, 자신이 좋아했고 결혼했고, 그리고 함께 사는 기누가사 사치오라는 존재의 삶이 소설가로서의 삶을 아우르기를 바랐을 테니까. 그래서 소설가가 되었든 뭐가 되었든 남편을 부르는 호칭은 '사치오'였다.

아내와 남편이라는 전제는 원하는 무엇이 이루어져야 발동하는 것이 아니다. 여자에게는 결혼을 결심하는 순간 이미 발동하는 것이어서, 어떤 이유로든 그 전제를 흔드는 불순함은 용납하지 않는다. 그러니 유명세와 지위와 자신이 도달하려 한 목표로 도피하는 행위는 조악한 허세이며 가면으로밖에 여겨지지 않는다. 남자가 그 허세와 가면으로 자신을 위장하는 한, 아내의 싸늘한 시선은 피할 수 없다.

소설을 통해 남자가 아주 긴 변명을 늘어놓으며 되짚는 것은 가장 가까운 사람이면서 돌아보지 않은, 그러면서도 자신의 치부를 자신에게로 되비친 거울 같은 존재였던 아내와의 관계인 동시에 사랑을 갈구하면서도 애써 외면한 자격지심과 열등감으로 뭉친 자기 내면의 어둠이었다. 그리고 자신의 그 어둠을 토해낼 때, 남자는 이렇게 말한다.

"심했죠. 너무 심했어요. 왜 우리는 소중한 것들에게 상처를 주는 건지. 눈에 보이는 신호를 무시하고, 잡았던 손도 놓아버리고. 언제나 기회를 날려 버리죠. 왜 이렇게 맨날 헛발을 디디고 모든 것을 엉망으로 만들어버리는지. 정말 끔찍합니다. 책을 읽어도 돈을 벌어도 전혀 현명해지지를 않으니. 언제까지 이런 자신과 마주해야 하는 건지. 이제 넌더리가 납니다. 아주 넌더리가 나요. 정말이지 살아갈 기력이 남아 있지 않아요."

사실 문제는 '이런 자신과 마주해야 하는 넌더리 남'을 위악으로 비켜가지 않고 똑바로 마주한 채 자각하고 또 견뎌대는 것이다. 그건 살아갈 기력마저 소진해야 할 만큼 힘겨운 자각이고 견뎌냄이겠지만, 한편으로는 한 인간을 맑게 곧추세우는 에너지이기도 하다.

　그리고 이 자각과 견뎌냄을 기꺼이 수용하게 되었을 때, 남자는 울지 않을까.

김난주

니시카와 미와 西川美和

1974년 일본 히로시마에서 태어났으며, 와세다 대학 문학부에서 미술사를 전공했다. 대학 재학 중 고레에다 히로카즈 감독의 영화 〈원더풀 라이프〉에 스태프로 참여했고, 이후 여러 촬영 현장에서 경험을 쌓았다. 2002년 〈뱀딸기〉의 각본 및 감독을 맡아 '마이니치 영화 콩쿠르' 각본상을 수상했으며, 여러 영화상에서 신인상을 수상하며 화려하게 데뷔했다.

2006년 오다기리 조, 가가와 데루유키 주연의 〈유레루〉가 일본 아카데미상 주연상, 블루리본 감독상 등 유수의 영화상을 석권하며 일본 영화의 차세대 기수로 떠올랐으며, 칸 영화제 감독주간에 초청받아 세계적으로 이름을 알렸다. 2009년 한 시골 의사의 비밀을 그린 영화 〈우리 의사 선생님〉으로 《키네마 준보》가 선정한 그해의 일본 영화 1위에 올랐다.

문학에도 조예가 깊어, 나쓰메 소세키의 동명 소설을 원작으로 옴니버스영화 〈열흘 밤의 꿈〉을 제작했고, 다자이 오사무의 단편소설들을 각색한 NHK 낭독극 시리즈에 참여했다. 데뷔 이래 항상 직접 쓴 오리지널 각본으로 영화를 만들고 있으며, 〈유레루〉를 소설로 직접 각색해 제20회 미시마 유키오 상 후보에 올랐다. 벽지 의료 활동을 소재로 한 『어제의 신』은 〈우리 의사 선생님〉에서 미처 담아내지 못한 이야기 다섯 편을 엮은 소설집으로, 제141회 나오키상 후보에 올랐다. 그 밖의 작품으로 영화 〈꿈팔이 부부 사기단〉, 장편소설 『그날 도쿄역 5시 25분발』, 에세이 『영화에 얽힌 X에 대하여』, 『명작은 언제나 애매해』 등이 있다.

직접 감독한 동명 영화 〈아주 긴 변명〉은 2016년 캐나다 토론토 국제영화제와 부산국제영화제에 소개되어 화제를 모았다. 장편소설 『아주 긴 변명』은 제153회 나오키상 후보에 올랐으며, 2016년 서점 대상 4위에 올랐다.

김난주

일본문학 전문번역가. 경희대학교 국문과를 졸업하고 동 대학원을 수료했다. 1987년 쇼와 여자대학에서 일본 근대문학 석사학위를 취득했다. 이후 오오츠마 여자대학과 도쿄대학에서 일본 근대문학을 연구했다.

옮긴 책으로 『무코다 이발소』 『목숨을 팝니다』 『나일 퍼치의 여자들』 『하루키가 내 부엌으로 걸어 들어왔다』 『무통』 『천공의 별』 『바다의 뚜껑』 『즐겁게 살자, 고민하지 말고』 『N·P』 『겐지 이야기』 『가면산장 살인사건』 『백야행』 『박사가 사랑한 수식』 『반짝반짝 빛나는』 『키친』 『창가의 토토』 『냉정과 열정 사이』 『나는 고양이로소이다』 등이 있다.

아
주
긴
변
명

지은이_니시카와 미와
옮긴이_김난주

2017년 2월 15일 1판 1쇄 발행
2017년 5월 10일 1판 2쇄 발행

펴낸이_황재성·허혜순
책임편집_박민주
디자인_color of dream

펴낸곳_무소의뿔
(04030) 서울시 마포구 동교로 136
신고번호 제2012-000255호
신고일자 2012년 3월 20일
전화 02-323-1762 팩스 02-323-1715
이메일 musobook@naver.com
www.facebook.com/musobooks
ISBN 979-11-86686-18-8 03830

무소의뿔은 도서출판연금술사의 문학 브랜드입니다.
이 도서의 국립중앙도서관 출판예정도서목록(CIP)은
서지정보유통지원시스템 홈페이지(http://seoji.nl.go.kr)와
국가자료공동목록시스템(http://www.nl.go.kr/kolisnet)에서
이용하실 수 있습니다. (CIP제어번호: CIP2017002113)

.